新式
80 90
婚约

白槿湖 著

重庆出版集团 ✪ 重庆出版社

图书在版编目（CIP）数据

新式8090婚约 / 白槿湖著. — 重庆：重庆出版社,2015.6
ISBN 978-7-229-09618-2

Ⅰ.①新… Ⅱ.①白… Ⅲ.①电视文学剧本 – 中国 – 当代
Ⅳ.①I235.2

中国版本图书馆CIP数据核字(2015)第056079号

新式8090婚约
XINSHI8090HUNYUE
白槿湖　著

出 版 人：罗小卫
责任编辑：马春起
责任校对：郑　葱
装帧设计：荆棘设计

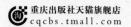

重庆出版集团
重庆出版社　出版

重庆市南岸区南滨路 162 号 1 幢　邮政编码：400061　http://www.cqph.com
自贡兴华印务有限公司印刷
重庆出版集团图书发行有限公司发行
E-MAIL:fxchu@cqph.com　邮购电话：023-61520646

重庆出版社天猫旗舰店
cqcbs.tmall.com

全国新华书店经销
开本：890mm×1280mm　1/32　印张：9　字数：235 千
2015 年 6 月第 1 版　2015 年 6 月第 1 版第 1 次印刷
ISBN 978-7-229-09618-2

定价：32.00 元

如有印装质量问题, 请向本集团图书发行有限公司调换：023-61520678

C o n t e n t s
目 录

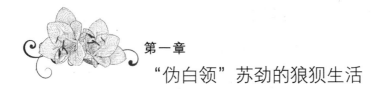

第一章
"伪白领"苏劲的狼狈生活

苏劲，26岁，毕业于名牌大学经济学专业，国内某著名会计事务所高级审计员，月薪一万一，外加补贴和加班费，月收入不低于一万三，从收入看，她是个不折不扣的白领阶层。

但她觉得自己是个"伪白领"，是个彻头彻尾的"伪白领"。

单从衣食住行来看，她穿的是从淘宝上花两百块钱淘来的伪香奈儿OL职业装，午餐吃的是写字楼对面天桥下的手推车叫卖的馒头，住的是一套一百二十平方米的房子隔成十个房间租给十个住户的其中最小的一间，上班则完全靠两腿快行加小跑，通常穿着平底鞋、包里放着一双高跟鞋，到公司楼下大厅的卫生间再换上。

你要问苏劲那什么叫真白领，苏劲说至少要符合五点：逛街得国贸，吃饭得西餐，住得两居室，出门得打车，业余得健身。

外企的压力可想而知，她每天都像是在打仗一样，跟自己打仗，跟同事打仗，跟客户打仗，或赢或输或平手，偶尔还要和合租的房客打一仗。

合租的房客是一对小夫妻，二十来岁。男孩是个送快递的，挺大

的嗓门，块头也挺大，就是惧内，一看见女孩就像泄了气的气球一样，女孩是成天什么事也不干就在家上网。

苏劲听男孩叫女孩果果，女孩叫男孩瓜瓜，两人挺黏糊的。男孩每天送快递累得要死要活，晚上玩了一天的女孩就没完没了地要，导致苏劲每晚都要"被听房"，两手抓着枕头堵着耳朵也挡不住波涛暗涌。

实在没辙了，就暗骂这万恶的房东，好端端的一个二十平米的房间非要拿隔板隔成两个房间，却一点也不隔音，隔壁房间晚上放屁、打嗝、呼噜声全听得一清二楚。

和房东商量过，房东不好意思去指点人家夫妻俩那事分贝的大小。苏劲火了，可房东也火了，说受不了你就搬走或者你把隔壁也租下来，我给他们换别处去。

苏劲不说话了，她能搬哪儿去，租房子的时候和男友张赫名愣是把北京五环以内跑遍了，再跑就要跑出北京了，也没找到比这儿更便宜的房子。

她只好对自己说，忍忍吧，再忍忍吧，等和张赫名结婚了那就熬出头了。

七夕情人节那天，苏劲在公司里受了气，能给她气受的，除了同事文珊还有谁呢，就因为之前苏劲签了一个大客户，所在部门就举办了个小型的庆功会。

在庆功会上，坐在苏劲身边的文珊端起酒杯，手随意地拍了一下苏劲的肩膀，从中抽出了一根黑色线头，故作惊讶地说："哎呀，苏劲你的香奈儿怎么有这么多线头儿啊。"

苏劲的脸白一阵青一阵，好在好友俞思站起来帮苏劲解围，俞思浅笑着说："文珊你没喝多吧，怎么眼花呢！那不是头发吗，你眼睛不好我叫我哥给你开假你去治眼睛吧。"

俞思的哥俞睿是部门经理，文珊听出了俞思的话外音，知道自己得罪不起经理的妹妹，文珊娇媚的脸上莞尔一笑，拇指和食指间夹着的那根线头轻轻丢在地上,说:"瞧瞧,我看花了,是头发呢,香奈儿怎么会有掉线头儿的劣质品呢。来,苏劲,我敬你一杯,祝你步步高升,前程似锦。"

苏劲抿一口红酒,嘴上的劣质唇膏印在了红酒杯上。她转动酒杯,将杯口上印有口红的那一面朝向自己,这一个细微的动作被文珊看在了眼里。

饭后在卫生间,苏劲望着镜子里自己嘴唇上花了的口红,细心地补妆。这支口红是十元钱在地摊上买的,虽劣质,但颜色动人,涂在苏劲的唇上,显得很精神。

她坚信没有念过太多书的母亲一句话:年轻的女孩用再差的化妆品,穿再差的衣服也会很漂亮,年轻就是美丽。

可她还年轻吗?都二十六了,苏劲看着镜子里自己的眼睛,不经意间眼角爬起了一根细细的皱纹,她用手提拉了一下眼角,皱纹没了,手松开,皱纹又出现了,她暗嘲自己满脸写的都是时间。

她抿着嘴唇,将口红慢慢涂在唇上。

"啪——"

苏劲低头,见洗脸台上落了一支崭新的唇膏,这支唇膏苏劲陪俞思逛商场时看到过,香奈儿七月的新款。

"送你吧,这是专柜正品,可不要与你身上的香奈儿混为一谈。"文珊双手抱怀倚靠在洗脸台旁,脸上精致的妆容暗藏着傲慢和得意,栗色大卷发完美无瑕地遮掩了方脸的劣势。

苏劲被文珊的高高在上压抑得浑身不舒服,她抓起自己放在洗脸台上的劣质口红放入包里,抬起脸,正眼直视文珊说:"谢谢你的好意,我觉得我的唇膏很好用。"

说完欲走,文珊却拉住了她的衣袖,嘲讽地说:"好用?我看是你只适合那种档次吧,不过身为大公司的高级审计员,你也要注意形象,穿一身冒牌货儿还和客户谈生意,你不觉得给公司丢脸儿吗?"

苏劲本不想理会这个不懂事的90后小妞，就当童言无忌、昂首挺胸离开算了，走了两步，不服气，折回来，对飞扬跋扈的文珊说："小样，别以为你说话带儿化音就冒牌自己是北京人，告诉你，真正的北京人不是说话都带儿化音，你这个冒牌北京人！"顺便狠狠补跺上一脚。

说完这句话，昂首正步走，虽然刚跺脚有点重，脚底发热疼得慌，不过苏劲的心里那叫一个爽字！

文珊气得拿起洗脸台上的那支唇膏用力砸在地上，气急败坏地说："你找死嗦！在老子面前拽什么拽，冲壳子！（四川话吹牛的意思）不就是和北京男人要朋友吗，还指不定娶不娶你呢，瓜兮兮的（四川话傻里傻气的意思）有什么好得意的！走着瞧！"情急之下，忘记了北京话，冒出来一串四川话。

到底是乡音难改啊。

苏劲步行往回走，想到刚才自己冲文珊的那句话一定正中文珊的要害，有些过瘾，她从包里翻出那支劣质口红，握在手心，想到在公司里经常因此遭到文珊的奚落，也有些凄凉。

虽然收入不低，但面对每月巨大的开销，她依然不能奢侈，别说奢侈，就是多花一点都不行。房租水电费宽带费手机费就固定要花去两千块钱，外加平时吃穿零用公司聚会坐地铁挤公车外加偶尔迟到来不及要打车，这就得又花去两千，光自己开销一月就四千块钱。

母亲兄弟姊妹十个，五男五女，母亲排行第八，意味着苏劲有五个舅舅，三个姨妈，一个小姨，再加上这些舅舅姨妈小姨的孩子，光表亲又有二十多个，每个月不是这个舅舅做六十大寿，就是那个表哥乔迁新居，或是表姐结婚，或是谁家孩子满月，送礼是接连不断。

亲戚都知道她在北京大公司混得不错，她要是送的少还保不住人家要说闲话，说她抠门忘本之类的，所以送礼还不能送少，这样每月礼钱就得花一千左右。

每月一万三的收入，不是还剩八千吗？再除去每月要给家里固定寄一千块钱生活费,剩下的钱要给还没结婚的哥哥存一笔彩礼钱,还要给将要上大学的妹妹存一笔学费生活费,她自己还想存笔钱买一套自己的房子,哪怕是三四十个平方,总也要结束这个"被听房"的蚁居生活。

她不能乱花一分钱,大哥没有念过太多的书,左脚受过伤走路有些瘸,父母在河南农村种大棚,前阵子疾风骤雨把大棚全吹倒了,两亩大棚里的菜全赔进去了。本来这批菜是给大哥结婚盖房子的钱,这阵大风把盖房钱吹没了,就等于把大嫂吹跑了。

母亲在电话那头哭,说没钱盖房子,连老本钱也赔进去了,你大哥没法娶媳妇了,你大哥不结婚你这个做妹妹的也不能结,咱全家日后就指望你了。

父亲接过电话吸口烟沉重地说,当年咱家不盖房子也没给你大哥看脚,钱就全供你一个人读书了,现在你是山窝里飞出的金凤凰,你在北京一月能挣好几万,你怎么也得帮帮你哥帮帮这个家,你怪不了别人,只怪你父母没能耐。

她的月收入撑死也就一万三,她在父母面前夸下海口说自己一月挣好几万是为了让父母踏踏实实地花她的钱,这样一来,她有口难辩,只能承担。

于是她不仅要承担起大哥结婚的彩礼钱,还要承担盖房子的钱,还有妹妹全部的学费,这笔钱加在一起,她算算少说也得二十万。

当然,这笔账她是没有对男朋友张赫名提过的。

这些数字账单一跳出来,她就觉得自己脑神经都在跳着疼,像是脑子里有无数张口在嗷嗷待哺一样,让她每天睁开眼都不能松懈都要挣钱。

她走在天桥上,身边有一对对相拥的年轻人走过,到处都是玫瑰,到处都是情侣。想到刚才同事文珊的羞辱,她用力地将自己手中的劣质唇膏抛向空中,她对自己说,明天就是再怎么着也要去买一支高档

唇膏。

"哎呀，谁啊这是，大晚上的拿东西从桥上丢人玩啊，砸我脑袋上了，疼死我了！"桥下有人哎哟哎哟地叫嚷着。

苏劲忙低头疾走，心里又后悔了起来，怎么就冲动把唇膏丢了呢，明天早上上班用什么呢。看到天桥前面有摆地摊的女商贩，还是上次买唇膏的那个商贩。

她走上前，蹲下，挑选唇膏，边挑边说："上次在你这儿买的唇膏老掉啊，吃饭弄碗上，喝水弄杯子上，你有不掉色的吗？"

热心的商贩大姐从脖子上挂着的包里小心掏出一个方便袋，打开说："我这儿有更好的货，不过比摆出来的贵，一般我们都不拿出来，除非指定要买好的我才拿出来介绍。这个牌子的不错，不掉色，不融水，颜色又正。"

苏劲拿过一看，蓝蔻？？不是兰蔻吗？又是仿冒的，她感叹万能的盗版主义真是无所不能。

"多少钱一支啊？"她扭开一支，闻着香气很淡，颜色很漂亮，比上一次买的确实好。

"三十五，不减价。"

"十五吧。"

"你看能再给高点吗，你这价也太低了，我成本都不够。"

"十五卖不卖，不卖我走了。"

"……好好好，卖给你算了，以后要多照顾我生意啊。"

苏劲没走多远，就听到身后的那女商贩鄙夷地说："呸，穿得人模人样的，咋这么抠呢！"

情人节，也没收到鲜花，倒连着被人羞辱，苏劲有些憋屈，张赫名说加班，什么领导，情人节还让人加班，真不通情达理，想想这个时候也该下班了，苏劲拨通了张赫名的电话。

"喂，赫名，你下班了吗？"

电话那头是赫名压低的声音说："我下班回家了，我妈打电话让我回来，她等我吃饭。"根据回音，苏劲可以判断赫名是躲在卫生间里偷偷打电话。

"是不是这个情人节又是我一个人过了？"苏劲委屈地说，声音有些抬高。

"宝贝，你再等等，过段时间我找个机会把我们的事告诉我爸妈，到时候我们就可以光明正大在一起了。"赫名还是像以前那样哄着她说。

"等等等！你还要我等多久！我不想再这样了，你不说的话就别来找我了！"苏劲啪地挂掉了电话，越想越委屈。

有时候她也能理解赫名，赫名之所以对父母隐瞒和苏劲的恋情，也确实是时机不成熟，赫名的工作刚刚才稳定，之前跳了几次槽，现在在一家杂志社表现不错，收入不是很高，但很有希望升做主编。

赫名是想等升主编了，就把苏劲带到父母的面前，理直气壮地说：爸妈，我爱的就是这个女孩，不是她，我也不可能做上主编，我爱她，请你们成全我们。

一切只因为苏劲是个外地女孩，还是河南农村女孩，家庭负担重，若要是被赫名的父母知道赫名和这样的女孩交往，尤其是赫名的母亲，那是绝对不可能答应的，肯定要棒打鸳鸯的。

所以苏劲就在等，等赫名事业有成，站稳了脚步，才能把这段恋情公之于众。

这一等，从大学毕业到现在，就是三年。

这三年，偷偷摸摸地相爱，不能被赫名的父母知道，等一个时机，苏劲不知道这个时机到底要多久才能出现，她还等得起吗？

她想自己是真的爱张赫名的，尽管在别人眼里，她爱的是张赫名的北京户口，想嫁北京人就是为了房子为了北京户口，她从未这样想过，有时她甚至宁愿张赫名也是一个普通的外地小伙，他们还可以一起

努力打拼奋斗在北京买房，把他父母接过来住。

再累再穷再苦也可以，谁叫她爱他呢？

可这样的状况，她真的被压得喘不过气来，谈恋爱三年了，还和做贼一样。

甚至逛街她都不能和赫名牵手，就怕被赫名的家人亲戚朋友看见了，想来也是心虚，北京城这么大，认识赫名的人有几个呢。

回到出租屋，她脱掉高跟鞋，把包丢在地板上，往床上一倒，真累，真想就这么睡过去，再也不醒来，她活着怎么就这么像只王八呢。

闭上眼，昏昏沉沉，房间里有些燥热，打开电风扇，吱吱呀呀的三叶吊扇在空中转动着，她闻到了自己身上的汗味，还没洗澡呢，她拖着沉重的身子去卫生间开热水器烧水，水才24度。

这一套房子里住了十几个人，夏天都要洗澡，轮流烧热水，有时刚烧热的水，就被别人用了，要是等的话那要排队等到大半夜，苏劲想着就拿张纸，上面写着：有人洗澡。心想贴在热水器上面，别人看见了就不会把热水用掉了吧。

贴完纸，刚躺在床上，一闭眼，眼前就浮现了一幅春宫图，因为隔壁嗯嗯啊啊的声音又忙不迭地传来了，这么大热的天，就不让人消停。

瓜果又在床上打成一片了。

苏劲烦躁着，想着情人节就体谅人家小夫妻吧，可随着隔壁的声音越来越大，她没辙，就把头用枕头捂着，捂得一脸汗。

恰在这时，手机响了，是经理俞睿打来的电话，她立刻面红耳赤，接还是不接？倒像是自己在做坏事似的。

苏劲接通电话，手捂着手机话筒那一头，生怕被俞睿听到了什么。

"喂，俞经理，你好。"苏劲埋在枕头底下说。

俞睿温和地说："苏劲，不是和你说过了，工作时间叫我经理，其余时间都直呼俞睿吗！庆功宴结束了吗？"

"已经结束了，我都到家了，今晚你怎么没来呢。"苏劲说。

她想俞睿的确是一个好上司，一点领导架子都没有，她为部门争取了一个大客户，这也是工作分内的事，俞睿还特意给她举办了庆功宴，苏劲想这些关照是因为自己和俞睿的妹妹俞思是好朋友的关系。

"我今晚有事没走开。对了苏劲，你有时间的话，你多陪陪俞思，这小丫头这两天是不是和男朋友闹别扭了啊，我看她不太开心，你们是好朋友，有些话我做哥哥的不方便说，你帮我开导开导她。"俞睿说。

这个哥哥真是模范兄长，对妹妹的关心无微不至。

苏劲想到了自己河南的哥哥苏勇，每月打一个电话，打电话来就是要钱的。都是哥哥，差距可真大。

"好，明天我和俞思聊聊，谁叫我和她是最好的朋友呢，义无反顾地承担她的爱情咨询师。"苏劲笑着说。

忽然隔壁一声高分贝的嗯啊，苏劲慌忙捂住话筒，也没听俞睿说什么，忙说了句："那就这样啊俞经理，明天见。"

挂掉电话，心想俞睿会不会生气呢，哪有下属这样挂领导电话的，太不礼貌太不懂事了吧。

隔壁的瓜果大战也停止了，苏劲仰躺在床上，看着天花板上摇摇晃晃的旧绿色吊扇，慢悠悠地转动着像是随时会掉下来一样。

伸手拿了床头柜上的抽纸，擦拭额上的汗水，长吁一口气，这狼狈羞辱的一天，还是她最痛恨的日子——情人节！不堪的一天快点过去吧，她看手机上的时间，九点了。

该洗洗睡觉了，明天还要早起。

赫名的短信在这时如约而至，他们约好每晚九点发短信的，赫名会发短信哄她睡觉，这个男人还是有贴心温暖的地方。

翻看短信，短信是七十个字，这是他们三年来的习惯。七十个字

是整整一条短信，一毛钱一条，他们恋爱开始就约好不便宜移动公司，每条短信都编整整七十个字。

"宝贝，情人节快乐！老公向你保证，这是最后一次你一个人过情人节。我打算下月升做主编后就把我们的事告诉我父母，我带你回家见公婆！我爱你只爱你吻你"

最后面那八个字是纯属凑字数的。

苏劲握着手机，心情稍好了一点，想先去洗澡，洗完澡就回来躺在床上和赫名发信息，晚上对赫名发了火，她要道歉才对，不该把在文珊那里受到的气撒到赫名身上。

她端着盆，盆里装着牙刷肥皂洗面奶毛巾，拎着一个袋子装着内衣睡衣，打着哈欠走到卫生间门口，扭门锁，门竟从里面反锁了。

听到里面传来了水声，还有隔壁瓜瓜和果果的嬉笑声，苏劲怒了，好家伙俩人刚从房间里恩爱完，又跑卫生间洗鸳鸯浴，苏劲挥起拳头就敲门，重重地砸在了门上。

"开门——"

"我们正洗澡呢，你等一下啊！"女孩不耐烦的声音传来。

"开门啊！我要上厕所，等不了！"苏劲毫无斯文样子，挥拳敲门，心想欺负人也不带这样明目张胆的吧。

苏劲的敲门声最后让里面的鸳鸯浴不欢而散，她一直敲一直敲，最后里面的男孩崩溃了，喊了一声："来了来了，别敲了。"

"别开，我就不开，看能憋死她怎么着，她就是故意的！"叫果果的女孩隔着门嚣张地说。

苏劲气得不打一处来，今天是怎么了，谁都和她过不去似的，她吹眉瞪眼站在门口，剑拔弩张的架势。

卫生间门被打开了，男孩端着盆低头急忙走了出来，女孩则穿着西瓜红的性感睡衣头发还湿漉漉地靠在门边，犀利的眼神盯着苏劲，女孩说："敲什么敲，你不敲门会憋死啊！你是不是嫉妒我啊！"

苏劲敢保证，这个果果比文珊还自恋，听到过这世界上最自恋的话不是"魔镜魔镜我是世界上最美的女人吗？"而是一个女人对另一个女人自信满满地说："你是不是嫉妒我啊！"

"谁嫉妒你啊，你不识字吗？这水是我烧的，我要等水洗澡的，你怎么不说一声就用掉了！"要是在平时，苏劲也不会计较这些小事，只是导火索点燃了，不爆也不行了。

"哟，你真当这是你自己家啊，这热水器是公用的，你有钱你去整租公寓啊，你个大白领和我们这些打工仔挤一起住干嘛啊，你有钱你住高档小区住别墅啊！真是笑死人了！"女孩牙尖嘴利，说话句句刺向苏劲的心。

男孩尴尬地走出来，红着脸拉女孩说："果果，算了，回屋吧，别吵了，这么晚了大伙该休息了。"

女孩甩开男孩的手，指着男孩的鼻尖骂道："给我滚进去，女人吵架轮到你个男人插什么嘴，一边待着去！"

男孩歉意地看了苏劲一眼，低头又钻进了房间。

苏劲摇摇头，进了卫生间，女孩却没有丝毫出去的意思，倚在门口，岿然不动。

"你走不走，我要关门了。"苏劲没好气地说。

"这是合租的地方，我高兴站哪就站哪，你管得着吗，我哪凉快我就站哪，我乐意！不像某些人，真可怜，好不容易攀上个北京男人，却连家门都进不了！哎，我说你不是找了个北京爷们吗，你怎么不住他家去啊，跑这跟我们凑什么热闹啊！"女孩专挑苏劲的痛处戳。

"这和你有关系吗？你花钱租房我爱住哪住哪，不过遇到你这个邻居算是我倒八辈子霉了，你们晚上摇床的声音不能小点吗，你当你拍三级片呢！"苏劲脾气上来了，也是随嘴什么话都能跑出来。

"我乐意！你还没男人陪你晚上睡觉呢！难怪我听人家说一些外地女孩为了能和北京男人挤一张床，怀孩子都乐意，原来说的就是你这

种人啊。不过你真可怜，连张床都挤不着！"

"你说谁外地人呢，这里面住的都是外地人，你不也是外地女孩吗！"苏劲话锋一转，嗓门提高，把矛盾扩大到广大外地人民群众身上。

"我是外地女孩怎么了，我外地女孩我没想人家北京男人的房子户口就不要脸攀人家啊！"

"你再说一遍试试！"苏劲气得全身发抖。

男孩又一次打开房门，强制着将女孩拖了进去，关门前对苏劲低声赔礼。

随后听到隔壁房间"啪"的一声耳光声，女孩尖叫道："谁叫你给她道歉的，你胳膊肘往外拐是不是，你给我滚！"

苏劲倒愣了，为可怜的男孩伤感了起来。

一场争执，最后受伤挨打的竟是这个无辜老实惧内的男孩。

苏劲卧在床上，拿着手机编短信编来编去也不知发什么好，心里的不堪和委屈一股脑涌了上来，让她的胃都酸得冒泡。

她觉得自己就像是个没名没分的女人出现在男友张赫名的世界里，他们不能像正常的恋人那样手牵手逛街散步，甚至有时张赫名在她这里过夜都不可以。

他下班过来，在那不足十平米的房间里缠绵之后，张赫名事前定的闹钟会在八点准时响起，这时张赫名就会从床上起来提裤子穿衬衫，那一刻，苏劲觉得自己像个小三。

难怪隔壁的女孩会那样骂她，她苦笑，望着空白屏幕的信息栏，眼神有些恍惚，从三年前爱上张赫名开始，她就开始等，等待以一个体面的外地女孩身份走入张赫名的家庭，赢得张赫名父母的尊重和喜欢。

可为什么，过去了三年，除了在会计事务所里从初级审计员升到了高级审计员，收入从五千升到七千再到现在的一万三，别的，她还是在原地踏步。

她沮丧了，难道赫名压根都没有想过要把她带到他父母面前，根本都没有想要娶她吗？她想和他摊牌了，她的自尊心膨胀到了极限，她有时真恨不得拿起手机拨打里面存着的张赫名家里的电话，她就直接告诉张赫名的父母，她是张赫名的女朋友，交往三年，河南农村人，家里有一个哥哥和一个妹妹，父母务农。如果他父母瞧不起的话，那她就和张赫名吹了算了。

可每一次都没有勇气，她害怕，她也不甘心，她总幻想着也许等自己月收入过多少多少万了，赫名的事业发展得怎样怎样了，那样他们才可以勇敢地牵手走到张家父母的面前。

身边的人都觉得她是图张赫名什么才和这个北京男孩相爱的，不然她怎么就能甘愿受这么多委屈还要和他在一起呢。甚至连自己的父母，都在电话里一个劲叮嘱，要脾气放好一点，要多顺着张赫名的意，村里的人都羡慕她找了个北京对象，以后在首都就有房子了，再弄个北京户口，过几年生个孩子考北大都比外省的孩子容易。

但仔细想想，这三年她图到张赫名什么了呢，她不还是一个人住在不足十平米的小出租房里，她不还是吃着便宜便当挤着地铁穿着地摊货吗，她图什么了，不就是图张赫名对自己好是一心一意爱自己吗？

细想起来，眼泪滑落，路，走得如此艰难，举步维艰的境地。

周遭的白眼，公司里的明枪暗箭，爱情上还得躲躲藏藏，父母家人施加的负担和责任，她觉得自己微不足道，却又很重要。

她捏紧手机，侧卧着，一只手无力地垂到了床沿旁，喃喃自语："我图到什么了，我图什么了……我不就是图我爱他他也爱我吗？我这么拼我为了什么，为了什么……"

她从小就是一个争强好胜的女孩，从识字的最初，她认识的第一个字，就是自己名字里的那个"劲"字，没上过几年学满手老茧的父亲指着白纸上的"劲"字告诉她，这个字的含义是"有劲"的意思，说白了是有力气！

她的人生中，遇到过无数次这样的情景，不管是同老师第一次见面介绍，还是和初结识的朋友介绍，甚至是第一次面试，都遇到了这样的对白。

"你叫什么名字啊？"

"苏劲。"

"噢，苏静。"

"不，不是文静的静，是有劲的劲。"她用朴实的河南话解释着自己的名字。

大学刚入学，她当着全班同学的面这么介绍自己，地道的河南话，逗得全班同学哄堂大笑。

苏劲对自己这个名字的理解，并不仅是有劲有力气，更多的应该是有拼劲，有干劲。她一直这么激励自己，来北京念大学的时候，父母就告诉她，以后的路只能靠她自己了，父母能供也只能供到这了。

尽管这个名字曾给她带来很多烦恼和困惑，在十几岁的年纪，她为名字这事和父亲没少赌过气，她曾悄悄拿着户口本跑到镇上的派出所要改名字，改成苏静或苏净，总比这个劲字要女性化的多啊，劲字多野蛮啊。

被父亲得知后把她从派出所直接拖回了家，回家就挨了一顿有力的打，还被罚用毛笔字抄写"劲"字一千遍，以至于后来的美术课上练习毛笔字，她就一个劲字写得最漂亮，美术老师夸她写得"苍劲有力"。

她的身高一米六八，要是在南方，也算是高个子的女人了，宽肩长腿，打小就有力气，班上拔河她总是排在第一个，哥哥在工地上和人打架，妹妹在学校遭人欺负，苏劲总是哪儿有危难就出现在哪儿。

谁叫她有劲呢。

一直一直都做坚强独立的女子，觉得自己的肩膀有劲，还可以支撑还可以扛，哪怕四面埋伏四面楚歌，她都相信没有过不了的坎没有闯不过的难关。

可在爱情里面，光有拼劲，能拼到执子之手与子偕老吗？

她埋怨起自己的名字来，名字决定性格，性格决定命运，如果自己叫苏软，苏弱多好，还有枝可依。

心生此念，倒叹起了命运。

擦擦眼泪鼻涕，又安慰自己，早点睡吧，明天还要上班呢，迟到要扣钱的。

睡吧。

也懒得回赫名短信了，估计这么久没回信息他该也睡了，苏劲眯着眼，心静了下来，呼吸均匀，隔壁可能也睡了没什么动静，房间里只听见吊扇的吱呀声。

也就是在半梦半醒中，手机响了，手伸到床上四处摸，没摸着，睁开眼，手机在地上震动着，苏劲趴在床上捡起手机，一看来电，竟然是赫名打来的。

她有些意外，赫名很少会半夜给她打电话的，一般都是发信息，看看手机上显示的时间，都十一点四十，快十二点了，赫名打电话不会有急事吧。

接电话，压低声音，怕吵醒隔壁的小夫妻。

"赫名，怎么这么晚还没睡啊。"

"宝贝，你想我吗？"赫名温柔的声音，像是一层浓厚的蜜糖，包围起了她，她觉得甜腻而安宁。

这个男人，最大的优点，就是温柔和专一。

"想——"苏劲把音拖得长长的，忍不住笑，大半夜打电话来就是问她想没想他吗，他这样子真像个撒娇的小男孩。

"那你开门。"赫名得意洋洋地说。

"什么，开门？"苏劲惊得从床上坐了起来，长发披散在头上，睡意一下就冲跑了。

"对，宝贝开门，我就在门外。动作快点啊宝贝，还有十几分钟就是第二天了，时间一过那就不算是陪你过情人节了。"赫名笑着说，声音磁性动人。

苏劲惊喜，对着话筒就是一个飞吻说："老公，你太爷们了！"

从床上跳下，穿鞋，开门，边走边用手腕上的皮筋随意扎起长发，心花怒放一般，平时一个月赫名顶多只有两晚在这里过夜的机会，那还是赫名对父母撒谎说要出差才争取到的。

算算都快一个月没有和赫名相拥而眠了。

一打开门，映入眼中的是一大束玫瑰花，扑面而来的花香，苏劲接过鲜花，看着站在自己面前好似从梦中而降的赫名，幸福地搂着赫名的脖子，跳起来双腿夹着赫名的腰，像《喜剧之王》里那样不雅地拥抱。

在赫名的脸上烙上一个响亮的吻，也不管门没关，就缠着赫名像个八爪鱼一样不下来了，白天晚上所受到的委屈在这一刻都值了。

女人就是一个奇怪的动物，很情绪化，独自生气会念叨着埋怨自己跟这个男人怎么怎么不好了，可当男人为她付出一点，出现在她面前，她又会立马破涕为笑，觉得还是自己的男人最好。

在苏劲的眼里，她对赫名的评价只有一句话：他始终是我见到过的最好的男子。

遇见过那么多的男人，成熟事业有成的，年轻时尚帅气的，形形色色，可这些男人都没有赫名均衡发展的好，事业有成的有些花心情史太多，时尚帅气的没内涵没上进心只会泡妞。

而赫名是那种德智体全面发展的类型。

赫名抱着苏劲进了房间，苏劲找来一个玻璃口杯将玫瑰插在里面，还倒了一些茶放在里面，这样花的保鲜期更长久，花不会太早凋谢。

"你送我的花，我可要爱惜，要让它多盛开一些日子。"苏劲边抚弄着花边对赫名甜甜一笑，数数有十一朵玫瑰，苏劲又心疼了起来，这得花多少钱呢。

"买这么多很贵吧，其实你买一朵我也领你的心意啦。"苏劲补上一句。

赫名绕到她身后，双臂环抱着她的腰，说："媳妇，别心疼银子，我去的时候，花店要关门了，店老板看情人节还有半小时就要过了，就给我大大的折扣，所以，不贵。再说了，送我媳妇，再贵我也舍得。"

他的下巴放在她的颈间，嗅着她发丝间淡淡的香气。

苏劲柔柔地被打动了，耳畔是他温热的鼻息，他的脸庞在她的脸颊上厮磨着，痒痒的。

她一扭头，唇贴上了他的唇，他的右手覆上她的脑后，他的吻深深浅浅落了下来，他们有多久没亲热了，好像有一个星期了，她忙于接一个大单子就再也没和赫名约会。

赫名拦腰一抱，将她抱到床上，他看一眼手机，勾唇邪魅一笑："宝贝，还没过十二点，现在亲热，是情人节的补偿。"

赫名高大的身躯压了过来。

她逃不脱，被他控制在怀里，他温柔宠溺的眼神，融化了她，此刻，她觉得只有在此刻，她更坚定地相信这个男人是自己的老公。

她多想在他的怀里沉沦下去。

欢愉过后，都大汗淋漓，简陋的条件也挡不住他们的恩爱情绪，赫名抱了她一会儿，起身去卫生间冲澡。苏劲注意隔壁的动静，还好，没有被隔壁的听到，也没有吵醒他们。

其实赫名不止一次提出让她搬到条件好的地方去住，有一次他甚至都帮她租好了一套单身公寓，可她就是倔着不去住，赫名说他出钱，她也死活不去，最后赫名只好把房子退了。

她不愿花他的钱，本身就有人说她和他在一起就是图他的房子和

户口，越是说的人多，她就更告诉自己再苦再难也不能花赫名的钱。

她不想他们的爱情掺杂着一些杂质在里面，尽量保持爱情的简单和纯净。

依偎在赫名的怀里，一点睡意也没有，尽管第二天两个人都要工作，可这样相拥而卧的夜晚是多么的难得，苏劲渴盼着结婚后他们能有属于自己的房子，每晚都可以枕着赫名的手臂睡觉。

"老公，怎么这么晚还想着来找我，你是趁你爸妈睡着了偷溜出来的吧，是不是早上五点前要偷偷溜回去啊。"苏劲随口问道。

赫名犹豫了一下，说："不是偷溜出来的，是我妈让我送惠娜回家，我就把她送上出租车就直接买花打车来你这儿了。"

惠娜是赫名父亲战友的女儿，苏劲是不止一次听赫名提起这个女人。

"送她回家？老公，不对啊，情人节她去你家干嘛啊！难不成是送花给你吗？"苏劲看到桌上那娇艳的红玫瑰，若有所思地道，"噢——该不会，这花也是你借花献佛吧，快点从实招来。"苏劲假装张牙舞爪样恐吓着他。

她又怎么会不了解他呢，他坦白交代说明他问心无愧啊，否则他也没必要主动说出这事，他就是不想欺骗她。

"花保证是我买的，媳妇你可别冤枉我。她去我家是给我妈送戏曲碟的，我妈就拉着她听戏一听就到了很晚，然后我妈就叫我送她回家。"赫名老老实实地说。

苏劲恍然大悟一样点点头，说："接着你把她送上出租车，你就买花来我这儿啦？"

"对，就直奔来找媳妇你了。"赫名说着，把她搂得更紧了。

"那你晚上不回去啦？"苏劲问。

"不回去了，陪媳妇。"赫名想都没想就答道。

苏劲手掐着赫名的胳膊作咬牙切齿状说："那就不对劲了，难道你爸妈就允许你送她送得晚上一夜不回家吗？莫非——嘿嘿"苏劲邪恶笑道："莫非你爸妈默许你送她到家回来晚了直接住他家吗？"

"宝贝，你说我有那胆吗，我不是直奔你儿这来了，还是老婆的怀抱最温暖啊，卓叔和我爸是老战友，一起当了几年兵扛过枪，卓叔把我当儿子看，住他那儿我爸妈也不觉得有问题。"赫名解释说。

"别把你当女婿就成。我告诉你张赫名，你的岳父不是和你爸一块当兵扛枪的，是在河南农村种大棚的，你岳父叫苏必发，你记住了没？"苏劲捧着赫名的脸，双手挤着他的脸颊成肥嘟嘟鬼脸的模样，像对小孩子说话一样的口吻说着。

赫名乖乖地点头，脸被苏劲捏得嘴嘟得老高，含糊不清地说："遵命，媳妇大人。"

苏劲重重地在赫名嘟起的嘴上吻了一下："这才是我的好老公，晚安。"

"晚安媳妇。"

这就是幸福，苏劲心满意足。挣多少钱，住多大房子，穿多贵衣服，都比不上和心爱的男人每晚彼此说晚安来得开心。

她的右手和赫名的左手十指相扣，她看着身边渐渐入睡的赫名，她的头朝他怀里又更近地拱了拱，在心里对自己鼓劲，要加把劲噢苏劲，快快成长为美好骄傲的样子，快快成为赫名的妻子，要每晚都这样枕着他的胳膊熟睡到天亮。

她是多么容易知足的小女人呢，是个伪白领，但也是个真女人，在爱情面前，她用最真性情去单纯爱一个北京大男孩，他们未来的路也许注定从一开始就坎坷多多波折不断，但不是还恩恩爱爱地走到了现在吗？

只要有爱，只要有拼劲，苏劲相信，她会得到张家的接纳的。

事实真的能如此吗？

但愿人长久，千里共婵娟。

第二章

爱情是甜味的毒药，我们边喝边笑

俞思是地道的北京女孩，从小长在四合院里，有着良好的家庭背景，白白净净戴着一副黑色框架眼镜，面孔很精致，有着北京女孩特有的大气和爽朗。

苏劲想在北京这么多年，从念书到毕业工作，足足有七年的时间，她遇到了生命中两个重要的人，一个是男朋友张赫名，另一个就是好姐妹俞思。

虽然不是从小玩到大的朋友，不是北京人口中的发小，但苏劲认为，那是比发小还发小的好姐妹。

听说俞思最近心情不好，苏劲有些自责，她这一周忙于工作，把好姐妹都忽略了，想想，都好长时间没有和俞思逛街了。

周五下班前，苏劲整理着桌上的文件，见俞思坐在办公桌边一脸心事的样子，苏劲想就约俞思周六出去逛街吧。

苏劲背着包，手里还拎着中午叫外卖没吃完的饭菜，想带回去用微波炉热热又可以解决晚上的一餐饭了，也不知道赫名晚上过不过来，要是不过来她这晚上就随便糊弄过去。

　　走到俞思身旁，轻拍一下她的肩膀，苏劲满面笑容地说："小思思，在想什么呢，是不是想你的冯小春啊。告诉冯小春，明天把你借我一天，我们逛街去。"

　　俞思无精打采地抬起脸，拉起苏劲搭在她肩上的手，可怜巴巴地说："苏劲，我是不是特没用特没志气啊。"

　　"怎么了，我的小思姐，和冯小春闹别扭了吗？在这个世界上，除了冯小春，再也没有人可以叫我们的俞思小姐这样失魂落魄了。"苏劲搬过一张椅子，坐在俞思身边。

　　俞思手撑在桌上，取下眼镜放在一旁，长叹了一口气说："你不知道，我快要烦死了，这几天你忙着大单子我也没好和你说，我更不敢跟我爸妈还有我哥说，说了他们非锁着我也得让我和冯小春分了。"

　　苏劲心里咯噔一下，有什么事这么严重呢，俞思的父母是苏劲大学时的教授，都很开明也很民主啊，至于俞睿，更是宝贝着自己的妹妹，百依百顺，虽然冯小春配俞思还是差了点，可毕竟是自由恋爱啊。

　　"出什么事了，那小子做对不起你的事了？"苏劲纳闷道。

　　"他敢——借他胆也不敢！"俞思反驳。

　　苏劲急了，说："思姑奶奶，你就直说，到底他怎么惹你了。"

　　"他……他居然还要考研。"俞思提起就来了气，"你说他都考了几次了，屡败屡战，屡战屡败，去年好不容易考上了他还嫌导师年轻不够格，你说导师毕竟是导师，带他还不够格吗？我以为他放弃了，他居然还要考，气死我了！都27岁了还要考研，你说他是不是疯了啊！"

　　苏劲内心里对这种考了好几年研究生也没考上的人还是充满了敬意和鄙视的，敬意是因为这种愈挫愈勇的精神还是值得弘扬和褒奖的；鄙视的是这种男人简直就是书呆子没责任心拿父母的钱赌明天！

　　冯小春的家境似乎并不是很好，老家还有靠在外打工供他考研的

父亲母亲。

"那他父母不反对吗，要不你让他爸妈劝劝他。"苏劲说。

"别提这个了，一提我就更来气，你说我不也是为他好吗，早一天踏入社会工作还好找一点，你说他就算今年就考上了，等他研究生毕业那时研究生还不如现在的本科生呢，那时他都三十岁了才走向社会能干什么啊！"俞思越想越气。

苏劲不知该怎样安慰俞思了，在冯小春考不考研这件事上，似乎不能用谁对谁错来评判，只能说世界观价值观不同的两个人相爱并因此掐起来了。

这让苏劲隐隐不安起来，为俞思，也是为自己，她们的恋情似乎都是遥遥无期。等，等到什么时候才可以结束等待？

说到最后，两个女人都各有心事不欢而散。

苏劲决定要加快脚步了，她一直认为自己对张赫名足够宽容和理解了，这三年来，她从未逼着他去做任何一件他不愿意做的事。

只是，如今她真的急了。

在独自回家的路上，母亲打来电话，她把家里的电话设置的来电铃声是《常回家看看》，每当熟悉的"常回家看看，回家看看，哪怕是帮妈妈刷刷筷子洗洗碗……"铃声响起，她就知道这是家里打来的电话。

苏劲挂断，再回拨过去，这样可以给家里省电话费。

"妈，怎么想给我打电话啊，我还准备明天给你和爸寄一箱子吃的。"苏劲笑着说，用河南话和妈妈亲昵着。

"打电话给你也没啥事，你别老往家里寄东西了，你自己留着吃，要真想孝顺我们你还不如折成钱寄给我，我们吃也是糟蹋东西。"妈妈朴实地说。

苏劲笑着无奈地摇摇头说："妈，看你说的，什么糟蹋不糟蹋的，你和我爸平时干活那么累，寄点吃的给你们补补身子。"

第二章　爱情是甜味的毒药，我们边喝边笑

"你寄的那些好东西，我和你爸也都舍不得吃，你爸都拿到镇上小超市换烟了。"妈妈说漏了嘴，站在一旁的爸爸小声责备着。

"妈，你让我爸少抽点烟，他胃不好，我寄的奶粉蜂蜜维生素片都是对胃好的，怎么能拿去换烟抽呢！这样我可真生气了。"苏劲有些觉得好心白费了的失落感。

"劲，妈知道了，妈会劝你爸的，是这样，妈有个事想和你商量一下……这事……"妈妈吞吞吐吐欲言又止。

苏劲忙答应说："妈，有事你就说，自己女儿，有什么不好说的。"

"我……这事……哎呀，让你爸跟你说吧。"妈妈把电话塞给了爸爸。

"喂，丫头啊，你别信你妈的话，爸没把你的东西换烟，我在戒烟。事是这么个事，有两件事，一是你大哥也都快三十岁了，你看我们村同龄的就你大哥一个人没娶上媳妇了，前两天隔壁云婶给你哥介绍了一个对象，过几天对象要上门看看了，你说家里总得粉刷粉刷，你大哥还得打扮一下买套西装，再者还要包红包，少不了得万把块钱。咱家大棚又赔了，你看你要是工资发了，你就多寄一点回来，帮你大哥把嫂子给娶回来。"爸爸说了一大堆的话，听得出来，向女儿张口要钱，他还是有些过意不去。

苏劲听了，迟疑了两秒，想到工资卡上还存有十多万块钱，是这工作三年来省吃俭用存下来的，计划着要给大哥准备婚礼，还有小妹的大学费用。她没再犹豫，既然爸爸开口了，做女儿的别说自己有存款了，就是没有借都要借来给父母。

"爸，既然大哥是要给我娶嫂子，那这是好事呀，明天我就给家里寄一万五，不够的话，再给我打电话，行吗？"苏劲问。

对于苏劲说汇钱一万五爸爸很满意，笑逐颜开地一拍大腿说："我就跟你妈说你肯定愿意的，咱家现在就你挣钱最多，你一月挣的抵

我们全家一年收入，到底没白供你念大学。丫头，还有件事，苏勤高考志愿填了，学校也是在北京，过两天我让她去北京找你，好在北京也玩几天，见见世面，你和小张商量一下中不中？"

苏劲听到爸爸说妹妹苏勤填的是北京的大学，她有些懵了，之前高考分数下来的时候她就对苏勤说了，要是填郑州的大学，那还能上一个好的一本学校，要是来北京，可能就勉强上二本了。

"爸，怎么妹就不听我话呢，放着一本大学不上，非要来北京做什么，北京压力多大啊，也该和我商量一下啊。"苏劲有些埋怨父母的执拗。

"丫头，你不也是在北京上的大学，不也混得不错嘛。你妹妹就是以你为榜样才非要去北京念书的，你也能多照顾照顾她，等明年你要是结婚了，那你妹妹不就能住你家了，那样连住宿费生活费不也省了？"爸爸觉得自己的打算是很科学的。

苏劲看着路边人来人往的车辆，有种眼前发黑的感觉。

父母哪里能看到她在北京独自挑起大梁的艰辛呢，这些，她又怎么忍心对农村里满怀希冀期待着她美好未来的家人诉说呢。

"好，爸，那苏勤要来北京的时候，给我打个电话，我去火车站接她。"苏劲说着，又和父母寒暄了几句，这才挂了电话。

挂了电话，她有些有气无力，她肩膀上的担子，一下子又重了起来。

看来以后要申请多加班了，争取多挣一些钱，她强烈的自尊心告诉她，她必须让自己脑子里的弦紧绷起来，她要像一个陀螺一样不停地转动，只有这样，她才可以让家人幸福踏实。

只是她忘了，该为自己想想了。

一想到妹妹苏勤要来北京念书，她担忧了起来，因为父母一直都以为她是住在张赫名的家里的，和张赫名的父母也就是未来的公婆相处得非常融洽，要是苏勤来了，看到姐姐住在那样简陋的出租屋里，甚至知道姐姐压根就没在张赫名父母的生活中出现过，该是怎样的心酸。

她回到出租房里，坐在床边，好久都没有动，就这样发着呆，尽管电脑里还有一大堆报表要做，她还是提不起精神来。

如果苏勤来了，那她在父母面前构建的美好谎言都不攻自破了。

想到这里，她告诉自己，必须，必须要在苏勤来北京之前，住进张赫名的家里！宁可拼一次，也不能让自己的家人平添伤感。

一家人都把希望寄托在她这个跳出龙门的女儿身上，她一直都是父母的骄傲，也是这个家最有力的支柱，她不能在父母的心目中垮下，她要依然是那个让父母最放心最引以为傲的女儿。

她靠在床上，双手枕在脑后，她开始盘算要怎样在短时间内走入张家大门，并且名正言顺。

首先，她必须要认识张赫名的父母。认识之后，必须要取得张赫名父母的好感。最后，若得不到好感，也要让他父母意识到，生米已成熟饭，这个儿媳妇已成定局，只好默认。

要怎样以一个最好的姿态出现在张赫名父母的面前呢，而且不高调也不低调还要尽量取得对方的好感，最好是出其不意，包括张赫名也不能事先告知。

晚上和张赫名打电话，却听到了一个年轻女孩爽朗的笑声，那声音让隔着电话这一头的苏劲耳膜很不舒服，她猜到，那个张赫名他爸战友的女儿卓惠娜又去了他们家。

"赫名，怎么回事啊，这女孩怎么老往你家跑啊，我十次和你打电话她有九次在你家，我真怀疑你是不是有家室的男人啊，她要不是你老婆怎么老在你家待着。"苏劲也不是个笨蛋，张赫名是肯定没有老婆的，她对他还是知根知底的，她之所以这么说，就是想看张赫名怎么解释，又怎么对待这个问题。

张赫名躲在卫生间里打电话，他也没想到客厅里的笑声隔这么远苏劲都能听到，他压低嗓子说："宝贝你乱说，我百分之百的未婚男人

啊，惠娜在我家陪我妈看电视呢，她说要向我妈学织毛衣，所以就经常在这里。我和她没有任何关系，兔子还不吃窝边草呢，她就像我妹妹一样。"

苏劲醋意盎然地说："妹妹，你究竟有几个好妹妹？我是看出来了，八成你妈是想撮合你们呢，算了，随你吧，难怪你迟迟都不愿把我带回家，你就是心里有别人！"

张赫名低柔地说："小宝贝，别乱想，乖，等我一升主编我就带你回家，丑媳妇总是要见公婆的，对不？"

"你才是丑媳妇，不，你是丑女婿。"苏劲撒着娇说，阴霾扫去了不少。

她相信张赫名的忠贞度，毕竟在一起好几年了，彼此对爱情的观念还是很一致的，他们都是彼此最初的恋人，都是把自己的第一次交付与彼此，他们彼此教会对方成长，教会对方爱，他们的感情在这种相互成长的岁月里变得深厚、浓重。

苏劲甚至从未想过一个女人和第二个男人同床共枕会是怎样的，她的爱情观很传统，第一个就是最后一个，只能是丈夫。

张赫名身上有她没有的沉稳和理智，她最爱这个男人的这一点，就是他能把成熟和单纯结合得如此完美。在职场处世上他是个成熟稳重的男人，在情感上，他很简单，很单纯，不会和别的女人玩暧昧，他的通讯录里，没有除工作需要外任何女人的号码。他不和女人闲聊，尽量抽出更多的时间来陪她，他的心底里眼里好似只有她一个女人，别的女人，都视作无物。

他身边有多少女人蠢蠢欲动窥视着呢，苏劲想，应该会有很多，赫名面对的诱惑要比苏劲多得多，但他一如既往，不管职位做到什么程度，他都不应酬，不参加饭局，要么回家陪父母，要么就赶到她这里陪她，拥抱或者依偎，静静地度过二人时光。

这样的专一好男人，苏劲想自己吃点苦真的是值得的。

第二章　爱情是甜味的毒药，我们边喝边笑

苏劲最担心的就是这个卓惠娜，她是女人她懂得没有几个二十岁的女孩会天天和一个中年妇女聚在一起商讨针织技术，醉翁之意不在酒，女人的心思怎么不好揣测，只有男人会假装糊涂。卓惠娜织的不是毛衣，织的是一张无形的情网，要对张赫名撒开天罗地网。

在地理优势上，卓惠娜已经是占领了首要的优势，有两个优势，一是卓惠娜是地道的北京姑娘，家境好，和张赫名门当户对；二是卓惠娜近水楼台先得月，她已经取得了张赫名母亲的喜欢，而她的父亲又和张赫名的父亲是战友。

只是张赫名一再否认自己对卓惠娜会有半点意思，他说卓惠娜不仅长相难看，而且还很早衰，看上去年纪有三十多岁，像个中老年妇女，打扮还很老土，总之和苏劲比那是差远了。

这些话让苏劲稍稍放了些心。

9月8号那天，苏劲到了公司才知道外企也有如此人性化的一面——放假。这一天是世界扫盲日，真好，只要放假，天天做文盲被扫也乐意。全公司的员工都休息一天，上司俞睿建议大家用休息的这一天去图书馆充电。

苏劲拨通手机，本想告诉张赫名自己今天放假，问他有没有时间一起出去吃饭，转念一想，世界扫盲日，在杂志社上班的张赫名怎么会放假呢，苏劲想自己还是单枪匹马解决温饱问题吧。

于是发了一条短信给张赫名，告诉他，她今天放假，并顺带撒了一个娇，赫名啊，世界扫盲节呢，你都不祝我节日快乐。

赫名的短信一会儿就回复了过来，说：傻丫头，你又不是文盲，等过贤良淑德节我再陪你过。

真坏。苏劲回了这两个字过去，思绪游走起来，她真的是贤良淑德吗？

俞思无精打采地端着杯子靠了过来，说："苏劲，又和你家张赫名打情骂俏呢。"

　　苏劲看了一眼俞思，俞思没有化妆，脸色很难看，还捂着小腹，凭经验来看，是大姨妈来了，苏劲靠到俞思跟前说："怎么了，大姨妈来了啊，脸色跟打了蜡一样。"

　　"我倒想是大姨妈来了……苏劲，怎么办怎么办呢，我都……"俞思看了一眼周围正收拾文件准备撤离的同胞们，把苏劲拉过一边，神色慌乱地说，"我都两个月没来大姨妈了，我会不会是怀孕了？"

　　"啊——"苏劲惊讶，瞪大眼睛从上到下打量俞思，目光重点聚集在俞思的肚子上。

　　"嘘……别出声，文珊那八卦女还没走呢，让她听到就等于广播了。我也不知道该怎么办，我没敢告诉冯小春。"俞思脆弱的眼神低低地看着自己的肚子。

　　"为什么不敢啊，就算怀上了，那也不是你一个人的责任啊。"苏劲趴在俞思耳边说。

　　俞思摇摇头，咬咬牙，说："不是啊，他让我吃药的，我怕胖就没敢吃，安全期吗，我是这么的相信安全期。"

　　"那咱上医院去查查啊，正好快十一长假了，妇科医院都做广告说迎国庆，妇科大酬宾，绝对优惠，B超也许免费做呢。"苏劲嘿嘿笑，怀孕也不是坏事啊，有时苏劲也幻想过要是自己某天一不小心也怀上了，那是不是就能够奉子成婚呢？

　　只是每一次和张赫名情到浓处，他都从枕头底下拿出一个避孕套，苏劲决定，回家就把那些避孕套全扎破。

　　"我不想去医院，我想先买试孕纸自己测试一下，看到底中标没，中了再去医院。"俞思悄悄说，但苏劲能感受到俞思因为害怕全身都轻微颤抖着。

　　"行，中了就去医院检查一下，看胎位正常不。"苏劲说。

　　"中了我就把它做掉。"俞思咬着嘴唇说，伸手拿起办公桌上的大衣外套，拉着苏劲的胳膊就往外走。

第二章　爱情是甜味的毒药，我们边喝边笑

苏劲提包跟在后面，拉着俞思的袖子说："你疯了，怀上了你就把孩子做掉吗？俞思，我们都是二十六七岁的女人了，我们不是十八九岁还可以为男人义无反顾堕胎，如果怀上了，那就是老天赐给你和冯小春的，你得生下来。"

俞思疾走，边回头对苏劲说："生，拿什么生啊，难道要我做啃老族啃我父母吗，冯小春没房没钱，还要考研，我都怀疑他读研的学费都不知道哪里来，他也不愿跟我结婚，生下孩子我做单亲妈妈吗？"

俞思白色修长的裤子走起路来带着风，像鸽子一样在裤管里飞动着。

除了脸色不好，稍欠了些血色，哪里都好，是个完美的女人，可冯小春为什么就没想过要和俞思结婚呢，考研，考研对于一个快三十岁的男人还有意义吗？

俞思说，如果你要是问冯小春这个问题，冯小春一定会推推鼻梁上的眼镜认真严谨地说明理想与追求的人生价值观，再举例辩证：某农民多少年考上了大学，某位老人八十岁还在参加高考。

当初在大学里追求俞思的人那么多，可她就偏偏看上了老实木讷的冯小春，她第一次约会冯小春的时候，她问冯小春："你喜欢我吗？"

冯小春呆板地摇摇头说："不太清楚。"

俞思笑了，说："以后女孩子问你这个问题，你一定要会说喜欢，不然你这么呆怎么能找到老婆呢？"

俞思又问："你喜欢我吗？"

"喜欢。"冯小春说。

当年多少男孩痛惜说一朵鲜花被飞来的牛粪啪地砸中了。

谁他妈的说岁月无痕，应该是岁月无情。

当年跟牛粪一样滋润她的冯小春变了，变得固执而刻板，也没以前那么百依百顺了，倒变成俞思这朵鲜花化做成泥碾做土来供养这堆

牛粪了。

俞思拉着苏劲去开了一间房，两个女人来开房竟引来一旁两名服务员的窃窃私语，世风日下啊，一男一女开房是正常，俩女人来开房就有问题吗？

苏劲拿着房卡对那两服务员狠狠瞪了一眼，冲着俞思的背影故作娇嗔喊道："哈尼，等等偶……"

俞思脸上总算浮起了一抹笑容，说："苏劲你肉麻不肉麻，我掉地上的鸡皮疙瘩扫起来都能给你做一碗宫保鸡丁了。"

进了房间，俞思握着苏劲的手，意味深长地说："苏劲，你能帮我一个忙吗？"那口吻，不亚于白帝城托孤啊。

苏劲深呼吸，用河南话说："中。"

"那好——你帮我去买试孕纸。"俞思的手在苏劲的手背上拍了拍，显得凝重。

苏劲再一次深呼吸，说："中，不过你为啥不自己去买？"

"我是北京人啊，我家就在这一片儿，万一撞上熟人，回去告诉我爸妈说他们女儿买试孕纸，那我爸的三高，我妈的心脏病，我哥的暴脾气……"俞思列举着。

苏劲拉开房门，扭头纠正俞思说："错，你哥不是暴脾气，你哥要是暴脾气的话那天下男人都是火药桶了。"是啊，在苏劲看来，俞睿虽是上司，却温润如玉风度翩翩谦和内敛，如果不是先遇上了张赫名，她真会对这样的男人动心。

很多女人都会有这样的感觉吧，在名花有主之后，也依然会遇上欣赏心动的男人，但是她只会当作一个念头一闪而过，在内心里，还是深爱着自己的男人。这恰恰和男人相反，男人往往会付诸行动来证明自己的欣赏。

苏劲合上门，想着自己要怎么走进药房说自己买试孕棒，虽然买试孕棒并不丢人，但她真不好意思，老怕别人会用异样的眼光看自己，还是因为自己没结婚吧，如果结婚了她肯定可以光明正大走进去，吆喝一声：来两盒试孕棒。

想想，苏劲又回到房间，从包里拿出笔，在工作手册上撕下一张纸，趴在床上写起来。

俞思躺在床上脸凑了过来，说："劳模就是劳模啊，笔和本子不离手，你写什么啊。"

"待会儿买试孕棒我就写纸条递上去，我怕我开不了口啊。"苏劲纠结，写下了六个字：我要买试孕棒。想想又把"我要买"三个字划去，明明不是自己买啊。

俞思拿过纸，在上面写下了三个字：杜蕾斯。

苏劲接过纸条一看，说："哎呀，你不叫我就买试孕棒行了吗？怎么还要我买避孕套啊，你说一个试孕的，一个避孕的，你叫我情何以堪啊。"

"拜托拜托啦好劲劲，冯小春一介书生自命清高从来不去药店买安全套，每次都是叫我吃药，烦死了，药都是在网上买的，我怕吃药长胖，反正是写纸上，你就去帮我买嘛，就这一次，行不？下次我自己打车去昌平区买去。"俞思哀求道，憔悴的脸上有脆弱的美。

苏劲去了，她去了酒店旁边的一家药房，这时药房里只有一个年纪稍大的阿姨在柜台前卖药，幸好这时药房里没有别的顾客。

"你好，需要什么药。"阿姨很温和地笑着说。

"我要买这上面的东西。"苏劲把纸条递了过去，神色慌张，又此地无银三百两地补充说，"我一朋友，肚子疼，自己不能下来买，叫我来帮她买。"

那阿姨把纸条放在自己眼前瞅着，也没有看太明白，又把纸条拿远着看，也没看太明白，似乎是老花眼。

正好这时药房里又进来了一个顾客，那个顾客好像和药房的阿姨认识，喊道："老萍，给我来盒西瓜霜润喉片，我家赫名昨晚说喉咙

疼，我想是上班太辛苦了，他马上要升主编了，天天开会给他手下的员工上政治课，新官上任三把火啊。"

苏劲听着熟悉，赫名，难道是她的赫名？她慢慢偏过脸看这位顾客，惊吓地赶紧转脸，多熟悉啊，在照片上见过啊，张赫名相机里的家庭聚会照片啊，这就是张赫名的妈妈呀。

没想到第一次见面，会是这样的场景。

更尴尬的是，药房的阿姨把纸条递给了张赫名的妈妈，眯着眼睛问："雪芝，你视力好，你帮我瞧瞧这纸片上写的是啥药啊。"

雪芝，李雪芝是张赫名妈妈的名字，这回糗大了，虽然她不认识苏劲，可总归要见面的啊，苏劲在心里念着，俞思啊俞思，丑媳妇总归要见公婆，我和我未来婆婆的第一面，彻底毁在你手上了。

李雪芝捏着字条端详，看过后，又把目光转移到苏劲的身上端详，对药房内的阿姨说："是试孕棒和杜蕾斯。"

"各两盒。"苏劲小声说。

药房的阿姨从柜台里拿出四个盒子放在柜子上，苏劲付了钱，半只手遮着脸，把四盒东西揣口袋里就往外走，但这个过程还是不小心和李雪芝撞了个眼神，苏劲眼神里的那个惊慌啊，心想完蛋了。

李雪芝纳闷地看着苏劲的背影说："老萍，我怎么看这女孩子觉得奇怪呢，她好像很害怕我似的。"

"哈哈，你教了几十年的书，说不定是你的学生啊，在这种情况下遇见老师肯定不好意思。哎，我家惠娜和你家赫名相处得咋样啊，我看惠娜这边没什么激动劲啊。"老萍拿出一盒西瓜霜给李雪芝，又说，"别给钱了，未来女婿嘛。"

"这药房不是你家的，不给钱还不得从你工资扣啊。我看惠娜和赫名的事有戏，俩孩子从小一个院长大，就冲俩孩子爸扛过枪的战友交情，这俩孩子感情有眉目。"李雪芝拿着西瓜霜，也没掏钱出来。

苏劲如同做贼一般回到了酒店，从口袋里掏出试孕棒给俞思，两盒试孕棒，两盒杜蕾斯，俞思拿起一看，说："你怎么买了两盒试孕棒啊，还打算试个好几次啊。"

"快别提了，你猜我看到谁了，我看到张赫名的妈了，我一慌张就随便报了个数，给钱赶紧走人，希望没被发现。"苏劲做祈祷状。

俞思拍拍苏劲的肩膀说："好姐妹，你受苦了，这样吧，反正多出来一盒，不如你也测测看。"

"哎呀，我测什么啊，我又没怀孕。"苏劲笑着摇头。

"测着玩玩嘛，不然多一盒我还带回家啊，来，正好你比我聪明，你看看说明书来教我用。"俞思说着就把两盒都拆了。

苏劲只好无奈地笑笑拿着说明书看，按照说明书上说的，两个人都各自去卫生间取了尿液，两个小塑料容器装着，一来一回放在桌上，俞思拍着脑袋说："左边是你的还是右边是你的？"

苏劲挠挠头认真想着说："应该左边是我的，你上火，尿液颜色也应该比我深。"

两个女人趴在床上都盯着床头柜上的两杯黄色液体，数分钟后，左边的试孕棒呈一道杠，右边的试孕棒呈双道杠。

苏劲对俞思无限邪恶地笑说："哈哈，恭喜你，你做妈妈了，早生贵子啊。"

"别贫了，这孩子不可能生下来的，估计都有两个月了，我月经不规律，也没想到真会怀孕，苏劲，走，我们去医院吧。"俞思脸色渐渐发青，她握着苏劲的手，手掌心都是汗。

苏劲搂着俞思的肩膀，捏捏，认真地说："你可想清楚了，不问一下冯小春吗？"

"不问了，他知道了会不高兴的，算了，去医院吧。"俞思下床，脚底都发软，想到在电视剧里人流手术的情形，她觉得不寒而栗，从小打针都怕的俞思，不由自主地恐慌起来。

"别怕，我陪着你。"苏劲给俞思一个鼓励和安慰的眼神。

苏劲大学时曾陪过班上的一个女同学去医院做人流手术，那个女同学在进手术室时还一脸坚强地对男友的深情厚谊无怨无悔，当手术之后，苏劲搀扶着这个女同学，亲耳听到女同学凄厉地喊着自己男友的名字说恨不得要阉了他。

可见人流手术绝对没有医院广告介绍的那样三分钟无痛人流，让您在梦中手术无忧。

到了医院，挂了妇科专家号，年轻的女医生扫了俞思一眼，例行公事般用毫无感情色彩的语气问：月经多久没来了，是否有婚史，有没有恶心干呕的症状。

最后又要去验尿，抽血检查血HCG和做B超，抽完血拿了一堆条子从化验科跑到卫生间，又端着一杯尿液往化验科跑，生怕跑晚了排队要排在后面。

苏劲跟在后面还很好心地友情提示："别洒出来了啊——"

俞思抱怨着说："就这么跑来跑去排队爬楼梯的，怀孕也能折腾流产了，你说这医生，我都说我用了试孕棒是两道杠，干嘛还要我再做这些。"

"这样也是为了保险起见啊，你就配合一下，乖啊。"苏劲给俞思打打气。

还没等验尿的结果出来，俞思又先去做了B超，苏劲给她排队等尿检的化验单，排了长长的队，苏劲对着这些孕妇们，投去了羡慕的目光。

她并不想做女强人，她也并不是合格的女强人，她更多的时候宁愿嫁给张赫名生儿育女相夫教子，只是自己家庭的原因还有自己和张赫名的差距，她不得不拼。

她想自己已经26岁了，如果明年能嫁给张赫名，那起码也得28岁才能做妈妈，这还是最快的时间，她望着身旁的一个孕妇，丈夫的手都没有离开过妻子的腰，满脸的幸福。

苏劲失了神，不禁顾影自怜，医生在窗口报了好几遍俞思的名字她才反应过来，她挤上前接过化验单，又去另一个窗口领血HCG的检验单，握着两张单子，看了半天都觉得好像没有怀孕。

苏劲愣了一下，难道是自己理解错了，又问身边的一位孕妇，孕妇随意瞟了一眼两张单子，就说："这是没怀上呢。"

苏劲呆了，没怀上？检查了半天俞思没怀孕，这怎么可能呢，明明试孕棒测的是两道杠啊，可是眼前的化验单是科学仪器精确测试的啊，难道要怀疑科学仪器吗？

俞思拿着做B超的检查单有气无力地走了过来，包松松垮垮地挂在肩上都快要掉下来，她挽着苏劲的胳膊说："走，再回医生那里，把一叠单子给医生看看。"

苏劲疑惑地说："俞思，你好像没怀孕啊，我这边拿的化验单显示的是没怀孕，这是怎么回事啊。"

俞思捏着单子摆摆手说："管它呢，没怀上最好，去让医生看看，我也看不明白，要是在古代把个脉就得了，现在反而这么麻烦，累死我了。"

医生拿着几张单子看了一下，又看看俞思，摘下眼镜，说："你没怀孕啊，你弄错了吧，你月经几个月没来了。"

"啊——没怀孕啊，没怀就好。"俞思开心地说，又回到医生的问题，"我两个月没来了，以前月经就不是很正常，十四岁初潮后就三个月来一次，半年来一次也有过，我也就习惯了。"

医生又戴上眼镜看B超的单子，脸色凝重了起来，说："你这是太不把自己身体当回事了。月经不调早就应该看了，你今年都这么大了，也就意味着你都十多年月经不调了，你看这B超图，你的子宫比正常的子宫要小很多，子宫壁也很薄，我建议你做一下激素测试，也许有些卵巢早衰。"

"卵巢早衰，不会吧，我这么年轻，怎么就早衰呢。"俞思不敢

相信。

苏劲也担心了，俞思虽然平时看起来脸色有些不好，非要上妆人才能显得精神，但也无法和卵巢早衰扯上关系啊，早衰，早衰是多么吓人的事情，还是那么隐秘重要的地方。

俞思这时感觉全身都发软了，苏劲边安慰她边扶着她按照医生开的单子去做检查，俞思又想了起来，说："苏劲，不对啊，当时两个杯子里的试孕棒，确实是有一个是怀孕的，我没有怀孕，那意味着，怀孕的就是你啊。"

这一句提醒，犹如当头一棒。

多么戏剧性的一幕啊，本是陪俞思的，最后可能怀孕的竟是她。

当时她也记得不是很准确到底左边的是俞思的，还是右边的是俞思的，苏劲迷糊了，难道弄错了，真正怀孕的反倒是自己？天啊，不会这么损吧，来的这么突然。

她距离上次月经来有二十几天了，想想这期间确实有一次和张赫名以为是安全期就没有采取安全措施，张赫名在她身上喘着粗气问她安全吗，她还坚定地说安全。

苏劲几乎无力了，尽管以前开玩笑说羡慕那些奉子成婚的，可以毫无顾忌不再思前顾后可以直接拜堂成亲生儿育女，当事情真的可能要落到自己身上时，苏劲也轻松不起来，她并不确定张赫名一家人对此的态度，她都没有走入他的家人接纳范围内。上午还歪打正着地遇到了张赫名的妈，还是在那么尴尬窘迫的情景中。

第三章
婚前大战一场接一场，结婚咋像打仗

人生有时就是一场闹剧，活了几十年后才发现，很多事冥冥中都自有定局，如果不是按这样的路走，也许在弯了很久的山路之后还是会回到原先的路上。人定胜天，这话，只能是当一句鼓励的话来听听。

苏劲想，她是战胜不了老天爷的，从她出生在那个河南农村贫穷的家里，她的人生就注定了要狠劲拼一场才会幸福。从念书起，她就比别人付出更多努力，如果她没有考上北京的大学，和家乡有的女孩一样初中就辍学在家，打一份工，嫁给一个差不多的男人，一辈子也就这样了。

可她偏偏在北京有了一份不错的工作，也找了一个不错的对象，她在这个时候，还能扛着大旗"告老还乡"吗？她只有战斗下去，争取工作上挣更多的钱回报自己的父母和兄妹，在感情上她也要和张赫名并肩坚持下去。

不是有句话说坚持就是胜利吗。

若她真的中了，怀了孩子，她就要把孩子留下来，她要告诉张赫

名，她有了他张家的骨肉，也该是摊牌的时候了。

"俞思，那我该怎么办？"苏劲低着头，注视着自己那双精致的黑色镶有缎面的高跟鞋，她可以在衣服化妆品上省，但她从来不穿差的鞋子。

连那部80后都看过的《流星花园》里端庄舒雅的藤堂静都说：每个女人都应该有双好鞋，有双好鞋可以带你去任何你想去的地方。

以前苏劲还把这句话说给了90后的妹妹苏勤听，苏勤则连《流星花园》都不知道，是啊，90后哪里还知道什么流星花园F4呢，都过时了。

时光，真是无情，凭你当年多么风光，横扫亚洲，最后还是会被时间所淘汰。

她最想去的地方，就是叫做——家，是和张赫名共有的那个家，她一直在等。

俞思颇有意味深长地抬头看向远方，那远方，是产房。

"那是新生命诞生的地方，小时候我对新生命充满了好奇，觉得很神秘，一粒小小的种子被我丢在四合院的墙角边，竟从石缝里发芽茁壮成长。孕育一个孩子，也是这样的过程吧，苏劲，我有种预感，我可能再也体会不到这样的过程了。所以你怀了的话，要珍惜这个小生命。"俞思说着，眼眶都湿润了。

远处的产房里传来新生儿降生的啼哭，那啼哭，让等候在外的男人是多么的喜悦。

"我当爸爸了，我当爸爸了，我有孩子了……"男人激动地雀跃起来，握着手机打电话报喜。

苏劲眼里也有些湿了，是俞思的话让她伤感了，还是在生命的面前，敬畏和感动。

"那我去做一个血HCG，确定一下。"苏劲说。

她去抽血做血HCG，可以准确测出有没有怀孕，她的心怦怦乱跳，等待着结果，这时候电话又不期然地响了，从包里翻出一看，是妹妹苏勤打来的电话。

接通电话，妹妹气震山河般的语气说："姐，我到北京啦！"

苏劲被惊吓到了，苏勤在这个时候到北京，这不是乱上添乱吗，可都到火车站了，她还得马上去接苏勤。

俞思的检查单出来了，医生直摇头，说情况很不好，只能吃药调理调理，最好早一点结婚，照目前来看，俞思很难怀孕，即使怀上，也只会怀第一胎，而且越早结婚怀孕率才会越大一些。

苏劲的血HCG化验单也出来了，她怀孕了，都快四周了。

两个女人各拿着一叠单子站在医院大门口，回头望望身后的医院，都欲哭无泪。是不是老天故弄玄虚捉弄人呢，俞思的处境可能比苏劲还要糟糕一些。俞思哑然，她都不敢相信自己十多年来的月经不调竟可能剥夺她做母亲的权利。

"苏劲，你说多滑稽呢，本以为怀孕的人反而不孕，本以为没怀的人反而怀上了。我现在反倒羡慕起你了，好歹你还有当母亲的机会，我呢，也许这辈子都做不了母亲了。之前我还想要是我怀上了我就做人流，可我现在好想好想有一个孩子……"俞思说着，蹲下身子，抱着自己的膝盖，手里那一叠化验单都被汗浸湿了。

苏劲也不知道自己到底该怎么办，她也方寸大乱，苏勤还在火车站等着她，她却不知该如何让苏勤看到她的生活现状，她哪有她说的那样美好和舒适。但看俞思，苏劲不得不先把自己的儿女情长收起来，她蹲在俞思身边，安慰俞思。

"科学这么发达，怎么可能会要不到孩子呢，你只要好好调理自己身体，就好起来了，又不是什么病，你不要自己吓唬自己，实在不行不是还可以选择试管婴儿吗？"苏劲也想不出多有深度的话来安抚俞思。

"我要把我可能不孕的事告诉冯小春。"俞思抬头看着苏劲，很

坚定地说。

苏劲直摇头，说："你傻了吧你，这事又没确定，就跑去告诉他，你们又没有结婚，你告诉他你生不了孩子，万一他介意怎么办，又或者他家里人介意怎么办，你还是别冲动，想清楚确定了再说。"

"不，我不能欺骗他，如果我隐瞒他，那他如果娶了我，我不能给他生孩子的话，他还是会知道，到时候他会恨我的，我不能对不起他。重要的是，我相信冯小春，相信我们的爱情，即使我不能生孩子，他还是会娶我的，不是吗？"俞思反问苏劲。

苏劲也不知该如何回答了，只是直觉告诉苏劲，俞思这样的"坦率"是欠妥当的。爱情还是单纯点好，能隐瞒的灰暗部分还是隐瞒起来，大多数的爱情都是经不起考验的，非要给爱情来一道考验，那样爱情就像赌注了。

俞思还是执意要把卵巢早衰的病情告诉冯小春，苏劲没再做阻拦，她还能说什么，她能说俞思你别相信男人，你应该欺骗他，别把你不好的一面让男人看到，他会抛弃你的，人都是自私的？

对，人都是自私的。

俞思回家了，苏劲坐公交车去火车站，在公交车上，她主动把自己的座位让给了一名孕妇，她低头看到孕妇高鼓着的肚子，她想，她也有一个小生命，快四周了，在她的身体里，是张赫名的缩小版。

如果张赫名知道了她怀孕的事，会是怎样的心情呢，是将为人父的喜悦兴奋，还是难以面对家庭的无奈惶恐呢？苏劲想这是考验张赫名的时候了，如果他真的爱她并且有担当，他应该站出来，带她回家，名正言顺地给她和孩子一个家。

纵使，她是个外地女孩，家境贫寒。

他们相爱了这么久，这个孩子的到来也许就是老天让他们快点结婚的礼物。为了宝宝，她也要支撑下去，挣钱，争气，结婚。

也不知是怎么了，向来不晕车的苏劲居然晕车了，还反胃很想吐，难道是孕吐反应吗，也太夸张了吧，一查出怀孕反应就出来了，可能是心理作用。

好不容易忍着下了车，到了火车站，手机收到了张赫名的短信，都是一些关心的话语，很体贴，苏劲暂先不打算把怀孕的事告诉张赫名，等苏勤回家后吧，免得生出事端。她回短信给他，告诉他妹妹苏勤来北京了，她正在火车站接苏勤。

张赫名见过苏勤，那时苏勤还在念高一，张赫名跟着苏劲去河南的老家，还帮着苏劲的父母种了几天地，把他累得不轻，但他一点怨言也没有，苏勤对这个一点也没有京城子弟纨绔味的未来姐夫也很有好感。

苏勤羡慕姐姐苏劲，找了一个很好的归宿，工作好，对象也好，她才固执地也要来北京，要和姐姐一样成为父母和周围人眼里的骄傲。

苏勤哪里看到了姐姐的苦楚和艰难呢？

苏劲蹲在地上，捂着胃，好容易稳住了自己的胃，止住了泛酸的感觉，又从包里掏出化妆镜，扑扑粉，让脸色看起来不是那么憔悴。

她还不想让妹妹知道她怀孕的事。

现在最棘手的问题就是苏劲在家人面前一直说的自己在北京过得很好的样子，有干净舒适的公寓住，有暖气，有空调，卧室很大，朝南的落地窗。苏勤来了该住哪里，难道要把苏勤带回她那破旧的小出租屋吗？

她之所以在父母面前说自己过得多好，也是不想让父母操心，让父母放心安心接她的钱用，在北京这几年，她都能体会到每次给父母打电话，只要说一些自己幸福过得好的消息，父母就会得到莫大的宽慰。

该怎么办，她不敢往火车站里面走了，她该如何面对妹妹满是憧憬的眼神？

张赫名的电话打了进来，她忙接听。

"苏勤都到火车站了啊？那你怎么跟她说啊，她住哪啊，要不这

样，惠娜的堂哥一家人去了外地避暑度假，房子都空着的，我跟惠娜打个电话，问能不能借房子挡一下，等会儿给你消息啊，你好好的啊。"张赫名也是很焦急。

苏劲刚想说不要去找卓惠娜，她不想张赫名和卓惠娜有什么往来关系，他们两家的家庭关系已经够密切的了，想到自己要沦落到借房子用来骗自己的妹妹，来编织自己美好生活的蓝图，她有些惭愧，又有些内疚。

种种烦事似乎争先恐后地扑面而来，暂时先把怀孕的事放在一边，苏勤在她这里住的这段时间，她不能让苏勤看出破绽，还是要维护自己美好光鲜的生活，她不敢想象河南老家的父母真实了解了她的现状会不会昏过去。

硬着头皮往火车站里走，客流量很大，人群熙熙攘攘，她搜索着苏勤的影子，苏劲的目光被人来人往的场景弄得有些晕眩，脚底发软，她的手轻轻搭在自己的小腹上，默默对自己说，她不再是一个人打拼，是两个人，她有孩子了。

母性的光辉无限扩散蔓延，这个孩子，给她带来的将是幸福还是烦恼，她不想去过于思考，只是这一刻，她确信，孩子是属于她和张赫名的，她无数次伏在他的胸膛前幻想着和他有一个孩子。

"姐，我在这儿呢——"苏勤的声音清脆地传来，把苏劲一下拉回了现实。

她看见不远处的苏勤招着手，小步跑过来，苏勤穿着一件白色T恤，洗得泛黄，牛仔裤也褪色发白松垮垮的，一双运动鞋更是风尘仆仆。

苏勤瘦了，脸也晒黑了，清秀的脸上有着这个年纪的女孩不该有的年轮，如饱受沧桑的柿子，蒙上了一层薄薄的灰，就是让人看不清原本秀丽的模样。

苏劲知道，这是妹妹夏天在家帮父母干活，皮肤晒成了这个样子。

她的心一下就疼了，她想自己还是不够努力，她作为姐姐，没有让妹妹过上衣食无忧的美好日子，她在北京摇曳生姿维持着最基本的薄面，可家里的父母，兄妹，哪一个又比她轻松呢。

她自责内疚，拉着苏勤的手，从口袋里拿出一张面纸，弯腰给苏勤擦鞋面上的灰尘，苏勤要拉她起来，笑着慌忙说："姐，你是怎么了，我自己来擦。"

苏劲倔着不理，蹲在那里把苏勤的一双鞋擦干净，眼泪不停地往下落，妹妹和她所接触的同龄北京女孩相差太大，没有穿过多体面的衣服，没有做过发型做过美容，没有化妆品护肤品，没有去过KTV，没有吃过西餐，这就是她苏劲的妹妹。

她作为姐姐，没有让妹妹过上好的生活，她甚至还要欺骗妹妹，编织一个善意的谎言，苏劲站起身，握紧了苏勤的手，说："妹，辛苦了，咱爸妈亏你照顾了，我不能在爸妈身边尽孝，让你受累了。"

"姐，看你说的啥话啊，咱是一个娘胎生出来的，我照顾咱爸咱妈不是应该的吗，再说你每个月往家里寄那么多钱，你付出的比我还多呢。"苏勤用朴实的河南话说着，脸颊上浮着薄薄的红晕，用手背擦拭苏劲脸上残留的泪痕。

张赫名的短信发了来，上面是一行地址，是卓惠娜堂哥的公寓地址，苏劲可以直接把苏勤带到那所公寓里，说是自己住的地方，苏勤顶多在北京待一个星期，不会察觉到什么异常。

苏劲还真没想到，第一次见卓惠娜这个让她担忧了好几年的假想情敌，竟是在她有求于人的时候，这样的狼狈和窘迫。

为了找这个地址，苏劲费了好些神，出租车司机也不是很清楚，苏勤随口玩笑着说："姐，你咋连自己住的地方都找不着了啊。"

苏劲沉默不语，在车上一直拉着苏勤的手，苏勤的目光探向窗外，第一次来北京，苏勤带着对首都北京无限的好奇和憧憬，看着窗外

沿途的城市风景，会因为天空划过的一架飞机而激动；拉着苏劲的手指着天空，会仰头仰得极高看高楼大厦的顶层。

风吹动着苏勤的发丝，有淳朴女孩芬芳的气息，苏劲眼里的苏勤，多像多年前第一次来北京的自己，对这个城市抱有着太多的希冀和拼劲。

"姐，爸妈让我给你带了一些吃的，天气热不敢带太多，还有妈做的豆瓣酱，回头你让姐夫也拿点回去给他家里人吃。哎，姐，姐夫最近工作咋样啊，你俩打算什么时候结婚啊。"苏勤看苏劲一脸的憔悴，略微添了些担心。

苏劲勉强笑笑，手在苏勤的手背上拍了拍，意味深长地说："放心吧，结不结很快就见分晓了。"苏劲低头，潜意识地盯着自己的腹部，里面的小生命不期而至，将会带来怎样的冲撞。

要么结婚生子，要么分手堕胎。

苏勤的眼里还是流露出对苏劲的艳羡目光，她哪里会懂得苏劲光鲜背后的凄凉，为了维持家人心目中家中栋梁的形象，苏劲努力掩藏起自己全部的无奈和艰辛，呈现出一副我过得很好，我会让全家人都幸福的形象。

"姐，等我开学了，你帮我找份兼职的工作，我边念书边打工挣钱，这样就可以减轻你的压力了，我可以做做兼职做做促销什么的。"苏勤说这些话，无非是想让苏劲压力不要过于大，苏劲的收入是家里最大的经济来源，又要维持整个家，又要维持自己在北京的生活，怎么会轻松得起来呢。

苏劲扭头看着窗外，空气中很沉闷，车里的冷气开着，让她的后背一阵寒意，出了冷汗，她一只手抱在怀里，低头瞥见苏勤牛仔裤磨白处仿佛稍一用力就会撑破。

"别打什么工，你姐姐我还能撑几年，等大哥结完婚，你念完大学，我就轻松了，不就是苦个几年嘛，咱们是一家人。你只管好好念书，缺什么就跟我说，我是过来人，上学的时候打工很影响学习的。"苏劲的手在苏勤膝盖上抚了抚，补上一句："晚上带你出来买些衣服，算是奖励你考上大学的。"

苏勤的心如同被一罐酸梅汤浸泡了一样，酸溜溜的，她目光濡湿了，哽咽着说："姐，这几年咱家连累你受苦了，我们都拖累了你，这原本都不该是你承担的负担。姐，你等我四年，四年后我毕业了，我挣钱了我加倍对你好，再也不让你受累了。"

苏劲抬手揉揉苏勤的头发，又捏捏苏勤的鼻尖，笑着说："傻丫头，知道我的好就行了，不管怎么说，咱家爸妈多辛苦啊，大哥腿脚又不方便，以后我们俩要姐妹齐心，照顾爸妈，能帮大哥的地方也要多帮帮。"

"嗯！我也向你学习。姐，你不知道，咱家那边的人多羡慕咱爸妈啊，都说你有出息，是我们那飞出的金凤凰，你要是嫁到北京来哇，乡亲们就包几辆大卡车进京来参加你的婚礼。"苏勤激动地说，一脸美好的憧憬。

好不容易才在四环外找到了张赫名借来的公寓，张赫名穿着棕色西装站在公寓楼下，一副谦谦君子的样子，苏劲再累，只要一见到张赫名，什么抱怨都烟消云散了。张赫名的笑容，可以疗伤，化解苏劲所有的压力。

她隔着出租车的窗户，望着张赫名修长挺拔的身影，险些落了泪，赫名，我们怎么相爱得这么艰难，不可以光明正大走在一起，连见我的家人，都要躲躲藏藏。我如此爱你，又如此的不忍心。

张赫名大步走到车前，拉开车门，很贴心地将手心放在车门上方给苏劲挡着，生怕她的头碰到了，细微的动作足可以看出赫名对她无微不至的关心。

苏勤大咧咧地喊了一声姐夫也下了车。

张赫名乐滋滋地答应了，苏劲总觉得这一幕很温馨，特别是当她的家人对他的称谓是带着承认他是她准丈夫的意味，她更觉得这个优秀温润的男人是属于自己的。

想起上一次张赫名陪她回河南老家，一家人围坐在饭桌前，母亲端上一碗鲫鱼豆腐汤，父亲和张赫名同时都指着那碗汤对苏劲说："多喝点汤。"

她幸福得不得了，觉得世界上最爱自己的两个男人都在自己身边。

父母俨然都把张赫名当成了自己的准女婿，苏劲说张赫名的父母对自己是如何如何的好，让老实厚道一辈子没和大城市人打过交道的父母听得笑逐颜开。

谎言编织得太美好了，终有无法收场的时候。

比如现在，就需要去借一套公寓来应付妹妹苏勤的到来，但这种应付也只是暂时的，九月份苏勤就要正式来北京上学，时间一长，纸还能包得住火吗？肚子里的孩子也是更大的考验，事到如今，瞒也瞒不住什么了。

苏劲脸色低沉，把心一横，索性也不想进这栋公寓了，反正迟早都是要面对双方家长的，她看了张赫名一眼，目光里都是无奈和凄凉。

这让三个人的气氛陡然尴尬了起来，都停步不前站在了楼道口边。

"姐，姐夫，你们俩干嘛呀，吵架了啊？"苏勤笑着说，瞪着眼睛看看苏劲再看看张赫名。

"你姐啊，这是怕我早上起来没把家里整理好呢，怕你看到了笑话她懒，老婆，你放心吧，家里我都收拾好了，别担心。"张赫名说着走到苏劲身边，揽过她的肩膀，右手在她的右肩上拍了拍。

苏劲明白了张赫名话里的含义，他暗示她不要担心，一切他都安排好了，她只需要稍配合就可以把这场戏演下去。苏劲抬头看张赫名，他的目光告诉她，他会一直陪着她走下去，他所作所为，都是无奈，太爱了，以至于他生怕走错一步就会失去她，他步步小心，双方家庭都要维护薄面。

他何尝不想马上就把苏劲带回家里，马上就娶她，如果他可以顺利升主编，他就把苏劲正式介绍给家人。因为他曾试探性地在母亲面前说过，如果他娶一个外地女孩做老婆怎么样，当时母亲白了他一眼说：你养得起吗你，到时候七姑八大姨有点钱花不光是吧，你升主编再说吧，先把自己能力提高，男人要事业第一，有了事业，什么都好解决。

苏劲将要说出口的真相又被生生吞了回去，她想得更多的是如果说出来了，张赫名怎么办，苏勤要是把真相告诉了父母，父母还能答应她这样没名没分继续跟着张赫名吗？她和他的未来该怎么走下去。

她点点头，装出笑容，尴尬地说："是啊，就怕家里乱糟糟的，我妹妹苏勤是最爱干净的孩子了，对吧苏勤。"

"就是。"苏勤咧着嘴，点点头，转身站在楼道口上，打量周围的环境，说，"姐，这楼里还有电梯呢，哇，这一定是很高档的小区吧，租金很贵吧。"

"没事，他全包了。"苏劲回头看着张赫名瞪大了眼吐舌头的样子就笑了。

苏劲进电梯的时候，被一道小坎差点绊倒，幸好张赫名抱住了她，这把苏劲的脸都吓得惨白惨白，幸好没事，万一摔下去把孩子弄没了就可怕了。

"老婆，你是不是哪里不舒服啊，你看你手心都是冷汗，回家我给你泡杯姜茶喝。"张赫名俊朗的面庞上有宠溺的微笑。

他的宠溺，总让她跌入难以逃脱，她深深地被他一贯的温柔吸引，他总是那么贴心，除了他在他父母面前的妥协以外，苏劲挑不出他还有什么缺点。

张赫名开门，帮苏勤把带来的土特产和行李都提进了客厅，苏劲

和苏勤进来的第一反应是那么的相似，都站在客厅里被华丽的装潢吸引住了。

"哇，姐、姐夫，这房子也太漂亮了吧，姐，你每天住在这么美的房子里，心情一定很愉悦。这比咱家那小平房不知要好多少倍，嗯！我以后找男朋友也要找像姐夫这样条件好的，姐，我太羡慕你了。"苏勤说着，挽着苏劲的手，头就往苏劲的怀里钻。

"羡慕啥呀，你以后肯定比我好，真的。"苏劲对张赫名白了一眼，她怪他不该找条件这么好的房子，这房子也太高档了，要真论租住的话一月都得五六千了。

张赫名耸耸肩，帅气得一塌糊涂。

三室一厅的房子被苏勤来来回回参观了十几遍，苏劲趁苏勤看房间的空当，把张赫名拉到了卫生间小声说："你怎么借这么好的房子哇，我妹可机灵着呢，房主的照片信息什么都收好了没，别露了破绽。"

张赫名顺手就搂住苏劲的腰，故作深沉地说："我的老婆大人，你就放心吧，我保证蛛丝马迹都没有留下……老婆，我都好几天没好好抱你了，瞧你小脸瘦的，老婆，今晚我想……"

"姐，这是怎么回事啊！"苏勤的叫声在关键时候发出来。

张赫名的吻戛然而止，苏劲偷笑着推开张赫名，脸红耳赤地往客厅走，问："怎么了，一惊一乍的。"

"姐，这电视机怎么放这种东西啊，怎么关啊……哎，姐夫你别出来。"苏勤捂着眼睛坐在沙发上不知如何是好。

苏劲一瞧，电视上正放着限制级的画面，类似于一男一女人肉大战，苏劲想光天化日哪有电视台敢放这种少儿不宜的电影啊。低头一瞧，是碟机在放，她关掉电视，退出碟机里的碟片，一看是大日本民族的文化产物。

"姐，你和姐夫……经常一起看这个吗？"苏勤弱弱地问了一句。

"没有没有没有！绝对没有，我怎么会看这种龌龊的东西呢，一定是你姐夫偷看的，看我不找他算账。"苏劲把碟片别在身后，趁苏勤还没有反应过来，慌忙闪进卫生间。

张赫名脸一阵青一阵白，双手抱头小声说："亲爱的老婆大人，你怎么可以说是我看的呢，你叫我这个姐夫以后在小姨子面前还有什么正人君子的形象？"

苏劲看他委屈的模样忍不住笑了，把碟塞到他的手里说："那还不都怪你，交的都是什么朋友啊，差点害我都出洋相，我妹年纪那么小，可别被你的狐朋狗友污染了。"

"是是是，老婆，我遵命，清除社会主义不和谐的毒瘤，保护老婆和小姨子！"张赫名立正行了一个军礼，转身将碟片扔进了垃圾桶。

"去你的，没个正经的。"苏劲笑了，这个小插曲让她一下就回忆起了当年大学时和张赫名初次见面的尴尬情形。

那年春天，学校组织出去踏青，住在一个山脚下的青年旅舍里，苏劲所在班的辅导员还带了几个往届的学生，张赫名就是其中一个。

白天爬山都累了，晚上回到青年旅舍大家都各自回房睡觉。辅导员安排的是两人住一间，男生和女生是分开住的。当时有偷偷谈恋爱的小情侣，就会晚上自己协调换房间，这样一对情侣就睡在一个房间。

苏劲比较可怜，因为女生总人数是单数，所以她一个人住一间房，而张赫名也是男生中的单数，也是一个人住一间房，当然，那时他们还彼此不认识对方。

青年旅舍坐落在山脚下，推开窗户就有一个大大的屋顶，山风吹进来，夹杂着刚被春雨冲刷过的青草气息。

苏劲百无聊赖，看见房间的床头柜有两盒杜蕾斯，每盒都有十个装，她好奇加闲得慌，就拆开了，坐在屋顶上，一个个拆开吹着玩，结果全部都吹破了才睡觉。

　　她的性格就是这样，又大条又狠拼，非要鼓着腮帮子把两盒全吹破了。

　　春游结束后，苏劲把房卡交给了前台，所有的同学都集合要准备走了，就在这个关头，大厅前台该死的对讲机传来了清洁大妈的咆哮声！几乎全部人的耳朵都被震撼了！"308房消费避孕套两盒，重复一遍，308房消费避孕套两盒！另外收费！"

　　苏劲当时的头皮都麻了，所有人的眼神都四处张望寻找一夜消费了两盒杜蕾斯的勇士，最后目光全部聚集在苏劲的身上，各种眼神都有，有惊讶的，有猥琐的，甚至还有羡慕的。

　　原来那些是要另外付钱的！没开过房的苏劲表示很无辜。

　　苏劲当时死了的心都有了，低着头恨不得找个坑把自己埋了。幸好辅导员去卫生间了，要是当场听到，辅导员非发飙不可，丢人可丢大了。

　　此时服务员也望着苏劲，苏劲伫立在原地低着头像犯了流氓罪一样一动也不敢动，服务员一副不付钱就不让走的样子。

　　人群中站出来了一个高大的男孩子，穿着白衬衣立领的蓝色牛仔外套，极酷的模样，倒是很平静，主动付了钱，走到苏劲身边，说："没事了，别怕。"还对苏劲眨了眨左眼，那是传说中的放电吗？

　　顿时人群炸开了锅，各种女生的尖叫和男生的哇哇声。

　　这个男孩子，就是张赫名。

　　结果绯闻一下就出来了，所有人都认定那两盒东西是张赫名和苏劲两人用的，张赫名是站出来勇敢承担责任，他们俩都是住单间，没有人证。

　　苏劲的同学都问她：荒山野岭，干柴烈火，一夜两盒，厉害厉害。

　　张赫名说他也收到了很多女生发来的短信，简短的六个字——"你一晚上两盒？"

后来，假戏真做，他们真恋爱了，只因苏劲问张赫名，她问他那天为什么要站出来帮她。张赫名说的那段话，让苏劲至今想起来都会感动不已。

他说：人群中，我看见你瘦瘦高高的，低着头，快要哭出来了，我没由来的心疼全部冒了出来，就那样想帮你挡一挡，挡去所有人的异样目光。你是那么让我心疼，我都不知道自己怎么就走了出来。只是没想到，我给你添了那么大的误会。我喜欢你，否则我的心不会那么一下子冲撞地跑了出来。

多么奇怪而又美好的回忆啊，苏劲端详着张赫名的脸，好几年过去了，这个男孩子变成了男人，褪去了牛仔外套，西装革履，那么温润俊朗，面庞干净，眉目生动，他还是她的张赫名，她是他的苏劲。

一点也没变，两个人的情意从未远离过，愈加浓烈。

"赫名，你还记得我们第一次见面的场景吗？"苏劲帮他整理一下领带，重新系端正，他说她给他系的领带最好看。

"记得，那么深刻那么轰动，我怎么会忘呢……"张赫名双臂环抱了过来，声音哽咽，"老婆，这些年，你跟着我，受委屈了，连个正式的名分也没给你，也没有给你房子，我想想，我很是对不起你，老婆……"

"嗯？"苏劲轻轻答应，脸颊在他的胸膛摩挲。

"你受苦了，你等我，我一定娶你，让我的父母接纳你，我要让你过好日子，我要让你做全天底下最幸福的女人。"张赫名说得那么真切，他的承诺那样凝重。

苏劲点头，泪眼湿润，她在心里悄悄说：宝贝，你听到了吗，你的爸爸很爱妈妈，将来，也会很爱很爱你，我们都是你爸爸的小宝贝。

她差一点就要告诉张赫名她怀了他的孩子。

可她忍住了，她这时候不能说，他正逢升职关头，如果告诉他有了孩子，她担心他压力过大又要拼命加班工作了。

　　她伸手抚摸他的面庞，他还是那么好看，如此的干净温暖，她呢喃着说："赫名，你始终是我遇见过最好的男人。"

　　受了那么多的苦，能坚持到现在，最最重要的就是两个人的感情还在，他们刻入了彼此的生命中，成为彼此身体不可或缺的一部分。

　　"傻老婆，你总是叫我这么心疼，我离不了你，我拼死拼活也要把你娶回家，你给我熬汤，我们有自己的宽大松软的床，你给我生孩子，晚上我枕着你的胳膊睡觉。"张赫名深呼吸，嗅着她发丝间的香气。

　　他说她身上的体香总能让他安然入睡，再累，都可以在她身边安宁静心轻松下来，心都会柔软起来。

　　她想要的婚姻生活，不过是和他一起提篮去超市排队买降价鸡蛋这样的生活，很凡俗的市井小夫妻，她并不想做都市白领丽人风光无限，也没想过要逼着张赫名升职加薪过上等人的光鲜日子。

　　事业女强人和贤妻良母相比，她更愿意选择做后者，做张赫名的小妻子，只是事与愿违，她骨子里的坚强独立让她必须承担起肩上的责任，活着并不能只为自己手心里的那点小幸福活着，不是吗？

　　白天上班，面对一堆又一堆毫无生趣的财务报表，看着就犯恶心，俞思的脸色也越来越灰暗，像是天塌了下来一样。苏劲苦笑人生无常，老天怎么这么爱拿世间俗人开玩笑，边鼓励俞思边给自己打劲。

　　晚上还要回到那个并不属于自己的"家"，要装出对这个"家"很熟悉的样子。做好了晚饭，张赫名没有来吃，苏劲清楚，张赫名一定是听妈妈的话按时早早回家吃饭了。

　　苏勤握着筷子问苏劲："姐，咱们不等姐夫回来一起吃饭吗？"

　　苏劲摇摇头，动了动筷子，说："他可能去他爸妈那吃饭了，估计是想给我们姐妹俩多腾出一点说悄悄话的时间。"

　　吃过晚饭，苏勤挤在苏劲身边，深呼吸着说："姐，我们好久没有这么近靠在一起了，你工作忙偶尔回家一次我却还在学校，不过以后就好啦，我在北京念书，我可以每个周末都来看你了，吃你做的饭，我最爱吃你做的可乐鸡翅。"

苏劲捏了捏苏勤的鼻尖说："你这个贪吃的小家伙，每次我做的可乐鸡翅都被你独享。"

苏勤念念着这一天去了北京天安门，去了王府井，去了颐和园，每去一个地方，就在地图上画一个圈，她说看多久能把大大小小的景点都跑遍。

"没能陪你好好玩玩，你不怪姐吧。"苏劲望着苏勤兴奋地谈论着所见所闻，到过的每一处风景，都那么念念不忘，在很多人眼里看来很普通的事物，苏勤都倍感新鲜，苏劲知道，那是因为妹妹出来玩的机会太少了，她以后要好好弥补给苏勤。

苏勤憨憨地笑了，被风吹干裂的嘴唇和向来不涂抹防晒霜留下的晒痕都显得那么朴实，苏勤说："姐，你和姐夫都忙着要挣钱呢，我怎么会怪你，你们住这么大的房子，每个月开销可大了呢，我理解你的难处。"

苏劲的眼眶濡湿，她想她伪装出来的幸福，究竟是善意的欺骗，还是自私的虚荣。她第一次对自己的所作所为有了负罪感，她觉得自己里外都不是人，该是理解自己，还是责备自己？

电视里放着冗长的韩剧，苏劲陪在苏勤身边看着无聊的肥皂剧，墙壁上的挂钟指向九点，张赫名今晚不会来了，她的期待再一次落了空。

她打了个哈欠，困了，九点钟，他没来，就意味着这一晚他不会来了，这是他们之间无数个漫长夜后形成的潜规则。而他不来，她的睡意就来了。

苏劲拍拍苏勤的肩膀，让苏勤看电视不要看太晚了，她先去睡了明天还要上班，每个月底和月初都是最忙碌的日子。

就在这时，门铃声响了。

　　是张赫名来了——这是苏劲脑子里的第一个反应，她顾不上穿拖鞋，赤着脚跑在地板上，打开门，扮出一个鬼脸的样子想要吓唬吓唬张赫名。

　　门拉开的一瞬间，苏劲的鬼脸吓得一个女人尖叫了起来。

　　不是张赫名，而是，一个陌生的漂亮女孩。

第四章
一波三折，结个婚怎么就这么费劲

"你好，我叫卓惠娜，我和张赫名从小青梅竹马一块长大。"立在门前小巧玲珑的女孩大方地伸出了手和苏劲握了握。

苏劲倒有些木然了，或者说，还没有反应过来，她的脑子如同飞轮一般倒转着，她记得张赫名不止一次在她面前说起卓惠娜的长相，说卓惠娜又矮又胖又黑又丑，男人见了都会倒胃，他是绝对不会对卓惠娜有丝毫非分之想的。

可面前的女孩，娇美如花，有着高贵的白瓷公主肌肤，红唇一点，双眸明媚，这是标准的鹅蛋脸美女，穿着一袭粉色真丝裙，宛如童话里的白雪公主。尤其是那柔顺及腰的乌黑长发，衬着鹅蛋脸，又古典又时尚。

来者不善，这四个字迅速让苏劲打了一个冷颤。

卓惠娜开口的第一句话，就有青梅竹马这一词，这是在告诉苏劲，她认识张赫名的时候，她苏劲还不知道在河南哪块田里玩泥巴呢。

苏劲倒也知趣，同样大度握手，笑道："总是听赫名说起你呢，

百闻不如一见，卓小姐的气质和谈吐果然如赫名所言。这么晚了，不如进来坐坐吧。"

苏劲的话里亦是有话。

"我不坐了，就是好不容易找个机会见见你，我走了，你们好好住着吧。"卓惠娜又从头到脚把苏劲打量了一遍，眼里透着极复杂的笑，那笑里，还包含着一种高姿态的轻蔑，似乎她俨然把苏劲当成了一个很好对付的情敌。

苏勤也伸着懒腰走到了门口，朝卓惠娜笑笑，说："你好。"

"你好，你是苏劲的妹妹吧，听说你考上北京的大学了，恭喜你。好了，不打扰你们姐妹俩休息了，拜拜。"卓惠娜摇曳长裙微笑离去，连门都没有进。

这让苏劲总觉得不安，她跑进卫生间，对着镜子仔细看，她一脸菜色，卸了妆后的脸缺点暴露无遗，她穿着褪色的睡衣，没有穿胸衣，平坦的胸部……她居然和这个假想情敌第一次见面是这么的狼狈！她对着镜子揉搓自己的一头乱发，脑子里都是卓惠娜转身时那乌黑长发飘飘的美样。

张赫名！你居然敢骗我——苏劲咬牙切齿，想着一定要好好收拾张赫名，他有这么一个美艳如花的青梅总是绕在他身边，他一定有所心动吧，不心动的话，他还是正常男人吗！有几个男人面对这样主动投怀送抱的女人可以抵御得了？

苏劲想到卓惠娜开口的第一句话就气不打一处来，整夜都没有睡，她告诉自己，明天她就要拿着信用卡去商场刷爆，她要买花裙子，买高跟鞋，买高档化妆品！

无论如何，不能被这么一个丫头打败了！卓惠娜就是一颗定时炸弹，在和张赫名结婚之前，必须安全拆弹，解除婚后隐患。苏劲一夜未眠，脑子里想的都是怎么排掉这个情敌，张赫名的妈李雪芝是那么的喜欢卓惠娜，甚至所有的举动都是在撮合卓惠娜和张赫名。

苏劲想她不能再继续等下去坐以待毙了，她不再是从前那个挥一挥衣袖就可以重头开始的苏劲，她的肚子里有了张赫名的孩子，她要为这个孩子而勇敢作战，守卫自己的未婚夫。

苏劲拉着苏勤去商场，苏勤每看见一件漂亮的衣服就兴奋地跑过去用手小心摸一摸，回头对苏劲说："姐，你瞧这件衣服多漂亮啊，你穿着一定好看，姐你试试。"

"你挑你自己喜欢的，喜欢什么就拿什么，姐给你买。"苏劲理了理苏勤的衣领，看着妹妹清秀的脸，如果稍作打扮也算是惊艳。

苏勤选了一件白色小洋裙，放在身上比试着，果然衬得光鲜照人。苏勤翻了翻衣服的吊牌价，吐了吐舌头，悄悄放下裙子，把苏劲牵到一旁说："姐，太贵了，这一件衣服得爸妈种多少棵大白菜啊，我不要。"

"那你告诉姐，你喜欢么？"苏劲微笑，她从苏勤的眼神里就看出来了她是多喜欢这件裙子。

苏勤点点头，说："姐，等我以后毕业了，自己挣钱买。"

"傻丫头，我是你姐呢，放心吧，姐有钱。"苏劲乐呵呵笑，拿过裙子就让营业员包起来。

苏勤连忙抓住裙子就往下夺，脸急得通红，朝苏劲直瞪眼，说："姐，我不要我不要！你别给我买，你给自己买，我还是学生呢，我穿那么好干嘛……"苏勤说着河南话，耳红面赤的。

苏劲则拉着裙子不放，对营业员说："开票，我付款。"

"姐，我不要！"

"你必须得要，我不是说了，我有钱，买得起，你放心吧。"苏劲声音抬高，一副下定决心要买的气势。

营业员站在一旁不知听谁的好。

那条可怜的裙子就在姐妹俩一来一回的拉扯中，轰烈夭折了，只听到嘶啦一声，裙子从腰间裂开了花，这回不买也得买了，买回去也是

一条破裙子。

苏劲也不知打哪来的火气和冲劲，一把推开苏勤，推得远远的，苏勤险些跌坐在地上，苏劲嚷着说："我不是和你说了，喜欢就买，你拉什么拉，现在好了，裙子破了，还不照样得买！"

苏劲付了钱，径直往商场出口走，她从电梯的镜面上看到苏勤垂头丧气地跟在她后面，她觉得自己太残忍了，不该对苏勤这种态度，她难过起来，还不都是因为一个钱字，如果她有钱，苏勤怎么会处处想着替她省钱。

走出商场，风很大，眼睛吹得疼，苏勤小声地说："姐，对不起……"

苏劲转身，抱着苏勤，眼泪直掉，心针扎般的疼，她哽咽着说："是姐错了，从小到大姐没碰你一个手指头，今天就为这条裙子我推倒了你，要怪就怪姐姐没用。"

苏劲当时没有想到，这件事会对苏勤产生那么大的影响，以至于后来苏勤错误地爱上郑海威，苏劲想也和这次买裙子的事件有关系。

回到那个公寓，她始终觉得自己是个外人，在演一场戏，她开始疯狂想念她的那间十平米小出租屋，狭小的空间里，张赫名的拥抱，隔壁瓜果大战的喘息，老旧的吊扇转动起来吱吱声。

她躲在卫生间和张赫名吵架，第一次，和他吵得这么凶，她差点就摔了她那用了好几年的诺基亚砖头机。莫名其妙的争吵，她压低的哭声，她不停地按动马桶，想用冲水声湮灭哭泣的声音。

吵架的起因离不开卓惠娜这个人，在张赫名的看来，完全是苏劲假想情敌，是苏劲多想了多心了，苏劲对着电话咆哮着说："够了张赫名，我很烦很烦，我烦你的什么青梅竹马，我烦你所谓的又黑又丑干妹妹！"

咆哮过后，苏劲身体贴紧着冰凉的墙壁慢慢下滑，她蹲在地上，她问自己是怎么了，对苏勤发火，对张赫名发火，她该是隐藏了多大的火气突然碰撞出来了。明明要体谅他，怎么脱口而出就变得像个母夜叉，她有点力不从心控制不住自己的情绪。

张赫名的电话又不停地打了过来，苏劲按掉，他又打，她继续按掉，几遍之后，电话安静了，她更添了愁恼，手绞着衣摆，眉头紧皱，面颊上的眼泪还没干，新的眼泪又掉落了下来，矫情，她觉得此刻的自己矫情死了。

躲在卫生间里压低声音哭，这算什么，太不痛快了。

她向来是敢爱敢恨的，她和张赫名并不是第一次吵架，以前每隔两个月他们都要吵一次架，每吵一次架，感情似乎都更加升温一些。而且她和他吵架有一个很有意思的现象，那就是他们不能看彼此的脸，当彼此四目相对，他们吵着吵着就会凝视对方笑了出来，然后张赫名伸出手，抱抱，他的拥抱有些粗鲁和匪气，他会借此好好惩罚她一番。

至于惩罚的方式，那是男人的专利，他会比任何时候更卖力更温柔。

有段时间他们两个月都没有吵架了，张赫名坏笑着说："亲爱的，我们找点架吵吵吧，我们的吵架周期到了。"苏劲关灯，他们吵架不能看对方的脸，关灯后，再找茬吵架。吵架之后，他们总能迅速安慰彼此，迅速疗伤。

而这一次，和之前的吵架大不相同，他们之间第一次吵着吵着都有了沉默，因为这一次和另外一个女人有关系，而张赫名的言语间似乎更偏向卓惠娜。

尤其是张赫名说的那句话——"苏劲，你别好赖不分啊，你想想你住的是哪啊，人家卓惠娜帮我们这么大的忙，你还斤斤计较人家说的一句话啊，你至于这么小家子气吗！"

这倒成了苏劲不贤惠不体贴不懂事了，她愈想愈气，可不能动胎气啊，她捏着手机，无力地走出卫生间，看到苏勤正在打扫客厅的卫生，幸好电视的声音挺大，苏勤应该没有听到什么动静。

"妹,别忙了,早点睡吧。"苏劲捶捶腰,向卧室走去。

因为不是自己的房子,她都没敢仔细看看这卧室的布局,她和衣卧在床上,盯着手机发呆。

十分钟后,张赫名的电话再次打来,苏劲接通,她轻微的呼吸声,没有说话,她在等待张赫名开口,她想,如果他的态度好,她就还能和他过下去,他如果执意站在卓惠娜一旁,她就离开他。

离开他,带走他的孩子。

张赫名说一句话,彻底让苏劲的愿望破灭,她听了之后,立即放下了刚刚的个人情仇,转向另一个战场阵地,她明白,该来的终归是要来了,这一场爱情保卫战总是要打响了。

"老婆,我没能升职,我把主编的位置弄丢了,都怪我,不该把这些火气转嫁到你身上,是我没用,我连自己的女人都照顾不好,你跟着我吃苦受罪。"张赫名嗓音沙哑,像是在抽了很久的烟之后才打这个电话。

苏劲忽然失去了知觉一般,手脚冰凉,她之前并不是没有做过最坏的打算,如果张赫名晋升无望,他们又该选择哪一条路,终归是要选择一条让爱生存下去的路。

她生怕张赫名的父母会认为是她牵累了他,说到底,她真的是拖累了他,她两行泪水大颗滑落,她的心生生地疼,还能抱怨什么呢,她语气顿时柔软了起来,她说:"赫名,没事,做不了主编算了,你喜欢在那里工作就继续工作,不喜欢咱就跳槽,重新开始。"

张赫名是个心气极高的男人,尤其是在工作上,他似乎怕自己的原则和上司的原则会冲突起来,他亦是不会溜须拍马阿谀奉承的人,所以到最后他的业绩是最好的,却总升不了职。

"那小子哪点比我好了,不就是总跟在领导后面拎包点烟吗,全公司我加班是最多的,去的最早回来的最晚,我为了什么……我真为了那点加班费吗,我不在乎主编的位置,可是老婆,你怎么办,我们怎么办，我不能再让你受委屈了，明天，明天我就带你去见我父母。"张赫名曾幻想着坐上主编的位置后，让父母欣慰，再把苏劲带回家，他想名正言顺告诉父母，没有苏劲哪来他的上进心。

"赫名，跟着你，我从未觉得受了什么委屈，你为我承受了太多的压力，你是一个孝顺的儿子，别为我冲撞你的父母，我还可以等，等一个适当的时机。而你，调节好自己，别给自己太大的压力，你记得，我苏劲总会等着你。"爱情总是在你不经意间变得伟大，苏劲在那一刻，包容了过往对张赫名的失望。

女人总是感性的，男人的一句动情话，女人听后，便愿赴汤蹈火。

苏劲说了些宽慰的话，到后来，赫名说家里打电话进来了，可能是父母见他这么晚还没回家打电话来问。

"那我挂了，你好好的回家，到家给我发条信息。"

"老婆，我爱你——"

还是忍不住惆怅了一夜的苏劲并没有预料到，后面的事会朝着怎样的境况发展，当到后面一切变得模糊成一锅粥，她手忙脚乱处理着家庭婚姻关系，竟会怀念当初悄悄和张赫名恋爱的那几年。

至少那时的张赫名，是全心全意爱着她的，她一声令下，他是愿意为她来抵抗他父母的，只是她，总是想着别人，忘了自己比谁都艰辛。

苏勤在北京待了几天后，坚持要回家，她或许隐约也察觉到姐姐的异常，苏劲送苏勤去火车站，她伪装出来的笑容，假得让苏勤扭过头一直掉眼泪。

出租车里放着五月天的《你不是真正的快乐》——

"你不是真正的快乐，你的笑只是你穿的保护色，你决定不恨了，也决定不爱了，把你的灵魂关在永远锁上的躯壳。这世界笑了，于是你合群的一起笑了，当生存是规则不是你的选择，于是你含着眼泪，

飘飘荡荡跌跌撞撞的走着。"

生存是规则，不是她的选择。

她仰靠在出租车座位上，未来将怎么办，她过去那些年编织的美好谎言终于到了要曝光的时候，幸福不幸福，都该在太阳低下晒晒了。

不放心苏勤一个人上火车，苏劲硬是给乘务员说好话挤上了火车，火车上人挤人，好不容易才找到了位子，她把包放在行李架上，吃的就放在台子上，又嘱咐了苏勤几句。直到车厢里响起"送亲友的朋友请抓紧时间下车，列车即将开动。"苏劲这才往车门那走。

车厢过道上都站满了人，苏劲被一个快速行走的中年男人重重撞了一下，男人挥动的胳膊打在了苏劲的肚子上，她痛得直冒冷汗，弯腰捂住了肚子，一回头，中年男人已走远，迎上苏勤担心的目光，苏劲勉强微笑摇摇头意思是没事，让妹妹好好坐着别担心。

下了火车，直到火车开动，苏劲才走，她心里内疚，没有好好陪着苏勤在北京玩几天，以后一定要弥补。

天异常的炎热，腹部隐隐作痛，苏劲额头上的汗冒个不停，她在心里祈祷孩子千万不要有事，千万不要。看了太多电视里女人意外碰撞跌倒流产的画面，汩汩的鲜血从腿间流下，苏劲打了一个寒战，烈日当空，她竟然就那么直挺挺地倒在了地上，失去了知觉。

醒来的时候，她平躺在一辆车的后座上，她潜意识里还念着孩子，手胡乱在裤子上摸着，生怕见血，好在洁净的裤子让她松了口气。车里只有她一个人，她闻到了一股似曾相识的香气，直觉告诉她，这是女人的香水味，但是味道似乎有些奇怪，不是很好闻。

她想不起来自己是怎么了，这又是谁的车，她的头还是昏昏沉沉的，她想去医院检查一下才放心。

孩子，你不可以有事，妈妈有了你，开始坚强无敌。

车外传来高跟鞋的声音，苏劲循声望去，一个撑着伞穿着浅粉裙子的女孩，身姿窈窕，走路的时候，颈肩的卷发有弹性地跳动着，多信心十足的走姿，女孩不是别人，是张赫名的"青梅"卓惠娜。

"你醒了啊，刚开车经过这里，你晕倒了，我看是中暑了，去给你买了点药。"卓惠娜钻进车里，回头望着苏劲，递过来药，又问："你没事吧，要不我送你去医院？"

"没事了，谢谢你，天热，也不知道怎么就晕了，瞧我，老给你添麻烦。你还有事你忙你的吧，我回公司去。"苏劲接过药，死撑出一副感恩戴德的笑脸，虽然从情理上说应该感谢卓惠娜几次出手相助，但苏劲被车里的香水味弄得心里十分不舒服，恨不得马上逃离这辆车。

这香水味，似乎张赫名的身上曾沾过。

往简单想，可能是张赫名坐过这辆车，往复杂想，她头痛欲裂。

"我不忙，苏姐，我送你去上班吧，我正好顺道。"卓惠娜热情极了，没等苏劲拒绝，车已行驶。

苏姐，这称呼让苏劲浑身都别扭，她看起来真就比卓惠娜大很多吗？她沉默不语，总觉得空气中有些硝烟味。

"你和赫名哥谈了多久啊，怎么我阿姨还不知道你的存在呢？这事就是赫名哥不对了，你说苏姐你长得也不难看，不就是外地人吗，赫名哥怎么就好像你拿不出手不把你带回家呢。"卓惠娜牙尖嘴利，边说边从后视镜中看苏劲的表情变化。

一声声"我阿姨"，这是在告诉苏劲，她卓惠娜和赫名的母亲关系是多亲密，相比之下，连赫名家都没去过的苏劲显得捉襟见肘。

苏劲压着火气，不露锋芒地说："是我让赫名先不要说的，我们都谈了这么多年，是彼此的初恋，我想也没必要操之过急，慢慢来，赫名倒是一直想找机会介绍我和他的家人认识呢。"

"噢？是吗，我还本想着我来帮帮你呢，看来没这个必要了。我放歌听噢，你闭上眼睛休息吧，到公司了我就告诉你。"卓惠娜说着，瞟了一眼苏劲。

那首歌，苏劲熟悉，《香水有毒》，你身上有她的香水味，是

呢，张赫名的身上有过卓惠娜的香水气息。

这不是明摆的挑衅吗？

"苏姐，我车里的香水味你是不是很熟悉呢，好闻吗？这是一种以麝香为主要配料的香水，据说麝香是雄鹿分泌出来吸引配偶的，是催情香水。"卓惠娜娇滴滴的声音，非要把苏劲往某一条路上引导，暗示着又炫耀着什么。

"麝香"二字，让苏劲的神经一下就紧张起来，那些宫斗小说里，麝香是妃子之间常用的堕胎药材，她想到了自己肚子里的孩子，她眼里都是惊恐。

苏劲用力拍着车门，叫嚷着说："停车！停车，我要下车！"

车停在路边，苏劲逃似的下了车，气喘吁吁，望着双手抱在怀里一脸不屑的卓惠娜，苏劲忽然有了笑容，阳光让她有些恍惚，她静了下来，点点头，说了句："赫名，是我肚子里孩子的爸爸。"

她说完这句话，扬长而去。

回到自己的出租屋，收拾干净，她在想赫名晚上会来吗？她洗着衣服，鼻尖似乎依旧能嗅到卓惠娜车里的香水味，张赫名，你到底怎么解释清楚？

一个多星期没见隔壁的那对缠绵男女，苏劲觉得太安静了，安静得让她有些不敢相信自己的耳朵，她轻手轻脚走到隔壁的房门口，想敲门问候一下，毕竟这好几天她都不在，卫生间的清洁都是他们打扫的，尽管吵过架，年轻人，哪里会计较这小口角小摩擦。

没等苏劲敲门，门一下开了，惊得苏劲往后一退，抬头一看，那个男孩红肿着眼睛，提着一袋衣服和零食，看起来要出门的样子，见她在门口立着，勉强笑笑打声招呼说："回来啦，我给果果送吃的去。"

"她找工作了吗？"苏劲淡淡地问，隔壁这个女孩一向都是窝在家里上网吃东西，从不出去工作的，看来出息了，知道工作赚钱过日子了。

"她——嫁人了，也算是找到工作了吧，跟着我，住在这里，太委屈她了。"男孩说着，抬头看着屋子的四周，头抬得那么高，不过是想把眼泪倒回去。

她第一次重新认识了这个看起来高大窝囊的男孩，他原来是这么深沉地爱娇气虚荣刻薄的女友，连对方都嫁人了，他还买了她爱吃的零食。

短短一个星期，隔壁的男孩女孩就分道扬镳了，苏劲难过了，她不明白自己怎么会难过成这样，她应该庆幸以后再也不会听到那些嗯嗯啊啊的声音了，清静了，却也惆怅了。

一想到自己肚子被重重撞到，她就有些后怕，还有在卓惠娜车里闻到的麝香香水，她倚靠在床上，久久不能平静，想着要不要去医院做一下检查，又或者，该主动把怀孕的事告诉赫名了，不知道卓惠娜会不会把这个消息透露给赫名。

不会的，卓惠娜不会透露的，她怎么会把这条有助于增长苏劲和张赫名感情的事透露出来呢？

手机在桌上不停地震动，苏劲倦倦懒懒地扫了一下，想必是赫名打来的，她不想接，她觉得内心深处是怨他的，怨他为什么有一个青梅，怨他为什么会和卓惠娜走那么近。可另一方面，她又是相信他的，信他许下的幸福盟约。

有属于他们的精致小公寓，她做他的妻子，给他生一个儿子，每天下班回来做好饭等着他一起吃饭，晚上相拥着看电影，听歌，或者什么都不做，相视彼此，忆苦思甜。

一个电话结束后，又接着响了，苏劲想有什么天大的事啊，这还没完没了，苏劲起身拿起手机，却发现是上司俞睿打来的，想到自己请了三天假，应该没有什么急事啊。苏劲接通电话，电话里是急促的声音传来。

——"苏劲，赶紧来医院，俞思割腕了！"

苏劲握着手机，穿着拖鞋就往外跑，跑出门，上了出租车才发现自己好像房门没关，钱包也没带，身上一分钱都没有，她不管那么多了，又打电话给张赫名让他下班后去她的住处锁一下门。

张赫名犹犹豫豫，解释着说他妈做好了饭菜让他下班就回去。

"你不听你妈的话一次会死啊！每次有事让你帮我一下，你就提你妈你妈，你妈不就是想撮合你和卓惠娜吗！成，张赫名，你跟谁你跟谁，咱俩完蛋！"苏劲啪地挂了电话，火冒三丈。

司机斜睬着眼睛从后视镜里不停地看她，可能是好奇一个弱女子怎么火气不小。

苏劲冲着后视镜里司机探视的眼神吼道："瞅什么瞅，看着前面，好好开车！"

司机赶紧低下头，开自己的车，那一连串动作，如老鼠一般，倒惹得苏劲想笑，可再滑稽的动作，这个时候，还能笑得出来吗？

最好的朋友割腕，深爱的男人在母亲和她之间摇摆不定，肚子里的小宝宝未来又在哪，老家里满眼含着希望的父母哥哥妹妹……

偌大的北京，她是如此的卑微而渺小，种种艰难迎面而来，老天似乎觉得还不够狠，非得把她打击得面目全非才好。

车在医院门口停下，司机小声说了句："这是您要到的医院吗？"

苏劲前脚刚要下车，想到还没付钱，司机估计是怕了她的暴脾气，一脸无辜眼巴巴地瞅着她，苏劲说："师傅，我真的是有急事，朋友进了医院，走得匆忙，忘了拿钱包，你若是信我，来我公司取，我给你双倍。"

"谁家没个急事呢，这是我的叫车名片，你以后有事就叫我的车，回头再把钱补给我就是。"司机很爽快，递上一张名片。

"这世界还是好人多啊……"她下了车，感叹道。

到了医院，俞思的情况比苏劲想象中的要严重多了，在急救室里正抢救着，门外两个男人，一个站着来回踱步，一个垂头低丧着脑袋坐在那里。

俞睿见苏劲来了，忙大步走了过来，焦急万分，说："苏劲，你告诉我，我妹妹这是怎么了，她是那么阳光开朗，怎么做出这种傻事呢，你跟她最要好了，一定要找出原因解开她的症结。"

苏劲愤懑的目光扫视着低头不语的冯小春，她抑制不住自己的怒火，是对天底下所有负心男人的怒火，她没回答俞睿的话，径直走向冯小春，她抓着冯小春的肩膀，压低着声音说："还不都是因为你！你这个混蛋王八蛋，你明明知道她过不了这个坎的，你怎么这么残忍，你怎么能生生毁掉她的希望，你到底还是不是人啊！"

冯小春木然，没有反抗，没有回答，只是任苏劲摇晃着，她的眼泪往下直落，心疼俞思，她没想到俞思会因为冯小春提出分手而做出这种傻事。

爱里面，百分之九十的女人都是傻子，还有百分之十是疯子。

俞睿提起冯小春的衣领，将冯小春拎着抵在墙上，他指着冯小春的脸，一字一句地说："你最好祈祷我妹妹没事，否则，饶不了你。"他一松手，冯小春就顺着墙壁滑坐在地上。

也许是害怕，也许是真的悲伤，冯小春咧着嘴就哭了，哭得那么难看，呜呜咽咽的，让人心烦，手心手背上都还有俞思的血迹，苏劲看得触目惊心，到底俞思伤口有多严重啊，但苏劲可以确定，俞思的心一定是伤透了。

那样深爱一个男人，不要房，不要车，什么都不要，只要一个承诺一份真心，而冯小春办不到，他只爱他自己，他要考研，考了三年考不上他还要考，他就不娶她为妻。俞思患有不孕症，他立马就打着为她好祝她幸福遇到个好男人就嫁吧的招牌和她分手。

明明是抛弃俞思在先，还以爱之名，用着我是爱你不想耽误你的幸福才和你分手的借口。

这个男人，要多无耻，就多无耻。

三个人都沉默了，之前俞睿已经察觉到妹妹俞思精神萎靡郁郁寡欢的样子，但他怎么也无法把自杀割腕这种极端可怕的事件和俞思联系到一起。

他也能想象到一定是俞思和冯小春之间发生了极大的事，才会发展成这么不可挽回的局面，他还不敢把消息让父母知道，如果知道，那俞思和冯小春的事就彻底泡汤了，本来父母就强烈反对他们交往。

手术室的灯灭了，医生推门而出揭下口罩，冯小春冲在最前面迎了上去，他到底还是关心俞思的，苏劲多少替俞思感到一点点安慰。

俞睿一把提着冯小春扔得多远，只知道读书考研的冯小春瘦得跟小鸡似的，从地上爬了起来，又往医生边上凑，眼睛里都是血丝，关切地问："我女朋友怎么样了？"

这是苏劲来医院听冯小春说的第一句话。

"你们哪位是病人家属啊？"医生没有正面回答，低沉地问了这么个问题，让苏劲的心都紧张了起来，扑通扑通跳得慌乱。

俞睿焦急地说："医生，我是她的哥哥，她怎么样了现在？"

"好在你们及时送她来医院，伤口缝合了，她已经醒了，不过病人的精神状态很不好，我和她说话，她只是默默流泪，救了她这一次，你们家属必须调整她的心态，不然谁都帮不了她。她还在输血，暂时你们不要打扰她，等护士让你们进去再进去。"医生语重心长地说。

苏劲望向了冯小春，他摘掉了眼镜，低头靠着墙壁抱着头蹲了下来，好像在哭。

"谢谢你医生。"俞睿说完，走过来拍拍苏劲的肩膀，将苏劲拉到了一旁。

俞睿说："苏劲，告诉我，冯小春他到底对我妹妹做了什么，她那么活泼开朗她怎么会自杀！我该怎么对我爸妈说，他们一直都反对俞思和冯小春交往，如果他们知道俞思为他自杀，他们该有多心痛！"

"我不好评价，冯小春比谁都清楚原因，前几天俞思还没有这样绝望，我也不知道她和冯小春之间发生什么变故，但是俞思没有错。这两天俞思住院，我会和叔叔阿姨解释一下的，也别再追究冯小春了，看样子他也很痛苦。"苏劲说。

"是不是冯小春在外面有女人了？那也正好，反正我们家没人对他有好感，这样让俞思死了心，重新开始，反正没有结婚，人生都可以重新来过。"俞睿说完，走到冯小春面前。

俞睿蹲下身子，冷冷地说："我警告你，从此以后，离俞思远一点，不要再来骚扰她，你把她害得够惨的了，她会有更美好的人生，你这种懦弱不思进取的男人根本不配我妹妹来爱你！"

冯小春擦着眼泪，从裤子口袋里掏出钱夹，拿出皱巴巴夹在一起的钱递给俞睿，说："我身上就这么多钱，给俞思的医药费。"

"冯小春，书呆子！你丢尽了男人的脸！这钱，你自己留着买考研的复习试卷吧！滚——"俞睿怒道。

冯小春晃着身子，向俞睿鞠了一个躬，这才离开医院。

"我猜他回到家，第一件事是打开书看书，你信不苏劲，他就是个书呆子，成天就是看书考研，年年考不上还年年考！"俞睿鄙夷地说。

苏劲担忧地说："算了，还是先想想怎么和俞思说吧，她醒来最想见到的人一定是冯小春，你把冯小春给赶走了。"

"那你告诉我，我妹妹俞思到底喜欢冯小春哪一点？她年轻靓丽时尚大方的一个北京女孩，怎么就会喜欢冯小春这么个胆怯固执自私文弱的男人，我实在无法理解。"俞睿说着，用手松了松领带。

苏劲感叹说："当初冯小春追求俞思的时候，俞思根本不同意，冯小春一天一封情书情诗硬是把俞思给打动了，现在换成俞思对冯小春痴心一片，非他不嫁了，所以说，女人一旦喜欢上一个男人，就会越来越深刻，相反，男人的爱会随着年月越来越浅薄。"

苏劲想到了张赫名，他何尝又不是另一个版本的冯小春呢，他是个听妈妈话的男人，她曾经以为这样的孝顺是一种美德，现在，却是一种负担。她常听到张赫名说的一句话就是——我妈会不高兴，我妈让我怎么怎么，再等等再等等我就领你回家。

他什么时候都有种，唯独就是在带她回家的这个问题上唯唯诺诺。

"我不会，我一定不会，苏劲，你信不信，我将来会对我的妻子很好很好，我最反感男人花心，有心思放在别的女人身上，还不如放在工作上实际。"俞睿说。

苏劲心想，你可别把话说得太早了，男人都不会拒绝看起来还不错的女人，哪怕他已经有了心爱的女人。

苏劲的脑子里浮现出卓惠娜窈窕精致的面孔和身段，那样的女孩子，没有几个男人可以拒绝，张赫名是人，不是神。

急救室的门被推开，两名护士推着俞思走出来，俞思脸色惨白，正在输血，看到苏劲和哥哥都在门口等着，眼泪默默地往下流，苏劲握住俞思的手，跟着一起走进了病房。

护士离开前提醒道："病人还很虚弱，你们尽量不要说刺激她的言语，多说一些开心的，晚上这里也要留一个人陪着她最好。"

苏劲说："今晚我在这陪着。"

"苏劲，你快回去吧，我在这陪着就好了，你脸色看起来也很差，明天要不要请一天假？"俞睿关心地问。

苏劲摆摆手："我没事，这两天陪我妹妹玩，太累了，这月我假也请得不少了，我就不请了。今晚你陪俞思，你是哥哥，好好开导她，我打个电话给叔叔阿姨，就说公司安排我和俞思出差几天，俞思的手机没电了。明天俞思的心情好些了，让她打个电话回家。"

"好，我送你下楼，你自己打车，我就不开车送你了。"俞睿说。

苏劲笑："不用送我下楼了，你就守在这里吧，不过，你得借我二十块钱，我过来的时候没带钱包，车钱还没给那师傅呢。"

俞睿从钱夹里拿出一百元钱递给苏劲，问："够吗？别打车回去都不够，你只有在做账的时候最细心，生活上总是粗心大意。"

"够啦，我这叫把全部的心思都付给工作了。俞思，你乖乖的，听你哥哥的话，我先回去了，明天再来看你。"苏劲说，牵了牵俞思的手，一望向俞思，她就心酸。

苏劲走出来，按照送她来的那个师傅给的名片上的电话打过去，几分钟后，那个出租车师傅过来了，他说他正好也在这四周，苏劲上车，说原路返回。苏勤发来短信，说已经到了家。总算是在妹妹面前上演了一场幸福戏，接下来就要开学了，苏勤长期在北京念书，一定会知道真相。苏劲想，我不能让家人知道我过得不好，过得很辛酸。

她打了电话给俞思的妈妈，告诉他们俞思和她一起要去出几天差，俞思刚出去订机票了，手机没电，俞思的妈妈很顺利地就相信了，俞思的妈妈还不忘叮嘱："我们俞思和你在一起我就放心，苏劲，你好好劝劝俞思，让她别和那个冯小春来往了，我不喜欢那个书呆子，当然，我不是歧视外地人。就好比要是你嫁给我们俞睿，那我指定没意见。外地人不外地人的都不重要，重要的是要看得上这个人的本身。"

苏劲说："阿姨，放心，俞思比我还要稳重，她会想明白的。阿姨，要是我男朋友的妈妈也向您一样想，就好了。"

"我是听俞思说你有男朋友了，还是北京人，哎，他叫什么，我以前做人口普查，认识的人挺多，要是我认识，我还能帮你去说说。"俞思的妈妈说。

"他叫张赫名——"苏劲话还没说完，就被俞思的妈妈打断。

"他妈妈是不是叫李雪芝！我知道，她是个政治老师啊，我以前在学校上班的时候就认识她，我为什么会这么清楚知道她儿子名字呢，那是因为她啊别提有多骄傲自己这个儿子了，成天在同事面前说自己儿

子如何如何优秀，我们都知道，赫赫有名。"

苏劲感叹这世界真是小啊。

苏劲："是啊，您还真认识她。"

"那可不是，俞思和俞睿也没在我面前提起你男朋友的名字，不然我不早就替你去说说了，要不我这几天就帮你去张罗张罗？"俞思的妈妈热心地说。

苏劲笑："谢谢阿姨，恐怕现在时机还不是很成熟，我想再等等吧，让我爸妈先见见张赫名，看我爸妈的意见，到时候我可真要拜托阿姨您帮我去说说。"

"好，这没问题，包我身上了，我已经不是第一次做媒人了，我很专业的。"俞思的妈妈信心十足，接着说，"谁家能娶你这么能干的媳妇是他家的福气，现在有几个年轻女孩子能像你这么吃苦，太少了，都娇生惯养，我不喜欢，你就照你这样的给我们俞睿介绍一个，不管是不是外地人，都行。"

俞思的妈妈原来是这么开明，苏劲想想，如果张赫名的妈妈也是这样的观念，那该多好。

苏劲挂了电话，满怀心事。

出租车司机插了一句话说："现在的北京人不像过去了，外地媳妇不少，关键是要看人品。我就觉得你人品不错，你能再打我电话叫我过来，我就信任你，就冲你这一点，就不错。"

苏劲听到这句话，眼泪都差点没出来。

到了家，走进那合租房，窄小客厅里晾晒着别的租客的衣服，散发着霉味，有房间里传来小孩子的哭声，应该还是个不足一岁的小孩子，父母在北京打工，租住在此，图个房租便宜，其实苦的是孩子，大人倒也没什么。

苏劲摸摸小腹，难道自己要在这里生下孩子，做个单亲妈妈，把孩子养大吗？苏劲，你一定是疯了！苏劲轻轻打了一下自己的头，说：

"我豁出去了，为了孩子，我要拼一拼！我还就嫁给北京人了！"

推开门，正好看见张赫名坐在床上，这让苏劲大感意外，问："你不是乖乖回家了吗，怎么来我这儿了。"

"再怎么着也得听媳妇你的话，我找个借口，跟我妈说了，这不就直奔你这儿，在这儿等你么。苏劲，我和你商量个事。"张赫名说着，抬眼环顾这小房间，房间不足十五平米，却被苏劲收拾得井井有序。

"哟，这么正式来找我商量，那你说，我听着。"苏劲坐下来，态度认真地说。

"咱们换个地方租住吧。"张赫名说，怕苏劲反应太大，接着说，"你看，这么小的房间你都能布置得这么舒适，如果换个小套的公寓，你一定住着更舒服，我不想你窝在这里受苦，夏天洗个澡都还要排队，这房间也不隔音，你隔壁还住了一个单身男性，我晚上也不在这里陪着你。这种流动租住的房子鱼龙混杂，我真不放心……"

"噢，我听出来了，你主要还是因为我隔壁的男孩分手了，你担心的是什么我懂了，哈哈，张赫名，你越来越可爱了。我可不打算搬房子了，我就是搬，也要从这里直接搬进你家里，嫁给你，那才是搬家。再说现在换个稍微大点的，哪怕偏远点，就是通州，一个月都要好几千，上班还不方便，我现在住这儿，上班也方便，与人合租，房租才一千多，这一年算下来，省了不少钱。"苏劲算着这笔账。

张赫名微笑着说："我的好媳妇就是想省钱，多花点钱你住的条件好一点，不划算吗，房租我来出一半，好不好，其实我是想全部出的，你知道，我的工资卡都我妈管着的，说等我结婚再给我自由支配。咱结婚不是还有个一年时间么，这一年也多花不了多少钱。"

"不见得还能拖一年，再说了，一月房租就相差一两千，我爸妈一个月种大棚才能赚多少钱啊，你说得轻巧，你的钱那不也是钱吗？你做好准备吧，说不定下个月我就嫁进你家了。"苏劲笑眯眯地说，犹豫着要不要把怀孕的事告诉张赫名。她都坦白告诉卓惠娜了，但看来卓惠

娜并没有告诉张赫名和他妈妈，卓惠娜不说才是正常的，她此时一定正急得团团转吧。

张赫名疑惑问："你怎么忽然这么有信心，下月就能和我妈摊牌了吗，我这主编位置应该也快出结果了，不过就算婚事答应了，我们还得准备操办，这不也需要时间吗？"

"到时候再说吧，我先住这里，反正都住习惯了，我在河南老家，小时候爸妈种香菇，我就陪妈妈一起睡在大棚里，大棚里有多热你知道吗，可暖和了，冬天睡在里面，就和开了暖气一样，什么简陋的地方我没住过，我也不是那么娇惯的人。"苏劲朴实地说。

张赫名把苏劲搂在怀里，说："你吃过很多苦，我都记在心里，等我们结婚了，我把你缺失的所有幸福都弥补回来，让你幸福得令所有女人羡慕。"

"哈哈，你是要让我做张太太吗，衣来伸手饭来张口，那样的日子，我估计我过不了多少天就会得老年痴呆的，我就是个打拼的命，我要靠自己。"苏劲仰着头对着张赫名笑。

他低头想要吻她，她躲开，他再一次贴近，她又躲开，他不依不饶右手霸道而来掌控住她的后脑，他说："不让我亲是吧，我偏要亲，我还要进一步检查某些部位……"

"不行！"苏劲一个激灵，肚子里的孩子，不能有亲密关系，她断然拒绝，从他的怀里试图要逃开。

张赫名紧紧抱着她说："怎么了，你不乖了。"

他的手顺着她的背脊抚摸着，令她后背发麻。

她头脑飞快转动着，必须想一个办法拒绝啊，恩，说大姨妈来了？她怀孕四周多了，差不多是一个月经周期，应该可以哄得了他。

正巧，张赫名的手机响了，很合时宜，但来电的人却不合时宜。

手机屏幕上显示的来电人是卓惠娜。

张赫名握着手机问苏劲："是卓惠娜，接不接？"

"接吧，你问我，我说不接，你真就永远不接她电话不见她吗？"苏劲反问。

张赫名接了电话，声音温和，问："有事吗？"

"没事，你在哪呢，怎么还没回来，我在你家里，今晚阿姨留我在这里住，我们正在看你小时候写的作文，特有意思，你还把我都写到作文里了呢，阿姨让我问你，你加班到什么时候，我们给你做宵夜，等你回来一起吃。"卓惠娜仿佛炫耀似的，说了一长串，苏劲听得无比清晰。

"我待会儿就回来，你陪我妈多聊聊，我这儿正忙着，先挂了。"张赫名挂了电话，看着苏劲沮丧的脸，他也一时没有了兴致。

"上次你和我说卓惠娜长得很难看是不是？她比我还难看吗，黑胖矮，对不对？"苏劲问，揪住张赫名的耳朵。

张赫名闪烁其词："我说过吗，每个人审美观点不一样啊，反正我觉得她长得没你好看，要不我怎么没看上她呢，我都认识她二十多年了。"

"你骗我！我见到她了，她根本不是黑胖矮，她明明是白瘦高！难怪你妈妈一心想让卓惠娜嫁给你，她确实是美人胚子。张赫名，本来我都不想拆穿你的，可是我真的受不了了，她怎么成天都待在你家里，她都不用工作的吗？她这样持之以恒坚持不懈地追求你，我真是要抓狂了。"苏劲把这两天心里隐忍的怨气一下子撒了出来。

"她去找你了？她有病，你别理她。她也就是仗着我妈喜欢她，他爸爸和我爸爸做过战友，现在他爸爸经商，投资影视，也就是个富二代千金，我从小都不爱带她玩，就爱哭爱闹爱撒娇，哪有你千分之一的好。"张赫名振振有词，把卓惠娜说得一无是处。

"你怎么不说她年轻漂亮青春活力有钱有势有你妈妈撑腰，张赫名，我完蛋了，我肯定是争不过她了。"苏劲快要哭了，怎么越听张赫名解释，她越觉得这个卓惠娜很无敌呢。

张赫名急忙说："你有我呢，她再完美，在我这里是成不了气候的，我不爱她，我只爱你，她和我妈再好，也是白搭！"

"你可得控制好自己，管好你自己，不许犯错误！"苏劲警告。

"我保证，我们谈了这些年了，我有没有做过任何一件对不起你的事，你想想，我心里除了你之外，我对谁动过一丝一毫的心了？"张赫名说完，重重亲吻一下苏劲的脸颊，说，"我就喜欢你骨子里的那股劲儿。"

晚上十点，张赫名这才依依不舍地回去，苏劲独自坐在小房间里，想想未来，想想家里的父母，心里闪过最美好的画面，她从大学起就有一个心愿，那就是带每晚都必看新闻联播的父亲来一次北京，坐飞机来，看看北京天安门，在天安门门前照一张相片，逛逛故宫，带父母吃很多好吃的。

虽然和周围的同事相比，她现在所住的条件是很艰苦的，但和家里的父母比呢，她又是多么的优越，父母长年累月种着大棚，起早摸黑种菜卖菜，一双手满满的老茧，黑色的土都渗入手指裂缝中，每当面对那样的一双手，她就想哭，她要努力，在北京立足，给父母最大的欣慰。大哥苏勇自幼就腿部残疾，走路一瘸一拐，都29岁，眼看着奔三十了，还没有结婚，原因除了腿瘸，还有就是家里穷。再不张罗着结婚，那就真是要打一辈子的光棍了，用父亲的话来说，那就是无后，对不起苏家的列祖列宗，穷不要紧，不能无后。

卡里还有十来万的存款，目前年薪十四万的样子，她算了笔账，家里要盖房子，加上大哥婚事彩礼钱，还有苏勤马上开学的报名学费，这就意味着十万元的存款没什么了。父母以前辛辛苦苦一年挣的几万元都用于家庭开支，礼尚往来，还有就是供她念书了，她是该回报家里了。等她和张赫名成家立业，大哥结婚生子，苏勤大学毕业，那她就真的是无压力了。

再拼个几年吧，苏劲，好日子就在不远处了，一定要努力成为父母更大的骄傲，让他们过上好日子，她甚至想着，将来可以把父母接来北京住，虽然这是太遥远而不实际的梦，却让她想着就很甜。

第五章

他什么时候都有种，就是没种娶你

俞思终于愿意主动开口说话了，在苏劲足足苦口婆心劝了一千句之后，俞思开口的第一句话就是一个字："疼！"

"哪里疼？你总算开口说话了。"苏劲乐呵呵地望着俞思笑。

"你压到我的输卵管了，汗，是输液管，我怎么满脑子输卵管！"俞思瞪大了眼睛。

苏劲赶紧挪开胳膊，歉意地说："不好意思，我说话说得太激动，没注意到。"

俞思摇摇头，说："真不值得，冯小春这个混蛋，我为他死过一次了，现在我活过来了，我他妈彻底把他从我的人生里擦掉了。苏劲，张罗着给我找对象，我要越快把自己嫁出去越好。"

"你先出院啊，我劝着劝着，把你劝向另一个极端了，结婚狂了吗，要赶紧马上立刻结婚以此来报复冯小春吗，傻啊你，哪能用婚姻来报复一个人，再说，你想清楚了吗？"苏劲理智地说。

"我想好了，我今天就出院，刀割得也不深，先包扎着，用个护

腕戴着，我明天就去相亲，谁嫌我胸不够大，我就去隆，嫌我不是处女，我就去修，嫌我不能生，我就人造子宫！我活活一个霸气的娘们还能被生不了娃逼死吗！"俞思激动地说。

苏劲鼓掌，称赞："好样的，我的欢脱俞思又回来了。咱就豁出去了，为了爱情，为了嫁人，咱就是一条心闯到底。那个冯小春离开你是他自己不识货，你就等着他哭着来找你吧，哈哈。"

"就是，我饿了，我要吃东西。"俞思开始四下找吃的。

"保温杯里有热的汤，我给你倒点，饭盒里有饭，赶紧趁热吃。"苏劲帮俞思支起桌子，说。

"对了，你是怎么忽悠我爸妈来解释我的事的？"俞思问。

"啥叫忽悠，我这是善意的谎言，我就说我们俩出差了呀，我还和你妈妈扯出了一个有趣的事，你吃完一定要打电话给你妈妈，不然她以后就不信任我了，那我的事就没法成了。"苏劲说。

俞思好奇："什么事啊，你和我妈怎么还有密谋吗？"

"你都没想到，你妈妈居然认识张赫名的妈，你说巧不巧，你妈妈说改天帮我去张赫名妈妈的面前提一提，来个合理化建议，哪怕是探探口风也好呀。"苏劲美滋滋的。

"看把你美的，我怎么没想起来，我妈人脉广，她那张嘴，能把再丑的女人都夸成一朵花来，并且还真能让人从丑女人的身上看到美好的光芒点并从中信服，所以你这事，交给我妈保准没问题，她嘴皮子功夫太厉害了，最能发现真善美的奇葩。"俞思喝着鲜汤，舒舒服服地说。

"嗯，我也觉得这事成。"苏劲说完，一想，说，"哎，有你这么说话的吗，喝着我的汤还这么损我，要不是看你是病号，我可要对你进行暴力制裁了。"

"哈哈，欺负病号，我告诉我哥去，回头你下次请假，不放你走！"俞思邪笑。

见俞思心情好起来了，苏劲也放心了，说："我服了你了，俞大小姐，你上头有人，现在你哥哥和你妈妈都是我的膜拜对象，我可不敢造次。"

三天后，俞思恢复上班，只是手腕上缠着一块手帕，没有人看得出那里受了伤，俞思和苏劲在工作上配合默契，就连吵架也是一样。

苏劲的孕吐反应开始加剧，午休的时候，她坐在办公桌前，前面的文珊正吃着披萨，那气味让苏劲闻着就觉得恶心，她干呕了几声，弯下腰，对着垃圾桶吐着刚喝下去的水。

文珊将外卖的披萨盒盖上，刻薄地说："什么人呀，看别人吃东西就在那里呕来呕去，成心是想影响人家食欲吧，真没素质，要吐就去卫生间吐，不知道空气也会传播细菌的吗，唉，不吃了。"文珊以优美的姿势弯腰，将披萨盒放在了垃圾桶里。

苏劲忍着气，在心里对自己说："林子大了什么鸟都有，不是每只鸟都是百雀羚，乌鸦秃鹰也是鸟，淡定，不要气，不要气，你什么都没有听到。"只是还没等一分钟，突然来的干呕又涌了上来，比上一次更强烈，她感觉自己都快把胃液全部呕出来了。

她稍微好点了，就赶紧去卫生间，漱了漱口，望着镜子里自己的脸，因为怀孕，都没敢化妆了，现在多好的化妆品都对胎儿不好，何况她的那堆劣质化妆品呢，还是不用为妙，哪怕一脸菜色，为了孩子，就牺牲美貌吧。

苏劲也不知道自己是哪辈子招惹到了文珊，她只听见身后一个细碎娇气的声音，别说男性，就是所有女性听了都会全身鸡皮疙瘩皱起的声音。文珊洗着手，自言自语地说："好好的一个午餐，就被恶心的人给恶心倒了，浪费了，河南人就是不讲究卫生，随地大小便，随地吐痰，还想嫁给北京人，我看就是嫁进门了，也会让人脏的受不了，被扫地出门了。"

"你说谁呢你，你说我就算了，说我们整个河南人干嘛，我河南

人怎么你了，你见哪个河南人随地大小便了，我不就是恶心了几下，就这么伤害到了你脆弱幼小的心灵了吗？你想怎么着，有嘛不爽的你就直接来，别阴一句阳一句，不就是审计组的小组长你没当上我当上了，你就羡慕嫉妒恨了吗，你来呀，继续啊，我还就告诉你，我就喜欢看你丫嫉妒我的样子！"苏劲扬眉发飙，不给点厉害看看，不长记性是怎么地。

"啧啧，唾沫星子飞我一脸，村妇，别以为你从农村沟沟里飞出来就能做凤凰了，我可不会羡慕一个小组长的职位，你不也就是巴结着俞思和她哥哥来上位吗，有什么了不起的，我没有你有心机，抓个北京男不放，奉劝你一句，门不当户不对，迟早要崩溃！"文珊笑着，轻轻甩了甩手上的水珠，甩了苏劲一脸的水珠子。

苏劲指着文珊："你最好注意点你的言行，管好你的嘴巴，我不怕你，全公司也就你和我过不去，我哪里得罪你了，让你看我这么不爽。你要么就当我面捅刀，别背后暗箭伤人。"

"好呀，嗨，苏劲，你丫真贱！真是贱人还需狠人治！"文珊双手抱在怀里，一副气焰嚣张的样子，剑拔弩张，二人战争随时都会爆发。

俞思的加入，让这场二人战争上升成为三人战场，俞思走进来，一把抓住文珊的头发，呵斥着说："你骂谁贱人，你想干嘛，得瑟什么，你一天不欺负苏劲你不舒坦是不是。"

文珊反手也抓住俞思的头发，说："怎么着，你俩要一起上啊，好啊，被总裁发现咱三个斗殴，一起开除，那才好！"

"威胁我是吧，我怕你啊，开除就开除，我今天还就抽你了！"俞思一个巴掌打在文珊的背上。

打人不打脸，俞思并没有打文珊的脸。

出人意料的是，文珊居然一个巴掌响亮地打在俞思的脸上，啪的一声，事态立马就严重了，俞思怒不可遏，双手死死钳制住文珊的手，想要把那一巴掌给抽回来，文珊手胡乱打着抓着，竟一下扯掉了俞思手腕上的手帕，还有包扎伤口的纱布，一下就露出还未愈合好的伤口。

文珊如同发现新大陆一样兴奋道："你割腕自杀啊，真是爆炸新闻，哈哈，你被'待研究生'给甩了！"

揭开了伤疤，还在伤疤上撒盐，俞思气得推倒了文珊，两个人都跌在地上，卫生间地上的水渍都沾到两个人衣服上了，苏劲护着肚子里的孩子，才没有出手帮俞思，眼看俞思的头要撞到墙了，苏劲想要上前弯腰拉起俞思，反被文珊抬脚绊倒，湿滑的地，苏劲一屁股坐在地上，顿时傻了。

苏劲只觉得屁股很疼很疼，如同被割到一样，她心里咯噔一下，完蛋了，肚子里的孩子！

俞思见苏劲跌坐在地上，也清醒了过来，搂着苏劲问："没事吧苏劲，我送你去医院！"

苏劲提心吊胆，心跳加快，说："快……扶我起来。"

俞思扶起苏劲，看到苏劲白色裤子上的一抹殷红，吓得捂住了嘴。

苏劲被抬上开往医院的救护车，她只有一种天塌了的感觉，脑子里一片空白，什么都想不起来，空荡荡的，瞪大着眼望着救护车里的护士，万念俱灰。本来并不指望奉子成婚，迟迟没有告诉张赫名怀孕的事，也是不想以此来逼婚，总觉得不该以孩子来作为婚姻的条件，显得那么有心机，可是，她做好了当妈妈的准备。

文珊傻了一样蹲在卫生间里，打电话给一个女人。

文珊哭着说："你是不是骗我，你说苏劲在你面前说我的坏话，你还说她一见我就犯恶心，你挑拨我和她的关系，目的就是让我和她打起来，她怀孕了，你是知道的，你怎么不告诉我？我没有这么坏，我没有想要她流产的……"

"什么，她流产了吗，我也不知道她怀孕了呀，我只是打抱不平

才告诉你她背地里说你的那些坏话，我可是无辜的，我送你的那个迪奥包包还喜欢吗，是不是太单调了，我再送你一款香奈儿的。"女人淡淡地说。

"我不要，之前你送我的，我会寄给你的！这事情我一定要向苏劲说清楚。"文珊说完，挂了电话。

文珊被女同事从卫生间里劝出来，低着头哭，也意识到闯了大祸，俞睿看文珊哭个不停，只好说："还哭什么，你赶紧跟我一起去医院。"

"我真的不知道她怀孕了，我是无心的……"文珊嘤嘤地哭，跟在俞睿身后。

张赫名正在开会，收到苏劲打来的电话，走出会议室接听，只听见电话那头是俞思带着哭腔的声音："苏劲可能流产了，快来医院。"

张赫名愣了愣，没反应过来，流产了？忽然想明白了，赶紧就往公司外跑，好在开车来的，上车就往医院开。

俞思握着苏劲的手说："张赫名一听到你有事，他已经立刻往医院赶了。"

苏劲望着俞思，泪水涟涟："我真后悔，没有早告诉他我怀孕的消息，至少，也能让他知道他差一点就当爸爸了，现在，他一定对我很失望。"

"前几天我犯傻你是怎么劝我的你忘记了吗，别想那么糟糕。马上就到医院了，医生给你做完检查就没事了，不会有事的。"俞思说。

救护车到了医院，张赫名也驱车到医院了，医生听说是怀孕四周跌倒出血，也很谨慎，立刻送进手术室。

几分钟后，俞睿带着文珊也过来了。

俞思看到文珊就气恼，冲了过来："你还有脸皮来呢，要不是你没事无端挑衅，会弄成这样吗，我告诉你，要是苏劲和孩子有个三长两短，我让你吃不了兜着走！"

张赫名吃惊，问俞思："到底是怎么一回事，怀孕，流产，苏劲怎么都没告诉我？"

"苏劲怀孕四周了，你自己心里应该清楚，她不说是不想给你压力，不想以此来逼婚。这个文珊故意找茬，害得苏劲摔倒流产！"俞思将矛头指向文珊。

文珊吓得一惊，是怕张赫名会找她麻烦，毕竟害人流产，这可不是小的罪过，文珊哭着说："和我无关啊，我是被人教唆的，前天，有个女孩来公司找我喝茶，还和我说苏劲说我的坏话，还送了我一个包，我就把她当朋友了，她还说让我对苏劲不要客气，她是看不下去苏劲这么欺负我。我就越想越气，就吵了起来，我现在才想明白，是有人借我手来害苏劲。我是无辜的……我没有这么坏这么恶毒的……"

"那她叫什么名字？"俞思追问。

"我不知道，她没说，她有个特征，她的左肩上有枚刺青，是月亮形的……她很有钱，还很漂亮。"文珊回忆着。

张赫名心中已有了数，说："算了，都别说了，先等医生出来再说，如果苏劲有任何事，该负责的每一个人，包括我自己，我都会追究到底！"

张赫名说完，站在手术室门口，心疼着苏劲，也不知里面是什么状况，只是突然听到里面传来苏劲一声惨叫，撕心裂肺，让手术室外的张赫名吓得腿都发软。

五分钟之后，手术室门打开了，没有像预想的那样是医生从里面走出来，摘下口罩向病人的家属汇报手术进展，走出来的，居然是面色惨白的苏劲，她自己走出来了，一瘸一拐的，面无表情，看着张赫名，俞思，俞睿，每一个人都不敢开口，生怕会触动了她的敏锐神经。

苏劲面色凝重地说："我要宣布一个坏消息，那就是，我的屁股被玻璃扎到了。"

"哈哈，我没流产，我没事，看把你们一个个吓得！"苏劲说完

自己弯腰捧腹大笑，动作过于夸张，牵动了臀部的伤口，痛得自己赶紧站直身子捂着臀部。

张赫名激动地拉着苏劲打量："真的没事吗，孩子平安无事？你不要吓我，开这么可怕的玩笑，我的心就像是在坐过山车，幸好我没有心脏病，你要把我们都担心死了。"

俞思不敢相信地问："你刚不是还在里面惨叫吗，难道就是一块玻璃扎到肉里去了出血吗？"

苏劲笑着点头说："是啊，所以说真是一个好消息一个坏消息，我肚子里的胎儿很安全，那块玻璃扎进了肉里，医生取玻璃的时候，考虑到胎儿，也没有给我打麻药，生生拔出来的，现在止血消炎没事了，我们可以回去了。"

俞睿疑问："那医生呢，怎么没见医生出来啊？"

苏劲吐了吐舌头说："取玻璃的时候太疼了，我一掌也不知道咋就拍医生脑门上去了，现在医生昏迷了，护士正在给他做急救。"

"啊……"大家听了都是张大嘴巴望着苏劲的反应。

"嘿嘿，手劲有些大了。"苏劲不好意思地说。

医生这才走出来，摸了摸脑门说："我做医生这么久，第一次急救病人结果病人比我先从手术室里走出来。你这一巴掌打得我眼冒金星，我得去拍片子看脑震荡没，不过还是恭喜你，胎儿一切正常，你下次可不能这么冒失了。"

苏劲笑，说："谢谢您，您快去拍片子，医药费我来付，对不起啊，我太疼了，也没控制住自己的手。"

医生很和蔼，说："算了，你们快回去吧，我也没什么事，我已经习惯了，母子平安，对我来说就欣慰了，期待你九个月之后来这里诞生下健康的宝宝。"

张赫名搂着苏劲，俞思和俞睿走在后面，文珊则隔着几米的距离走着。

第五章　他什么时候都有种，就是没种娶你

"这医生人可真好，下次我进产房我就预约他给我接生。"苏劲说。

"他是男的哎，不行，得换个女医生。"张赫名酸溜溜地说。

苏劲白了他一眼："都是妇产科医生好不好，医生还分什么性别么？"

"你真把我都吓死了，怀孕也不告诉我，突然来电话说流产了，我正开着会呢，我撇下手底下所有的员工就过来了，你要知道，这可是我新官上任第一天！"张赫名说。

"啊！你升职了啊，升为总编还是主编？"苏劲问。

"这次是连升，总编，我自己都不敢相信啊，我们CEO今早找我谈话，就给我下了任命书，我也好意外，所以，这算是双喜临门。"张赫名说。

俞思和俞睿羡慕嫉妒地望着前面的一对人。

俞睿说："你看，这两个人，接下来是要结婚了吧，我们要准备好份子钱了。"

俞思抿嘴笑："我看是快了，奉子成婚，咱们苏劲这次可是赶上了一次时尚，听说咱妈认识张赫名的妈妈呢，说不定到时候还能帮着说说媒。"

"是啊，有情人终成眷属是最幸福的事了。"俞睿说完，意识到俞思和冯小春的问题，便就想绕开话题。

俞思坦然地说："哥，别为我发愁，你把我从浴缸里捞起来送进医院，那时我就死过一次了，我不会再惦记着冯小春了，抓紧吧，给妹妹我介绍对象，你也赶紧给我找个嫂子，让我做小姑子呗。"

俞睿望着苏劲的身影，说："嫂子，在遥远的他方，你以为嫂子那么好找的。"

只听文珊接着电话，狂发火说："张弋，你丫还记得给我回电话呀你，你死哪里去了，我差点就出大事了，给你十分钟时间出现在我面

前，不然就永远别来见我！"

俞思听了直摇头："哪个小伙子摊上这么个女朋友，拜金虚荣脾气臭，真是倒了八辈子霉。"

"莫背后说人是非。"俞睿轻轻拍了拍俞思的肩膀。

四个人临走前告别了几句后，各自上车。

苏劲往车上一坐，就嚷着屁股疼，张赫名赶紧拿着自己的衣服放在座位下给苏劲垫着说："坐我衣服上面，这样就不疼了。"

苏劲笑笑："那怎么行，哪能坐你衣服上，这外套可贵着呢。"

"我给我儿子坐的，母以子为贵呀。"张赫名说。

"好哇，你重男轻女，万一我生女儿，你是不是就不金贵我了？"

"我更喜欢女孩，不是说女孩是爸爸上辈子的情人吗，你给我生个女儿，正好我上辈子的情人和我这辈子的情人都在我身边，齐全了！"

"要不要再齐全一点呀，给你来个青梅竹马两小无猜的妹妹？"苏劲故意说。

张赫名反感地说："不要提她，影响我们心情的人。"

张赫名的手机响，苏劲一看，把手机递到张赫名面前说："影响心情的人找来了。"

他接过电话，没好气地说："喂，我现在正忙！"

"很忙吗，我是你妈，你是不是欺负惠娜了？她一直在哭，说不是故意的，到底是怎么了，你是不是做什么对不起她的事了？你给我马上回来。"张赫名的妈妈李雪芝平静但威慑的声音。

"妈，你问她自己吧，学会恶人先告状了，她从小就是这样，每次把我打了就跑去您那告状，回回让她得逞，我这次可好好和她算清楚！您要是再维护着她让她飞扬跋扈，那您就收她做儿子吧。"张赫名态度坚决。

李雪芝说："我收她做儿媳，我收做什么儿子呀，你别瞒我了，知子莫若母，你谈恋爱了是吧，没过我这关，就不能成为事实，明白吗，我心里的准儿媳妇就是惠娜，谁都不好使！"

"是，我就是恋爱了，我还要娶她，我真心不喜欢卓惠娜，做妹妹可以，做妻子那是不可能的，我们一起穿开裆裤长大，我把她当亲妹妹，兔子还不吃窝边草呢。您要是再把我和她扯到一块去，您这就是暴力干涉婚姻自由！"张赫名说。

苏劲使了使眼色，小声说："别这样，好好说。"

"我怎么暴力了，我不就是言语上说吗，你身边是不是有人在教唆你啊？你告诉你身边的人，想嫁进我们张家，那是得有规有矩的，父母之命，媒妁之言，别想一步登天，门都没有！"李雪芝极敏感。

"妈，我就不替你转达了，您一定想见她吧，那好，您等着，我马上带您的儿媳妇来见您。"张赫名挂了电话，一脚踩油门。

苏劲急了，说："赫名你要干嘛？"

"带你回我家，见我爸妈！我受够了，我们不要再躲躲藏藏了，我真不想看你受委屈，我每天住在大房子里冬天暖气夏天空调，我一想到你住在那种合租房我就心痛，我给自己找借口，孝顺，是啊，可谁为你做主，你自己都不为自己着想。你都怀了我的孩子，你还瞒着我，你完全可以拿着化验单来逼我娶你，你自己默默忍着。苏劲，你不累吗，我要娶你，谁都挡不住我娶你的心。"张赫名的车一路往回家的路上开。

苏劲直摇头，劝张赫名不要冲动，要他停车，说："我一点准备都没有，你看我这副样子，你总要给我个时间打扮一下自己，给你爸妈一个好印象呀，赫名你听话，送我回去好不好？"

"丑媳妇总是要见公婆的，怕什么，我不想再犹豫了，择日不如撞日，我升职得子，人生中的两大幸事都在今天降临了，这是个好日子。"张赫名搂着苏劲，说，"媳妇，别怕，有我给你撑腰呢，今天见

了，也就摊牌了，省得我妈整日把我和卓惠娜往一块撮合。"

苏劲望着张赫名，此时她觉得他无比有魅力，男人的担当和责任敢在爱这一刻体现，之前她对他的误解和失落都化解了，他是爱她的，也许，她比他更没有勇气和信心，可她有他的爱，这是最大的支撑。

总是要见的，迟早是要见的，苏劲长吁一口气，该来的就要来了，不管是彩虹还是冰雹，她做好了迎接暴风雨的准备。

他们十指相扣，仿佛是大难降临前的彼此鼓励。

"赫名，谢谢你，我爱你。"她依偎在他肩旁，看着车离他住的小区越来越近，紧握着他的手，抚摸着肚子里还很小的孩子。

曾经在这条路上走过很多次，坐车也经过不少次，每次都会痴痴望着张赫名住的那栋单元楼，那套东边户，想象着有天嫁到这里，站在阳台上晾晒衣服的情景，她眯着眼，愿自己能有那么一天。

她只是爱他，与他的背景、家庭毫无关系。

"赫名，即使你不是出生在这个知识分子的家庭，你的父母也是河南乡村里种大棚的家庭，那么我也会义无反顾地嫁给你。我是苏劲，我有劲。"

"我知道，我爱你的就是爱你的简单、直率、朴素，还有你的美，记得那会儿在大学里，拔河比赛，男生和女生拔河，你站在女生绳子的头一个，我站在男生绳子的头一个，结果你们赢了，我们输了，结果全班男生都怪我，说我故意让你的，其实不是的，是你望了我一眼，你清澈的眼眸，我一下子就看傻了，手一松，那便是爱情的到来吧。"他呢喃着说，很温柔。

"一晃都好几年了，毕业了，工作了，我们都要面对结婚生子了。"她说。

"在和你认识之前，我从未考虑过结婚的事，而到现在，我也只想和你一个人结婚，我在你面前说结婚，都说了好多年了，现在，终于可以带你回家，面对婚姻，面对父母，苏劲，这些年你吃了太多的苦。

以后我挣的钱，全都交给你，你就不用买地摊货等降价货了。我呀，把我所能给你的最大幸福都给你！"

"赫名，我都看得到，你一直在努力工作、加班，你比别人付出的都多，你有很大的努力都是为了我。就应该是这样，两个人一起奋斗、打拼，才会丰富，经得起考验。"苏劲说。

车拐进了小区大门，驶进了小区的地下停车场，停下车后，苏劲深呼吸，张赫名牵着她的手，朝她微笑说："怕什么，有我在，看谁敢欺负你，我妈都不行！"

电梯停在了九楼，901室，张赫名拿钥匙开门，牵着苏劲的手走进客厅。

"妈，看谁来了！"张赫名说。

苏劲喊了一声："阿姨好。"

李雪芝正和卓惠娜坐在客厅沙发上亲密地看照片，头也没抬，倒是卓惠娜抬起头看了一眼。

李雪芝说："来了啊，那就坐，我来泡茶。"

依旧是看都没看苏劲一眼，但是仍极有礼貌地泡了杯茶端了过来，放在茶几上，继续坐下来，和卓惠娜说话，装作不经意地说："赫名，招呼你朋友坐呀。"

苏劲瞄了一眼那些照片，有张居然是张赫名没有穿衣服，露出小JJ的照片。

"阿姨，赫名这时候多大呀。"卓惠娜挽着李雪芝的胳膊，故作亲昵。

"四五个月大吧，你看他发育得多好。"李雪芝说。

张赫名红着脸，从卓惠娜手里夺过照片硬着嗓子说："妈，你怎么什么照片都拿给外人看，你得尊重我的隐私？"

卓惠娜一脸无辜，望着张赫名。

苏劲心里也很不舒服，因为感觉好像她是外人，卓惠娜才是张赫

名的官方女友。

李雪芝也许就是在寻找这样一个契机来发话吧，方才看了一眼苏劲，从上到下彻底把苏劲打量了一遍，然后做了一个动作，把目光转向卓惠娜的身上，然后摊开手，耸耸肩，面无表情地笑笑摇头。

"妈，您唱的是哪出我不清楚，但还是要介绍一下我的女朋友，她叫苏劲，26岁，来自河南，家境中等，月薪一万二往上，还有一个妹妹和哥哥，父母是勤劳朴实的农村人，这也许是您要给她降分的地方，以下我来说说她的优点，她很美丽善良，温柔坚韧，她一直为我着想牺牲了很多，所以，您儿子要娶她，期望得到您和爸爸的支持，我们爱了很多年了，分不开了，就是这样，妈妈。"张赫名说着，拉着苏劲的手面对面坐下。

李雪芝点头，说："话都被你说完了，你这哪是给我找儿媳妇呀，你这不是找了一个纯洁善良的天使吗？在你眼里，她是天使，我这个妈妈是恶魔吧？"

"卓惠娜，你是怎么和我妈解释你做的好事的？"张赫名开口问。

卓惠娜垂下头，楚楚可怜的样子，说："我不知道那个女孩会和她打起来，害得她流产了，我是无心的，赫名哥，都是我的错，你就打我吧，只要你解气解恨就好。"

李雪芝护着卓惠娜，挑起了眉毛，大惊问："流产？什么意思，她流产了吗！？"

"她怀了我的孩子，所以卓惠娜就处心积虑地买了一个名牌包去收买人心挑拨离间，以达到让苏劲流产的目的。"张赫名一针见血毫不留情地说。

"赫名哥，你眼里我就是这么恶毒吗，你信她的话，你都不信我！"卓惠娜哭诉。

苏劲也无法相信这竟然是卓惠娜促使文珊惹起事端的，苏劲说：

"也许是误会了，赫名，你别胡说。"

李雪芝怂然，字字无情："你有什么资格说我儿子是胡说，你还没嫁过来吧，你可真有心计，会演戏，让我儿子鬼迷心窍，还想怀上孩子嫁进我们家，幸好没让你得逞，你就死心吧。"

"阿姨，我没有，我从未想过用什么心计来对待赫名，我父母从小就叫我本本分分做人……"苏劲说。

"可打住吧，本本分分做人，还会未婚怀孕？流产了是吧，医药费营养费我来付，想开什么条件你就说，只要你放开我儿子，别再迷惑她，缠着他。"李雪芝说。

苏劲被击得一句话也说不出来。

"妈，她没流产，胎儿很健康，卓惠娜，对不起，让你失望了。我今天当着我妈的面警告你，以后苏劲和她肚子里的孩子，也就是我的老婆和我的孩子，你要是再敢欺负他们，我就打扁你！"张赫名说着，挥了挥拳头。

李雪芝不敢相信："没流产？你们这一会儿怀孕一会儿流产，能不能说清楚点。"

"妈，孩子健康，苏劲把您的孙子保护得很好，虚惊一场，孩子没事，所以，无论是为了我和苏劲，还是为了孩子，我们一致打算近期举办婚礼。"张赫名说。

"你们这是决定要奉子成婚了是吗？"李雪芝无力地靠在沙发上，

卓惠娜拿起包，没说什么，走了。

苏劲说："阿姨，我会努力和赫名过好日子，我别无他求，只想给孩子一个家。"

"妈，别这样，我告诉你一个好消息，我升做总编了，你看，苏劲有旺夫相吧。"

"粗枝大叶还旺夫相，知道来见我也不换身体面的衣服，你就不

能带她买几身好衣服吗，显得我们张家寒酸。"李雪芝说完，起身说，"算了，看在我孙子的分上，木已成舟，本想着孩子要是没了，那我也就不会认可了，既然孩子还在，是一个生命，我尊重每一个生命的机会。这样我和你爸晚上商量一下，也考察你们几天，婚事再说吧，现在是几个月了？"

苏劲欢喜地说："四周多了。"

"噢，那还早，晚上就在这儿吃饭吧，等你爸爸回来，也好见面聊聊，我去买点菜。"李雪芝说完，起身去厨房提着菜篮子下楼。

"谢谢妈！"张赫名乐成了什么样似的。

苏劲还没太适应过来，他妈妈刚还态度绝然，怎么一听说孩子还健康，就态度转变了，难道是太想抱孙子了吗？

张赫名倒没多想，坐在一旁给苏劲削苹果吃，苏劲拿起茶几上张赫名五个月大时拍的露点照，说："你看，你都不纯洁了，她都看到你全裸了。不过我真没想到，她会做得出来去找我公司找文珊，拐这么大一个弯来害我，张赫名，这都怪你，哪来的妹妹，还这么疯狂爱你。"

"小时候不懂事啊，我们俩家常走动，她经常来我家玩，我妈给她梳小辫，他妈教我弹钢琴，我爸和他爸是战友，你是知道的，现在他爸经商，我爸还在话剧团里，现在两家就来往不多了，只是我妈妈喜欢她，毕竟从小看她长大的。我要强烈声明，我不喜欢她，半点都不喜欢。她也不至于那么坏，文珊的话也只能听一半。"张赫名其实还是袒护着卓惠娜的，他不可能完全否定卓惠娜的人品。

苏劲站起身，看了看客厅的布局，说："你妈妈很持家呢，家里布置得很温馨，以后我们结婚，我们住在这里，一家五口，一定很友爱的，对吧？"

张赫名憧憬着说："那当然，到时候你就是咱全家的掌上明珠，人见人宠。"

李雪芝下楼后，提着菜篮子，居委会大妈老赵抱着孙子乐呵呵转悠着，每到黄昏，楼下都是一群带孙子孙女的人。

"李老师，刚才看见你儿子带了个高个的女孩子回来，是不是你未来儿媳妇呀？"老赵凑了过来，八卦地问。

"不是，同事呢，回家来坐坐。"李雪芝不想多言多语。

老赵说："那不可能，哪有同事那么亲密的，我知道你有个准儿媳妇的标准，不过我看那个女孩也不错，个儿高，能干呢，屁股大，没准也能给你添个孙子带呢。"

"那是，我是肯定要抱孙子的。"李雪芝说完，有些扬眉吐气的感觉。

"对，赶紧结婚生子，咱这片要纳入拆迁范围了，家里人口多，到时候能多分套住宅。"老宋插了句嘴，抱着孙女说，"好在去年我就把我女儿、女婿的户口迁咱这片来了，现在想迁都迁不进来呢，管的可严了。"

"我可不指望靠儿子的婚姻赚钱，他想什么时候结婚，我随他。"李雪芝说完，扬着头走。

李雪芝心里想：我还不知道，要你们来说，别以为我没听到你们背后是怎么议论我的，笑话我家张赫名27岁了还没结婚，我马上也有孙子抱了，正好赶上明年要拆迁了，一下添进两个人口，这可不错。唉，就是我对这个苏劲真不是很喜欢，哪有惠娜三分之一好。现在是怀孕了，能怎么办呢，我就一个儿子，总不能得罪了儿子吧。先走一步是一步，结婚不也有能离婚的么。

晚上，张赫名的爸爸张音正回来了，看见苏劲正和张赫名在端着菜，已经被李雪芝电话告知的他做了心理准备，见苏劲朴实地笑，他倒对这个女孩子很欣赏，至少，看起来简单大方，不像卓惠娜那样矫情娇小姐似的。

晚饭上，四个人坐在桌前吃饭，张赫名一个劲给苏劲碗里夹菜，李雪芝看了觉得很不舒坦，也没作声，还算是客客气气。其间，张音正

倒是问了苏劲家里的情况，父母身体如何，妹妹何时开学报名，说要找个时间和张赫名的妈妈一起去登门拜访商量婚事，既然和赫名都谈了这么多年了，也有了孩子，他们也不发表过多观点，只能说会尽量帮他们组建家庭，祝福他们。

李雪芝倒没怎么多说，只是对苏劲察言观色，想要看看她到底是怎样的一个女孩子。

在苏劲临走前，李雪芝说："听赫名说你住的条件很差，我会尽快找你父母沟通，商定婚事，尽早接你过门，这样也不会委屈到你肚子里的孩子。"

苏劲有些感动，或许她根本没有想到会有这么顺利，她说："谢谢阿姨，我会照顾好自己，反正现在才一个月，我也没那么娇气。"

李雪芝好像想起了什么，问："我们之前是不是在哪里见过面？"

苏劲心虚，立刻想到了上一次去药房给俞思买避孕套的情景，忙说："是吗？也许是在路上碰到过，不过我很少出门的。"

"噢，那也许是我记错了。"李雪芝说。

张赫名送苏劲回去，一路上放着欢乐的歌，张赫名跟着歌后面唱着，苏劲心里也是如同乐开了花。

苏劲说："赫名，我真不敢相信，你爸爸妈妈就这么接纳了我，我好开心你知道吗，以后我们再也不用偷偷摸摸了，我们可以在北京任何一条大街上手拉手，再也不用你见个熟人我们就得往墙角躲了，我还可以晚上给你打电话，可以去你家吃你妈妈做的饭，真的是我想都不敢想的幸福，我一定要好好珍惜，加把劲，你说，这不都是我肚子里的孩子给我带来的吗，母以子为贵。"

"除了孩子，还有你也很可爱呀，我爸妈会慢慢发现你身上的优点，越来越喜欢你。接下来，我打算和我爸妈一起去你家里一趟，在你们那边这叫什么？"张赫名问。

"哈哈，这叫做提亲呢。"苏劲捂着嘴笑。

"提亲有什么风俗规矩吗？"

"提亲就是要带彩礼，女方家里收下彩礼，就等于是同意了这桩婚事，然后呢，要是男方悔婚了的话，女方是可以不退彩礼的。所以你可记好了，和我订婚了，就别想悔婚，彩礼是不退的噢。"苏劲说。

"我才不会悔婚，多来之不易的老婆呀，你说，我要给多少彩礼好呢，你这么宝贵，我得给个大大的彩礼。"张赫名思索着。

"只是一个习俗，我表妹结婚是9999，也有少点的是6666，当然有更多的，都是视条件来定的。"

"我也要给你一个丰富的大彩礼包。"张赫名说。

苏劲觉得幸福降临得太快了，之前种种的担忧似乎都是多虑了，她并不笨，她清楚张赫名的父母接纳她，更多的原因是因为她肚子里是张赫名的孩子。而这个孩子，是一个意外的惊喜，她没有预谋，也没有以孩子来逼婚，都是歪打正着，就当是天赐良缘。

李雪芝在厨房里洗着碗，电视机开着，她没有听到张赫名回来的声音。

李雪芝对丈夫说："你以为我会那么容易就让她进咱家门呀，我是朝我儿子我未来孙子看的，再说咱这片小区都属于新规划范围，都说要拆迁的，家里一下添了两口人进来，到拆迁时才不吃亏。我中意的儿媳妇当然是惠娜，现在米已成炊，我只能将就这一步，反正以后要是苏劲毛病太多，我就让赫名把她离了。"

"你这是什么政治觉悟，离婚是多光彩的事吗！哪有儿子还没结婚就想着离婚的，我就觉得这苏劲不错，耿直善良还孝顺懂事，农村里出来的女孩，有股不服输的劲，我们儿子娶了她，是福气，你以为娶个千金小姐回来就是宝了？"张音正反驳。

"你是艺术家的文艺梦，你整天泡在话剧团里，看那些舞台剧，那些爱情，你当爱情是那么容易的吗，苏劲还有个没成家的哥哥和上大

学的妹妹，先不说这哥哥了，就是这妹妹四年大学，她供的话那是多少钱？父母种点大棚，你说她孝顺懂事，到时候把咱家的老底都往娘家贴光了我看你怎么办！"

"她工资也不少啊，我说了你还别不乐意听，她一月工资一万二，可比咱家赫名要高几千。"

"谁说的，赫名今天升总编了，工资也上了两个档了，我儿子是谁呀，多出息多能干，遗传的那是我的优良基因。我是打算好了，就算她嫁过来了，孩子一生，我就不会怎么待见她，我特瞧不上靠生孩子为手段嫁进门的女人，看着吧，我把她调教服服帖帖的。"

"再说了，户口多难办，现在都是45周岁后才能落户，所以你别说苏劲是为了北京户口才要嫁咱家来的，两孩子彼此喜欢，感情好，我们做父母的就少掺和，多帮着点，家和万事兴，把她当自己女儿，不要总往坏处想，这才是第一次见面。"张音正说着道理。

李雪芝说："就你通情达理，我是为了儿子着想，惠娜多好的女孩子，他找这么一个粗枝大叶的女孩，一看就不会疼人，家里人口亲戚还多，看似是她一个人嫁过来了，背后还不知道嫁了多少连带的亲戚来。我们尽快去他们家一趟，瞧瞧她父母怎么样，知己知彼才好。"

"你这弄得和打仗一样。"

张赫名站在门口，听得一清二楚。他的脑子里浮现出苏劲幸福的笑容，单纯的苏劲，她哪里会知道这些？张赫名心里很不是滋味，悄然走回房间，也没有和父母打招呼，和着衣服就这么睡了。他的心里更加坚定要对苏劲好，要照顾她一生的信念。

单纯的苏劲，脑子里幻想的都是甜美的婚后生活，她一遍遍地告诉自己要珍惜，要孝顺尊敬张赫名的父母，她心里对他们充满了感激。也许他们接受她是因为她肚子里的孩子，但毕竟是接受了她，她今后一定会更加努力，更加使劲地奋斗。

在去苏劲家提亲之前，李雪芝做了两件事，第一件事就是亲自领着苏劲去医院做了一次孕期检查，看着B超片子和化验单，李雪芝有种喜出望外之感，怎么说，也终于是要当上奶奶了，对苏劲这个外来的儿媳多有不满，也缺少了解，可对孙子的期盼让李雪芝有了些满足。

第二件事，就是李雪芝把张赫名叫到了书房，极郑重严肃地和张赫名谈起了后果，所谓的后果，那就是娶苏劲的后果。

"你娶了她，咱家就成了她家的驻京办事处。"

"你娶了她，她家那七大姑八大姨的就三天两头串门顺便游北京。"

"你娶了她，她父母是农村的没有社保，我们就你一个儿子，万一她父母得了白血病尿毒症你得花多少钱给他们瞧病？"

张赫名一方面孝顺，一方面也愠怒，他深知母亲的为人并不坏，只是立场不同，苏劲和她心目中的标准儿媳确实是有差距，但是标准是可以改的，甚至只要慢慢了解，苏劲远比她标准的儿媳妇更好，唯一的不好就是她是来自农村的家庭背景吗？

张赫名也郑重其事地对母亲说："妈，既然结婚，那将来就是一家人，他的家人亲人自然就是我的家人和亲人，您首先要把她视作自家人。她家的亲戚是比较多，虽然可能会有些小麻烦，但亲戚多也有亲戚多的好处，众人拾柴火焰高，将来孩子都少，缺的就是亲戚。再说，她父母也是勤劳节俭的人，哪里会真的就放手玩指望子女养他们？您就是瞎操心，还什么癌症，这都是杞人忧天。"

"那这可是你说的，以后你别叫苦连天地在我面前抱怨，怪妈没有提醒你。我和你爸爸也是商量之后尊重你才这么说，我还是那句话，我对苏劲这个儿媳是勉强接受，她目前还没有给我多少好印象，等婚后相处，我再发现发现。"

"妈，您这倒像您和苏劲婚后恋爱似的。"张赫名玩笑着说。

李雪芝说："我才不像你，没眼光，多少气质好家世好的女孩不挑，千挑万挑挑了这么个粗枝大叶的，我都没和楼下那群老太太说她是

哪儿的人，要是她们知道了，背后指定要议论，你想想，各个都在比谁家儿媳妇好，可不像以往的婆婆一见面都说自家儿媳妇坏话，现在是儿媳妇不好，也得要说好。那天老赵抱着孩子正在我们面前吹自己儿媳妇对她好，对她和声细语，无微不至，她话还没夸完呢，她儿媳妇就瞪着眼睛老远就冲她喊，怎么还不回去做饭，我都下班了要把我饿死呀！你听听，她一走，一群老太太都在后面笑话她。"

张赫名摇摇头，对这些中老年人的八卦实在不感兴趣，他也不发表任何言论。

"所以说，我们这个年纪，攀比什么？就攀比自己的儿子有没有本事，媳妇贤不贤惠，孙子学习好不好，你可好，让我输在起跑线上了，以后苏劲和孩子的户口都不知道要跑多少路才能办下来，唉，很多问题不考虑不行，现实摆在那里。"李雪芝忧虑地说。

"我的好妈妈，您就省省心吧，等着将来抱孙子享福吧。"张赫名说。

李雪芝只好将信将疑地笑笑。

一星期后，苏劲、张赫名，还有张赫名的父母一行四人从乡村客运车上下来，出现在了河南一座县城的小镇上。这样的一行人，无疑是吸引人的，李雪芝虽然年纪快五十岁了，却保养得不错，衣着也显得优雅得体，张音正更是西装革履，艺术家的气质不凡，如此举止和打扮，一看就是大城市里来的人。

苏劲和张赫名并肩走着，张赫名的手里提着北京特产的烤鸭和果脯。这镇上很多人都认识苏劲，苏劲从小就会自己骑着自行车来镇上买些菜和些日用品，这是她从小生长到大的地方。

很多人都凑了过来，友善的目光围观着，七嘴八舌关心地问："苏劲，回来了呀，这是你男朋友一家人来上门提亲了吧？"

苏劲腼腆地点点头。

"咱这镇上就数你最出息了，啧啧，男朋友是北京的吧，你看看，读书就是出息了，都嫁到京城里去了。我们家小梅要像你这么聪明就好了，她就不会想，找了个本地的穷小子。"面粉店的李婶边走边跟着说。

苏劲觉得有些尴尬，望着张赫名笑了笑。

张赫名说："咱苏劲有福，你看她一脸的福相。"

李雪芝心里想：她有福，那你就无福了，整个北京那么多本地姑娘，你给我找了个这么远的，我走路都要累死了。

菜摊的宋叔提了一袋猪肉给苏劲，说："家里来客人了吧，你爸打电话来订的，你捎回去。"

"好，谢谢宋叔，钱还没给吧，我把钱给你。"苏劲说。

宋叔说："你爸说记账上。"

"别，我给你，账上一共欠多少？"苏劲问。

"不多，230，零头我抹掉了，你爸妈可节省了，也不怎么买菜，都是家里来客才买点，这都是上月和这月一共的账。"宋叔憨厚地说。

"那我给你三百吧，剩的钱下次我爸买菜从里边扣。"苏劲说。

苏劲一直都是用河南话和宋叔在说话。

李雪芝站在后面，对张音正说："你看，还没到家，就开始给家里还账了，别以为说河南话我就听不懂。"

"多大点事？再说，这附近人看着呢，这说明苏劲孝顺。"张音正说。

"我都累死了，那个小巴车坐得我反胃，是不是还要走一段路啊。"李雪芝问。

"你就当锻炼身体吧，平时你早上不也是要溜达老长一圈路？"张音正说。

苏劲拎着肉，说："叔叔阿姨，我家就在前边，快到了，你们看那座桥，过了桥，桥那边就是我家。"

李雪芝没好气地说："那快走吧，你爸妈还在家等着呢。还有，

你还怀着孕呢，虽然才一个多月，也要注意，上次摔倒还不当心点，一切孩子最重要，走慢点，东西都让赫名提着。"

刚过桥，苏劲的爸爸苏广宏就和苏劲大哥苏勇一起走了过来，是亲自来迎接，苏勇的腿脚不是很方便，走路有些瘸，也确实是一家人把张赫名一家当做至上的贵宾才会如此迎接。

苏广宏穿着洗得发白的衬衫，很明显是刚理了头发，胡茬也刮了，笑容满面地站在桥头迎接，苏勇笑得嘴都合不拢走过来对苏劲说："妹，你终于回来了，咱家今天是三喜盈门。"

苏广宏和张赫名的父母问候了几句，不会说普通话的苏广宏用地道的河南话打着招呼，介绍着家里的情况，遇到李雪芝半猜半疑的话，就会涨红了脸用夹生走音的普通话来解释。

张音正问了大棚的菜长势怎么样，说这地方风景好，空气新鲜。

李雪芝则问了问："像你们这样有没有医保和社保呢？"

苏广宏不明白，问："啥叫医保，社保？"

李雪芝摇摇头说："那你和苏劲妈妈老了，怎么养老，病了怎么办？"

张音正笑着打圆，说："你说话真心直口快，哪有刚见面就提老了病了的。"

"我养我爸妈。"苏勇抢着说。

苏广宏说："我和苏劲妈妈只想儿子成家立业，小女儿大学毕业，他们都能安定下来，我们只要还能干活的一天，就一直干活，养自己。"

苏劲的家是平房，平房隔壁的一块空地正打着屋基，门口站了好些人，摆了七八张大圆桌在院子里。

苏劲问："哥，三喜盈门，是哪三喜呀，今天咱家怎么这么热闹？"

苏勇得意地说："第一当然是你今天要订婚，第二是苏勤上大学办酒，第三就是咱家新房开始动工。"

苏劲笑："确实是三喜，亲戚们都来了，我都好久没见到他们了。"

李雪芝和张音正一进苏家院子，就被热情的苏家亲戚们包围住了，问长问短，各种羡慕的眼光望着苏劲，苏劲见苏勤正在忙活着，说："咱妈呢？"

"妈在厨房给厨师帮忙呢。"苏勤说着，疑惑地看着张赫名父母，把苏劲拉到一边问，"姐，怎么这么突然就把姐夫和他爸妈领回家了，这个父母是真的吧，别是你和姐夫租回来的。"

"傻丫头，胡说啥呢，这次来是要和咱爸妈商量订婚和结婚的事的。"苏劲说。

苏勤说："那就好，我不是觉得突然嘛，姐，怎么一下就直接说要结婚了，该不会是你……"苏勤嘿嘿笑着，盯着苏劲的肚子。

"嘘，别说出去，亲戚们听到了就不好了，你就准备好做姨吧。"苏劲说。

"真的呀，姐，我太以你为荣了！"苏勤捂着嘴笑。

李雪芝走进厨房，和苏劲妈妈胡秀打了声招呼，本客气地问要不要帮忙的，胡秀赶紧就把李雪芝给送出了厨房，说："厨房里油烟大，我们这儿也没抽油烟机，别把你呛了，衣服弄脏了。"

李雪芝觉得无聊，却看见丈夫张音正站在人群中，在众人的热烈鼓掌中，开始高歌一曲，唱了一首《年轻的朋友来相会》，全场慢慢都跟着他唱了起来，李雪芝小声地说："他还真是人来熟，一会儿就混成一片了。"她有些无聊，苏劲给她搬了一张椅子，她坐下，坐了很久的车，有些累了，她忽然怀疑自己是不是做出了错误的决定，这样的家庭，是很朴实，但这真的是自己要找的亲家吗？

以后，会不会有很多麻烦和问题，她有些担心，如果不是苏劲有了身孕，她是绝对不会同意张赫名和苏劲的婚事的。

　　一位抱着孩子的妇女走了过来，主动对李雪芝笑笑，问："你是苏劲的婆婆吧，一看就是文化人，我想向你打听个事。"

　　"你说吧。"李雪芝也有礼貌地笑着回应着，尽管她累得不想多说一句话了，但在外，她还是个很维护自身口碑的人，她做事就是不管自己对错，总之表面功夫做足，看起来她永远都是对的，为他人着想。

　　"是这样的，我老公在北京一个工地上做事，现在他也想我跟着去北京，这孩子放家里让爷爷奶奶带也不放心，跟在我们身边吧，我们在北京也不认识人，你说小孩子送哪些学校能接纳呢，你有没有熟悉的人？"

　　"这个我还真不太清楚，应该农民工子弟学校都接收的。"李雪芝说。

　　"那我到北京了，也就知道苏劲了，到时候我还要拜托你们帮我打听打听。"

　　李雪芝心里咯噔一下，心想这人是苏劲什么亲戚啊，坐下来才几分钟，这事儿就来了。

　　李雪芝点头只好答应。

　　"问一下，你是做什么职业的？"

　　李雪芝差点开口说自己是政治老师，想想没说，正好又苏勤走了过来，泡了一杯茶端给她，客客气气地说："阿姨，喝茶。"这才把话转了过去。

　　过了一会儿还有个大爷，一直打嗝，也走了过来问李雪芝，说胃病一直也瞧不好，不知道北京哪家医院能治胃病好，最好是不插管无痛胃镜。

　　李雪芝也是把自己知道的都尽力说，一群人也把她围成一团，问着北京天安门，问着长城。

　　张赫名倒是勤快地帮着端菜，招呼客人，一副苏家模范女婿的样子。

有个快嘴的年轻媳妇吆喝着问："啥时娶俺们苏劲过门呀，我们这些亲戚可都盼着呢。"

"是啊，俺们没去过北京，正好苏劲结婚，俺们也好沾光去北京转转。"

张赫名喜庆地说："快了，到时候请你们来参加婚礼，见证苏劲的幸福时光。"

李雪芝没多久就了解到了一个让她吃惊不小的消息，苏劲的妈妈胡秀是兄妹十人，庞大的家庭关系，苏劲的舅舅姨妈就不少，再加表哥表姐这些表亲，足足几十人，这让李雪芝着实见到了一个大家庭。这以后张赫名的人情礼都送不清了，亲戚也太多了。

张音正却是兴趣盎然，一首歌接着一首歌唱着，为这个院落里添了不少喜气。来随礼的都是苏劲家亲戚，来祝贺苏勤考上大学，原本不怎么走动的亲戚也都来了，都是为了要看看苏劲要嫁的婆家人。

酒席开饭，屋内院外十几桌忙活了起来，张赫名的父母也被请在了上桌，入乡随俗，张音正和苏劲的几个舅舅喝起了酒，为了保护嗓子几乎从来不喝酒的张音正，竟然也破例喝酒了，能看出来他是有多高兴。李雪芝端坐着吃饭，很少说话，脸上的笑容一直都挂的。

苏劲和张赫名招呼着客人，忙来忙去，张赫名别提是多么高兴了。

直到宾客都散了，苏劲的父母和张赫名的父母才算是正式坐在桌前，开始商量婚事。

苏劲的父母已经知道苏劲怀孕的事，苏广宏烟瘾犯了因为苏劲怀孕，就没抽，将没点燃的烟叼在嘴里过过烟瘾，说："眼见着肚子要一天天大了，这婚事还是越早办越好，我看十一长假就不错，过节上班的也都放假了，结婚也好，都省的请假了。"

"那不就是只有一个月的准备时间了？会不会仓促了，房子都没怎么装修，我们也没什么准备。"李雪芝说。

胡秀说："我看电视上说装修对孕妇很不好，也就先不用装修了，你们家的房子想必肯定也不差，先把婚结了，安心养身子把孩子生下来。"

张音正赞同，说："也好，早点把婚事操办了，也了了一桩事。"

婚期就这样订在了十月一日，苏劲和张赫名手拉着手，相视一笑，幸福来得太快了。

商量到婚礼的筹办，李雪芝是提议两家人各自在各自的家里办酒，招待亲朋，苏广宏倒不同意了，苏广宏说："你看我们家这些亲戚，都想去北京参加婚礼，很多都是从来没去过北京，路费什么都我们自己来出，也就是想去北京看看苏劲的家，大伙都想参加在北京举办的婚礼。"

李雪芝算起了自己的账，这么多些亲戚，一旦都到北京来参加婚礼，先别说从河南到北京的往来路费，就说到了北京的吃住安排，这不就是一笔挺大的开销吗？虽然说结婚就是图个热闹，要是平添了这么多招待的费用，岂不是个麻烦事？

李雪芝倒看似大度说："在北京两家一起办热闹是热闹，就是我也尊重你们的习俗，我听说你们这里嫁娶，都是男方女方各自家里都办酒席，你说如果苏劲嫁我们家来了，你们在家都不办酒席，是不是显得嫁女儿不够隆重呢？"

"那没事，两家一起办，亲戚们都到场，该去的人都去了，怎么会不隆重，是更隆重了，人更多，排场就更大！"苏广宏说。

李雪芝心想，排场越大不是花费越大吗？

张音正做主说："一起办也好，一生就一次，司仪什么的婚庆公司也好安排，到时候人多一次性招待，两家亲朋好友都在一起，见面认识加深了解，对于苏劲和赫名也是终生难忘的一天。"

李雪芝对丈夫的言语无语，但她的修养让她绝不会当众反驳丈夫的话。

苏勇插了一句话，问："那两家一起办酒席，礼钱怎么收呢，你看我们家亲戚这么多，礼钱肯定也送得多，这礼钱是肯定要分开收的。"苏勇也不知是真不懂人情世故还是故意的，这句话问得李雪芝是心里极大的不舒坦。

李雪芝温和地说："那么酒席的费用呢，如果礼钱各自收各自的，是不是酒席费用也各付各的？当然，这问题是你们提出来了我才展开说的，毕竟要先说清楚，免得以后大家心里不愉快。"

苏广宏竟很敞亮地说："那好，礼钱就你们统一收，我们不过问，这样行吧。"

李雪芝无奈只能点头认可。

胡秀涨红了脸问："那咱们今天就算是把婚事定下来了，这个彩礼，你们看是怎么个弄法？"

苏劲看得出来，妈妈是很不好意思开口说要彩礼的，这一定是爸爸让妈妈问的。

李雪芝疑惑地望了一眼张赫名，似乎并没有今天要交彩礼的意思。

苏劲说："阿姨，按照我们家乡的婚俗，结婚男方是要给女方家里彩礼的，我们家不需要多少彩礼，只是一个习俗。"

李雪芝端庄的坐着，气势压人，说："苏劲，你是大学生，婚姻法你应该懂，婚姻法规定——男女双方结婚应当以爱情为基础，不主张也不支持结婚以给付彩礼为条件。"政治老师出身的婆婆熟读婚姻法。

张音正刚想说什么，被李雪芝给顶了回去，李雪芝说："你能不能让我把话说完，之前的事你做主听你的，现在听我一次好不好？"

张赫名护着苏劲说："妈，咱要入乡随俗，彩礼也是图一个好兆头，再说也不会花多大的巨款。"

苏广宏说："赫名说的对，我们一个女儿培养出来也不容易，我

们这镇上我女儿是最有本事的，工资拿得最高，也是最漂亮的，总不能一分钱彩礼都不要就这么平白嫁出去了吧？"

李雪芝很不痛快，忍耐着说："那不是此一时彼一时，苏劲现在都怀孕了，咱们不都要将就将就，你们将就一下嫁，我们也是将就一下娶。"

苏广宏气得脸也涨红到了脖子粗，嘴巴吧吧抽着压根没点着的烟。

张赫名说："彩礼钱我出，钱不多，就准备了二万二，在这里，叔叔阿姨也别气恼，我爸爸妈妈一时没有准备，不过我准备了，也就是心意到了。"他从包里拿出一个粉色信封，里面装的是一叠钱。

李雪芝真恨不得要瞪眼了，说："你哪来这些钱的，你的工资卡不是我给你保管着，等你结婚后再交给你吗？"

"我自己去年的年终奖，我交了一半给您，还有一半我自己存着的。"张赫名说。

李雪芝怨自己怎么就生了这么一个不争气的儿子，一拿就拿两万多彩礼出去，出手还真是大方，只是这给出去的钱也不可能再要回来了，李雪芝自认为要忍气吞声，和和气气，不想连着苏劲生气，她肚子里还怀着张家的血脉。

李雪芝最后提了一个条件，这个条件，让苏劲和张赫名，还有苏劲的父母都措手不及，这也是李雪芝从一开始就想得仔仔细细的问题，那就是要签署一份婚约。

"签婚约？！"苏劲和张赫名纳闷。

苏广宏说："俺们书读的少，这婚约是流行的什么风俗吗？"

胡秀似懂非懂说："我记得我嫁给苏劲她爸的时候，也找了本家的舅舅来做主，签了一个约定，就是要保证我嫁到苏家不会被虐待，保证我在这个家的女主地位，是这样的婚约吗？"

李雪芝胸有成竹，说："也可以像你这么理解，不过我们这个婚约要按照婚前财产公证，由公证机构提供的婚前财产证明做前提来签订婚约。我们家的房子、车子，都属于张赫名和苏劲的婚前财产，这不属于他们夫妻双方共有，当然，房产证上写的是我和他爸爸的名字，所以，假如万一苏劲和赫名以后离婚，房子和车子苏劲是分不到的，这是我们签订婚约的前提，我这里有国家公证机构提供的公证资料，你们可以看一下。"

李雪芝拿出了一叠材料和证明，平静地放在他们面前。

张赫名大感意外，说："妈，你什么时候做的这些事，你怎么能这样，我和苏劲还没结婚呢，倒分得这么清楚仔细，这样不太好吧？这些都收起来吧，签什么婚约，领结婚证不就得了，受法律保护的婚姻。"

"你闭嘴，我们长辈谈话，你插什么嘴！"李雪芝说。

这句话让苏劲也把正想说的话给吞了回去。

苏广宏大致翻了翻材料，说："这些东西就是要证明你们的房子和车子是和苏劲无关的，哪怕以后苏劲给你们张家生了孩子，这房子也不属于苏劲，要是离婚，苏劲就净身出户。"

李雪芝点头说："就是这么个意思。"

胡秀说："那我女儿嫁过去，得到了什么？连片瓦都没有，我看电视上都说离婚的话，哪一方有过错，哪一方就要少分财产，那要是张赫名做了对不起苏劲的事，离婚，那我们苏劲岂不是吃了亏还要自己一分不得就走？！"本来言语寡少的胡秀不淡定了，在她眼里，这简直就是谬论。

苏广宏说："我听了怎么像是《鸦片战争》里签订不平等协议一样。"

李雪芝说："我们这只是做最坏的打算，只要苏劲和赫名好好过，这些都是不可能发生的嘛。在北京一套房子可不像你们这里，我们那一套房子都是几百万呀，要是都结婚离婚分财产，想必就有很多女孩

子借此来骗婚了。"

苏劲听了，如同受辱，性子刚烈的她一锤定音说："好，我同意婚前财产公证，我也同意离婚后这些都与我无关，因为我只想证明，我嫁给张赫名，我什么都不图，就算哪天他背弃了我，我们要离婚，那我也只怪我自己，我愿意净身出户。"

李雪芝对苏劲刮目相看，觉得这个女孩子倒是很有骨气，这点她欣赏，原以为苏劲会在这点上不依不饶。

苏劲的父母、张赫名、张音正都不说话，一致沉默了，各有各的不满和顾虑，只因苏劲的坚决，他们都不再多说，因为话说得越透彻就越让苏劲受伤害，她是心性那么骄傲的姑娘。

苏劲想：张赫名，我就是要证明给所有人看，我嫁给你我什么都不图，我就认准你这个人，我就信你会一辈子对我好，我这一辈子的幸福赌注我都敢押在你身上。

有些不欢而散，李雪芝见好就收，也就没有拿出更详细的婚约。

苏劲被父母叫到了房间，张赫名也被父母带到房间里。

苏劲的父母责怪苏劲不该同意那样的不平等婚约，苏劲只能回一句："我都怀孕了，还能谈什么条件，万一他不娶我了，怎么办？"

张赫名则是要李雪芝接受关于那事先就准备好的二万二彩礼，李雪芝就是不服儿子居然能在自己的眼皮底下私自存了这些钱，还出手挺大方，李雪芝说："不是说6000或8000都行吗，你倒阔气来个二万二，你马上要当爸爸了，你那工资卡里的钱，可都是要留给孩子买奶粉的，你还会不会过日子了？你给我说清楚，你这钱是哪来的，什么时候存的，你为什么不和我商量就私自做主，是不是苏劲撺掇你的，她一开始就让你卡着钱来做彩礼吧，这一步步的运筹帷幄，我看她是早有准备了。"

张赫名不说话，心情很不好。

张音正劝着说："别吵吵嚷嚷，让人听见了不好，我今晚给足你面子让你要威风了，你也收敛一下。"

"我在教育我儿子，你少惯着护着，张赫名，那二万二到底是怎么回事，你不说清楚，这婚，到了北京我也能一拖到底！"李雪芝故意威胁。

"这钱不是我的，是苏劲的，她知道我工资都在您那，她要护着父母的面子和感受，所以她用她自己的钱给了我，让我就说是自己给他父母的彩礼。妈，您这下放心了吧，是她自己的钱，不是您儿子的钱！"张赫名说完，转身就走出房间。

李雪芝愣住了，过了几秒才反应过来，说："她出的钱，她的钱那不也是咱整个家庭的钱吗，她要嫁到张家来了，她的钱就属于家庭共同财产，她怎么能一下子出手这么大就往娘家拿，真是，他还有理了，张音正，你看你儿子，你来评评理。"

李雪芝回身一瞧，张音正已经睡着了。

其实那一晚，大家都没有睡好。

苏劲觉得自己是受到了委屈，和苏勤睡在一起，苏劲躲在被子里擦眼泪，哭得一声不响，如同睡着了，眼泪却没有半刻停止。因为爱情，她将所有可以忍不可以忍，可以包容不可以包容的统统都收下了。

她一直努力拼命去生活，从读书时起到大学年年的奖学金，上班也是兢兢业业，最繁琐的账最烂的账都是她来做，她总是上班来得最早下班最晚，她省吃俭用，她为的就是身边的每一个人都能过得好。她真的不累吗，但只要一想到和张赫名会有一个美好的将来，她就觉得累是值得的。

肚子里那还未出生的宝宝，他可知道妈妈的艰辛呢？

回到北京后，苏劲并没有因为怀孕影响工作，除了注意身体之外，还是照旧认真工作。文珊买了一些燕窝送给苏劲，算是做上一次虚惊一场的弥补，苏劲没想到竟能和文珊因此化干戈为玉帛，她也主动向文珊道了歉，自己上一次也是多有不对的地方。

冯小春来公司楼下等过几次俞思，他也不知道是哪根筋搭错了，居然来求俞思原谅，希望能和俞思和好，俞思这次算是争气了一回，特有架子地拒绝了冯小春，并说："冯小春，你有没有发现我长胖了？你看，我和你分手之后，我长胖了七八斤，我真是幸福死了，不过你看你，瘦了不少，25号考研报名吧，你呀，加油考研，你都考了多少次了，当年和你一起考研的都研究生毕业了，结婚了，生孩子了，你还在奋斗考研，我真对你深表同情。"

苏劲在一旁听着，看着冯小春哭丧的脸，消瘦的身子，苏劲一边为俞思的绝情而开心，却也一边难过起来，难道女人绝情起来，真是如此狠心吗，她很自然就联想到了自己和张赫名。

俞思拉着苏劲头也不回地走了，走着走着，在确定冯小春见不到的地方，俞思手背遮住眼睛，擦着眼泪，蹲下身子，开始哭泣。俞思哭得好伤心，她上一次出院时还说再也不会为冯小春哭了，俞思哭着说："他怎么瘦了这么多，我真怕我再说下去，我会哭出来，我会抱着他哭，我好心疼他，苏劲，原先我是以为他因为我可能不能怀孕所以和我分手，现在我有时会想，他会不会真的是怕给不了我幸福，他的梦想就是考研，我的梦想是结婚，他想考研将来有份好工作给父母买一套大房子，可我想要的是有一套小房子和他结婚。他是爱我的，我们却都是自私的，我们做不到为了彼此而降低自己的追求，他不愿为我放弃，我也不愿为他等待。我有多么羡慕你和张赫名，你们可以为了彼此去放弃，只为争取在一起，这是我和冯小春都做不到的……他之前考不上研究生，也因为我，他和我谈恋爱，总是听从我的时间安排，耽误了他学习，我狠下心分手，也许他能一心复习，真能考上，那我们之间也互不相欠了，我还是希望他幸福……"

苏劲渐渐明白，多少相爱的人不能走到一起，不是不够爱，而是现实太无奈。

她和张赫名，即将举行婚礼，那么是否到了这一步，爱情就此高枕无忧呢?

　　苏劲搬进了张赫名的家，苏勤也来北京上大学，军训过后，黑了瘦了也更开朗了，每周都会来苏劲这里看望姐姐，很受拘束，也不在这里吃饭，但李雪芝确实是做到了无比的热情，她是坚持贯彻表面功夫要做得十足漂亮，就好比做菜，好不好吃放一边，关键是看起来要赏心悦目。

　　住在张家苏劲也算是守得云开见月明了，李雪芝将主卧让了出来给苏劲和张赫名住，老夫妻俩搬进了张赫名过去住的房间。苏劲每天照例上班，只是晚餐在家里吃，一般回到家，李雪芝从学校已经回来了，并且饭菜都做好了。

　　只是这些饭菜，苏劲觉得还是很不合口味，但李雪芝认为这些都是她精心为宝宝准备的营养餐，苏劲在张赫名的监督下，每天都要营养丰富、全面，这没住多少天，苏劲就真胖了一圈。

　　这些天都算是相安无事，相敬如宾，很多小摩擦小芥蒂都互相放在肚子里，不点破，也许只是刚刚开始，很快，风波就接踵而至。

第六章
婚前的不平等协议

　　在苏劲和张赫名准备去领结婚证的前一天，李雪芝终于拿出了那张她准备好了的婚前约定，并有一个正式而响亮的协议名称：《张苏婚前平等协议》。

　　本来是没有平等二字的，起初的草稿是《张苏婚前协议》，鉴于苏广宏曾说像不平等协议，所以李雪芝格外认真慎重地将"平等"二字加入进去。当苏劲打开这份平等协议下极其不平等的协议之后，险些泪奔，这算是平等协议吗，李雪芝还煞有其事在协议的后文补充说明：以上协议不以法律效力来维持，仅供家庭内部调解的协议规范执行。

　　苏劲想：这种协议能具备法律效力吗，明知不公平的协议，所以还特别注释，是解决家庭内部矛盾，这婚约摆明了就是要约束苏劲一个人的。

　　现在，将十条各种条约一一列下来，每一条，都能让苏劲恨不得抽自己一大嘴巴子，叫你那么下作那么想嫁进来！

《张苏婚前平等协议》

甲方：张家，代表人张赫名

乙方：苏劲

第一条：房子、车子等凡是经公证处公证是属于婚前财产的，在婚姻有效期间内，乙方拥有使用的权利，当婚姻解除效力，那么房子车子的所有权利与乙方无关，乙方应在甲方提出的时间范围内离开婚前财产的范围。

第二条：婚后，甲方（张赫名）和乙方的工资属于夫妻共同财产，任何一方进行支配，尤其是数额较大的支配（单笔一千元以上），都应该建立在甲方（张家）乙方共同商量的结果上才可以自由支配。乙方不得擅自将夫妻共同财产送出、借出，未经甲方同意，后果将直接影响家庭内部和谐。

第三条：乙方每年可以有三次以上六次以下父母赴京小住的次数，每次住不能超过一周，人数不能超过2人。

第四条：乙方的亲戚来京投靠、找工作、求医学等次数每年不能超过三次，否则不予以贵宾招待。

第五条：孩子出生后，一切抚养义务是甲方（张赫名）和乙方承担，鄙视现在依靠父母来给自己养孩子的年轻人，父母抚养了你们，难道还要给你们养孩子吗，啃老族不能学。（这条是比较感性的）

第六条：家庭饮食要顺应母亲李雪芝的安排，不得挑三拣四，饮食差异和生活差异乙方要自我适应，不得以此制造家庭矛盾。

第七条：甲方在第二条的范围内，可以对乙方的哥哥、妹妹以及家庭做出适当的帮助（画外音：终于出现了一条是关于乙方权利的）。

第八条：甲方在第三条和第四条的范围内，要对乙方的父母和亲戚进行非常好的照顾和安排，不得怠慢，如果超过

规定范围，则另当别论。

第九条：婚后甲方（张赫名）要恪守己任，乙方要贤良淑德，共同为家庭幸福奋斗，不得制造有悖家庭和谐的言论，不得从中挑拨离间制造家庭矛盾，婆媳之间相处时，要做到以理服人（画外音：嗯，婆婆无论错的对的，都会是有理的，谁口才好谁辈分大谁就有理）。

第十条：婚后乙方不得与异性朋友走得过近，不得夜不归宿。

以上协议婚约是在双方友好协商下而来，尊重协议内容并坚持协议中的规范，以后会进行补充，解释权归甲方，甲乙双方任何一方违反婚约，将召开家庭会议，公平公正处理。

苏劲看完后，深呼吸，虽然做好了充足的准备，可是还是被那前几条针对她家人的内容刺痛了心。

"这婚约签了，你们就可以明天去领证了，下周的婚礼照常举行，苏劲，这些天你住在这里，对我的为人应该有了一个了解，我对你还是很客气很疼爱的，只要你遵守这些协议，我们不会亏待你。"李雪芝说。

"那第十条，我认为不仅是乙方要遵守，为了家庭稳定，甲方也应该遵守，要把甲方也加进去。"苏劲的后话就不说了——卓惠娜以后能不能也减少来他们家的次数了，她搬来张家的日子里，每隔两天都能见到卓惠娜，她就像皇帝的妃子给皇帝的妈妈皇太后请安一样积极，每次还不忘讨好张赫名的母亲。

"那行，加就加，这条就加入甲方，互相约束，以显公正。"

苏劲想，还能说什么呢，这都是未来婆婆早有准备的东西，签吧。

倒是张赫名迟疑地说："苏劲，你不会真的要签吧？"

"签啊，不然你说呢，你这个甲方莫非还反悔了？"苏劲说。

就这么把一纸一看就是不平等的平等婚约签订了，苏劲只愿这一纸婚约能保得全家安宁，没有想到，日后，这却变成了满纸麻烦。当现实与纸上的婚约出现了冲撞，那么就会有了矛盾。

她一一接纳全部的不平等婚约，她相信只要自己坚强有拼劲，努力在这个家真心去对待张赫名的父母，会有真心换真心的那么一天，她这也算是经历了重重考验才得以嫁给张赫名的，现在，只为证明自己对张赫名一心一意的爱。

苏劲和张赫名排队领证，旁边的队伍是排队离婚的。结婚的这支队伍里，各人的脸上都洋溢着无比的幸福和甜蜜，而离婚的那支队伍，各个脸上都是青色的，当然，也有看开了还能微笑以待的。苏劲心生了些许凉薄，人生毫无定数，当初这些离婚的人何尝不是怀着一生一世的心来结婚的呢，谁在结婚的时候不是像她和张赫名此刻这般激动欣然，只是到最后，却不得不分开。

张赫名看穿了苏劲的心思，搂着苏劲说："我这一辈子，就领你来这地儿一回，只此一回，将来的人生，我不仅要把你变成幸福妻子，我也会同时成为幸福的丈夫，当然，会成为最幸福的那一个。"

当那枚章盖在了红本本上，一人一本，苏劲和张赫名都激动得泪水快出来了，盼了好久，终于盼了这一天，她妥协了多少本不愿妥协的事，为的就是要嫁给他，她爱他，毫无目的，就这么简单。

有夫妻离婚后，站在民政局门口相拥而哭，女人还不忘嘱咐男人点点滴滴的生活琐事，还说给他买了十双新袜子放在家里什么什么地方。

最念念不忘的那一个，永远是用情最深的那个。

张赫名拦腰轻柔地将苏劲抱起来，大声说："今天，你就嫁给我了，我别的没有，我就是有全部的爱，我在遇到你之前，从未想过结

婚，我娶了你，我此生才无遗憾。我只愿我能陪你一起过日子看四季更替，春去秋来，和你一起慢慢变老。就算你老成了一个小老太太，我也愿意亲吻你的假牙和皱纹，我爱你，会用我将来生命中的每一天来证明，我的大宝贝和还未出生的小宝贝。"

苏劲一直都笑着，那笑容是她从未有过的妥帖和幸福，她把脸朝向张赫名的怀里，有些害羞，张赫名的表白迎来了周围人的掌声。苏劲想她是一生都忘不了这个夏天，张赫名抱着她站在民政局门口说的话。

婚礼的当天，是在酒店里操办的，婚庆公司和酒店把一切都安排妥当，苏劲在影楼里化完妆，苏勤和俞思陪着苏劲，苏劲换上了婚纱，完美的新娘妆，美得让人惊艳，婚车来接她的时候，苏勤收到父亲苏广宏的电话，他们一行亲戚在来的路上被拦了下来。

苏劲的二舅开着一辆卡车，拖着所有亲戚各家派的代表浩浩荡荡就往北京开，原打算在城外就停车，再下车换乘车辆的，没想到路上遇到了交警，车被拦截了，要进行处罚，可能要稍微来得晚一些了，这让苏劲很担心，又打电话给张赫名，告诉了地点，张赫名安排朋友也是伴郎陆清带着其余的车队开去迎接。

李雪芝问明了事情的始末之后，说："这也太荒唐了吧，开卡车带着几十号人来北京参加婚礼，能不被交警查到吗？这可是北京！"

苏劲的父母是提前一天坐火车来的，都在酒店婚礼现场帮忙打点招待。

张赫名的那些亲戚一听苏劲父母张口，就知道是河南人，都有话没话找着苏广宏和胡秀说话，就为了听河南话，苏广宏也具有表演天赋，用着河南话说着地道的本地笑话，逗得大家笑声连连。

好容易才把那些被拦下来的亲戚都接了过来，到了酒店，挺壮观的一行人，手里提着老母鸡的，提着鸡蛋叫嚷着鸡蛋全压碎了赶紧找碗来的，还有背着军用水壶和望远镜的，带了两三床厚厚的棉花被的，这些主要都是苏劲母亲那边的亲戚，每家派了一到两个代表，加上苏劲父亲的亲戚，一起有三十多人，这也就至少是四桌的客人。

天气热，大伙一进酒店大堂有的就累得直接坐在了地上，用帽子扇着风，有的就躺在沙发上睡着了打起了呼噜，都是叔叔舅舅姨妈这样的亲戚，李雪芝倒是佩服儿子，没多会儿的工夫，都能准确无误地叫出每一个亲戚。

苏劲年纪较大的大姨中了暑，加上被拦截的车就是她儿子的，她又热又急又慌的，在空调房间里吹了会儿，就慢慢倒在地上，大家都一声哄叫赶紧掐人中嚷着要湿毛巾，整个酒店大堂都被搅成了一锅粥。

李雪芝除了摇头，就是在自己亲戚这边赔笑，说："不好意思，他们都是第一次来北京，人生地不熟的，多有不适应。"

有些年长的，李雪芝也不知道是苏劲什么亲戚，更有刘姥姥进大观园的气势，把酒店各处都仔仔细细看了个遍，感叹这么好的酒店该多贵，还是第一次进这么好看的酒店吃饭，都是沾苏劲的光，苏劲太给家里人争面子了。

"以后你长大了要学苏劲姐姐这么能干，学习好，考上好大学，工作也好，年薪二十几万，还能嫁得这么风光，你要是能赶上你苏劲姐姐的一半，当妈的我就满意了。"似乎苏劲的小姨在现场教育女儿了。

好不容易才把这些亲戚都安顿好了，坐下来了，现场的状况却层出不穷，那只养了三四年的大公鸡忽然就飞了出来，可能是在农村里一直都是散养着，往树上飞习惯了，扑哧着翅膀在刚安定的宴席上就飞来飞去，惊得有些客人尖叫。很多人都没见过这么雄壮漂亮的大公鸡，都吓得蹲在桌边，生怕被公鸡啄咬。

婚礼现场上演了一场捉鸡表演，苏劲的两个舅舅就围着那只公鸡在宴会上跑来跑去，最后那只公鸡很不会察言观色，居然就飞到了李雪芝的肩上站着，众人都围了过来，那只公鸡在很不客气地拉了一泡粪便之后挥舞着翅膀惬意地飞走了，飞到了婚礼主持台的桌上，并坐在主持

台的鲜花丛中，用响亮的雄鸡嗓子，离着麦克风并不远，高唱一嗓子，雄鸡开鸣，那威武的啼叫声，响彻整个会场。

苏劲的两个舅舅连忙抓住了鸡带走，婚礼主持人笑着走过来说："真是神奇的一只鸡，毛色这么漂亮喜庆，在它飞的时候，我就在想，这是不是寓意着我们的新郎和新娘比翼双飞，当它对着麦克风高唱一嗓子雄鸡报晓时，我可以确定，它是在高唱着祝福，迎接我们的新郎新娘！好，就请我们以雄鸡报晓拉开序幕，有请我们的新郎新娘上场！"

婚礼进行曲响起，张赫名挽着苏劲的手，一步步走在红地毯上。

婚礼进行了很多有趣的互动，苏劲看着台下两家的亲朋好友，当说起和张赫名的恋爱史，她有些凝噎，太不容易了，所以她将格外珍惜婚后的幸福。

当然，卓惠娜也来了，她穿着红色的抹胸裙子，精致的妆容，也吸引了不少目光，出尽了风头。

卓惠娜举着酒杯，望着台上正被主持人和观众闹着要亲吻亲到大家的掌声停止才可以停时，她一饮而尽杯中酒，转动着酒杯，低声自言自语：我倒要看看，你们能幸福多久，没有攻不破的婚姻，只有不努力的小三。苏劲，你等着，好日子会在后头。

婚礼落幕之后，张家的亲朋好友纷纷散去，而苏劲的亲戚却都无处可去，等着张赫名安排，张赫名也早做了准备，就在酒店楼上订了房间，安排这些亲戚住下，也预备好了大巴车，等亲戚们在北京玩了三五天之后，一并送回去。

这一下，更是让这些亲戚们大呼苏劲嫁的人真好，安排得这么周全，没有瞧不起他们这些农村的亲戚。

李雪芝暗暗道：这下可好，又是几万块没了，苏劲倒领了不少威风，她这在他们农村也算是风光大嫁了。苏劲，我待你不薄，我这也是看在你肚子里的孩子分上。

卓惠娜见机挽着李雪芝的手说："哎，干妈，这些人还要在这里待好几天吗，那过了今晚这酒店房钱谁出，难道还是赫名哥来出吗，这不是让他们结团来旅行吗。而且，我发现，他们这些亲戚除了每人带了些东西，都没有一个人随礼了。"

自从见做不成张家儿媳之后，卓惠娜就喊李雪芝干妈了，这一声声干妈，每次苏劲都觉得听了起鸡皮疙瘩，估计叫自个儿的亲妈也没这么热情。卓惠娜把自己观察到的这么添油加醋地在李雪芝面前一说，李雪芝忙去问，这才知道，苏劲家来的每一个亲戚都没有随礼，她怒了，不淡定了，当初在苏家的堂屋明明说好了的，来北京的这些亲戚礼钱都归张家收，这一定是苏劲的父母提前和这些亲戚打了招呼，来了个措手不及。

既已如此，李雪芝也不可能来张口要这个礼钱，她想了想，就说："你们在北京住多久呀，这酒店咱就给你们订了一天，你们另外想住几天，就要麻烦你们自己付房费，这样你们也来去自由。"

苏劲的舅妈说："俺们自己哪舍得住这么贵的酒店，那俺们不如就在这酒店一楼大厅里凑合着睡一晚，实在不行还能去火车站对付。"

"我听说城里的肯德基是24小时都能待的，要不去肯德基对付住两晚，反正玩三天就回去，还有空调，也不累。"苏劲的姨妈说。

张赫名是爱极了苏劲，说："没事，舅舅舅妈姨妈姨夫叔叔婶婶姑姑姑父们，您们就安心玩，酒店住三天我就付三天，住五天我就付五天，今天我结婚，您们这么远道而来，还带了鸡鸭、棉被、痰盂、脸盆这些嫁婆的礼物，都是对我和苏劲的疼爱，我们太高兴了，大家也就放心玩，安心住，玩得开心就好。"

李雪芝气得不行，这儿子到底是喝醉了还是被苏劲迷得连钱都不算计了，怎么一张口就哗啦啦往外花钱。

苏劲看出来婆婆的脸色不好，卓惠娜挽着婆婆，还假装好心安抚劝着李雪芝，并不断用挑衅的眼神对视着苏劲，苏劲也直起了腰杆，紧紧挽着张赫名的胳膊，和卓惠娜目光狭路相逢。

直到三天后，将苏劲的亲戚们都平安送走，李雪芝这才松了一口气。

张赫名和苏劲也没有出去度蜜月，毕竟怀着身孕，张赫名说等孩子生下来之后再补个蜜月。

苏劲开始了张家儿媳的生活。

婚前的磕磕碰碰终于告终，迎来了婚后的摩摩擦擦。

张赫名曾经有句话说得实在太正确了，苏劲和婆婆之间就像没有恋爱就结婚的夫妻，需要在婚后谈恋爱。

此时的苏劲，一心想要在李雪芝的心目中建立一个好儿媳的形象，却经不住婚礼上这些亲戚的折腾，还有婚后卓惠娜的明言暗语中伤。

苏劲早上是全家起得最早的一个，从小就有早起的习惯，尽管怀孕了，也没有因此赖床，苏劲早上起来就做好早餐，开始都是听着李雪芝的指导做的，都是张家的标准餐。好在苏劲已经没有多强烈的孕吐反应，渐渐都正常了，饭量也大增，就是她的口味有些变化，比如爱吃酸的。

所以一天早上，苏劲轻手轻脚生怕吵醒了公婆和老公，在厨房精心忙活，蒸了一些馒头，还特意做了酸辣汤，当然，几乎没有什么辣味，只是有些酸的浓汤，她将早餐端上桌，等李雪芝坐下来之后，一看那汤，李雪芝就给了一个脸色，当然，口吻必须是出于对苏劲的关怀："我说苏劲，你这一大早不好好睡着，起来尽瞎折腾了，你这汤叫汤吗，营养在哪里，我不是和你说了，吃饭的目的不是为了填饱肚子，是为了均衡营养，我们倒不要紧，你可不能乱吃这些东西，你不为自己想也要为孩子想，你要是想喝汤，晚上我煲鸡汤给你喝，这汤不能喝！"李雪芝说完，将汤端进厨房直接倒掉了，给苏劲冲了一杯孕妇奶粉。

苏劲眼睁睁地看着想喝的汤没了，却也没有一句反击的能力，她只有乖乖默认，她想，这也许是婆婆真的对自己的关心呢，凡事都要往好的一方面想，那时苏劲还没有摸清楚李雪芝的性格。

　　传统意义上的狠婆婆大多是恶语相向、尖酸刻薄的，李雪芝是知识分子，向来优雅有品位，她才不会做一个给别人是恶婆婆印象的婆婆，她就是要做得无懈可击，她对苏劲说话也越来越亲和温软，每天都变着法做好吃的给苏劲吃，就是不让苏劲下厨，苏劲后来才知道，婆婆是嫌弃苏劲做的东西难吃，所以才不让她进厨房，好几次苏劲好心做的菜，都被婆婆给倒了。

　　苏劲不想有家庭矛盾，反正不让做饭就不让做吧，有现成的吃是福气呢，自从怀孕三月之后，苏劲就很少和俞思一起逛街了，完全和婚前生活不一样了，她每天也不加班了，工作量在斟酌着减少，张赫名下班后就开车来她公司接她一起回家。只是以前两个人还可以一起出去吃浪漫的西餐，现在倒不能了，婆婆会不大乐意的，会说外面的东西又没营养又贵，出去吃是不会过日子。

　　苏劲买些水果回家，婆婆也不会主动拿着吃，苏劲是不喜欢做那种表面功夫的人，她把张赫名父母看做一家人，她想一家人就不需要那么多的客套，她买的水果，不用叫就可以一起吃。但苏劲发现，她只要不开口叫婆婆两次以上："妈，您吃水果。"婆婆是绝对不会吃的。

　　这还是从卓惠娜那里学来的，一日，卓惠娜拎了一些吃的来家里，直接无视苏劲的存在，一声干妈长干妈短地喊着，还不停地说："干妈您吃呀，这些都是您爱吃的水果，您皮肤这么好，就说明水果养颜。"

　　听得李雪芝从内到外都美滋滋的。

　　李雪芝说："这话我爱听，我就喜欢嘴甜讨喜的女孩儿。"

　　这话是说给苏劲听的，画外音是，你呀也都学着点，嘴要甜，要乖，这才能讨人喜欢。

　　苏勤每个周末都回来看望姐姐一次，她并不想来，因为每次来她都能敏感到姐姐在家里的那种被压制的压抑，很奇怪苏劲似乎并没有察觉到，一个劲说自己多么多么幸福，婆婆对自己如何疼爱，苏勤想，也

许是姐姐比较理性，不敏感，学理科的。苏勤就很敏感细微，感性。

每次苏勤来，苏劲都要装一些吃的水果呀，烧好的菜呀给苏勤带着，苏勤不要，她说自己可以买，苏勤来只是想看看姐姐，看着姐姐的肚子一天天大起来，苏勤就很开心，想着等姐姐生下了孩子，在这个家也就有一定的地位了。

苏劲也是这么想的，等孩子出生，也许一家人就会因为孩子而更和气，更其乐融融了。她没有预料到，现在的风平浪静都是一时的，也因她还怀着孕，所以李雪芝积压的坏情绪都藏匿着，没有爆发，等孩子出生之后的生活，苏劲直到后来才真正体会到什么叫做婚姻是爱情的坟墓。

家里的大棚蔬菜卖得不是很好，菜价大跌，父母亏得很惨，她安慰父母，做买卖就是如此，赚三赔一，风险是有的，苏广宏说房子这才建了不久，还缺很多材料和工钱，本指望着这一批大棚菜能卖些钱作为建房子的成本，这一亏，建房子的钱就没着落了。之前苏劲的二万二彩礼钱，也已经投入到了房子里。

现在苏劲和张赫名的工资卡都是两人一起保管的，彼此都清楚对方账上的存款，苏劲给苏勤报名加上每月的固定生活费，还有彩礼钱，七七八八花了也四万多，现在也就只有七八万块钱了，张赫名的钱是肯定不能动的。

哥哥苏勇打电话来张口要钱盖房子，说："妹妹只有你能帮哥哥了，你看你比我小好几岁，你都结婚准备生子了，大哥都快三十岁了，没房子也没女人嫁给我，你不帮我的话，大哥就要打一辈子光棍了，我要是腿不瘸还好……"

"哥，我给你打钱，你要多少？"苏劲问。

"两万，这还是不装修，只是把余下的收尾，爸妈也知道你的难处，他们出去再借点，你一下子拿太多你朝家里不好交代，先拿两万，就是你一个月的工资，你就说工资发迟了，下月再补上，过阵子也就都忘了。"苏勇说。

苏劲的工资也就一万多，以前说两万就是为了让父母放心用她的钱，现在却成了一个负担，两万，不拿也不行，总不能让父母四处借债吧，房子建了一半肯定不能停，她必须出这两万，只是，想到《张苏婚前平等协议》里的第二条规定……

规定第二条：婚后，甲方（张赫名）和乙方的工资属于夫妻共同财产，任何一方进行支配，尤其是数额较大的支配（单笔一千元以上），都应该建立在甲方（张家）乙方共同商量的结果上才可以自由支配。乙方不得擅自将夫妻共同财产送出，借出，未经甲方同意，后果将直接影响家庭内部和谐。

这该怎么办呢，结婚才三个月，就要违反规定吗？万一被婆婆知道了，那是要不依不饶了吧，或者问俞思借，但借的也总是要还的。苏劲拿着协议的复印件看，眼睛往上扫了一眼，看到了协议的第一条。

第一条：房子、车子等凡是经公证处公证是属于婚前财产的，在婚姻有效期间内，乙方拥有使用的权利，当婚姻解除效力，那么房子车子的所有权利与乙方无关，乙方因在甲方提出的时间范围内离开婚前财产的范围。

苏劲想，凭什么呢，既然所谓的婚前财产，房子车子都算是婚前财产，属于个人资产，那么她之前的存款也理应算是婚前财产，这么说，她也是可以进行私人使用的，如此想，那就不算是违背了婚约第二条的规定了。苏劲早就承诺了父母，会成为家里的主要经济支柱，承担哥哥的婚事和妹妹四年大学的学费。苏劲上班的时候，抽了个休息的时间，去银行给家里汇了两万五千块钱。

她想过这件事要不要和张赫名说一下，想想，赫名是肯定会答应的，说了出来，也怕会让婆婆知道，就想着暂时先不说，苏劲将汇款单放在口袋里，接着就把这件事放在了一边。

几天后，这事一下被揭开来，让整个家炸开了锅，爆发了一场自打嫁入张家之后最大的矛盾。

第七章
都是钱惹的祸

　　那是周末的清晨，苏劲正和张赫名商量着要不要去苏勤的学校看看苏勤，李雪芝正在卫生间洗着衣服，家里的衣服向来都是苏劲自己放进洗衣机洗，偏偏那天李雪芝心情好，怕苏劲碰到了冷水，就自己洗衣服，那张被苏劲随手放在裤子口袋的汇款单暴露了出来，在李雪芝抖动衣服检查有没有东西的时候掉落在了地上。李雪芝捡起来一看，是汇款单，看了看时间、数额、汇款的账户，警惕的李雪芝立即就拿着这张汇款单敲苏劲的房门，来兴师问罪。

　　那是苏劲第一次见到李雪芝毫无掩饰怒火的样子，李雪芝举着手中的汇款单质问苏劲："这是怎么回事，你能解释一下吗，两万五，你汇到哪里去了？"

　　苏劲倒吸一口气，平静地说："我汇到家里去了，给我大哥了，房子才建了一半，家里没有钱就停工了，所以我就先汇一些回去。"

　　李雪芝冷笑："你还倒理直气壮理所应当，承认得很直接，汇家里去了，你忘记了婚前约定的协议第二条是怎么写的吗？这不是小数目，你有没有经过商量？！"

张音正被李雪芝的高分贝声音吵到了，从书房走了过来，问："大清早的吵吵什么，能不能清静清静，你嗓门这么好怎么不去唱女高音？"

"是啊，妈，您别气，苏劲也是看家里有急事才会没说就先汇了，反正都汇了，您现在知道不也是一回事么，就别动气了，苏劲都怀了快五个月的身孕了，就多包容点她。"张赫名心疼苏劲，忙给苏劲求情。

"这么说，汇钱这事你也是知道的吗？"李雪芝问赫名。

赫名点头说："对，这事我是知道的，苏劲找我商量过，我同意的，就是我们都忘了和您说。"

苏劲感激地看了一眼张赫名。

李雪芝说："和你说了也不行，我说你们俩是要合伙把我气死是吗，我从苏劲她踏进咱家门的那天起就开始忍忍忍，我实在是忍得要爆了，我看没等孩子出生，我就要像林冲那样被活活气死了。你们虽然上班工资都还不错，可也经不起这样几万几万往外掏，苏勤的学费一拿就是几千，还有每月的生活费，这些我都不说了……"

苏劲听着，强忍着泪说："我是贴补家里了，可我花的都是我自己辛苦工作挣的钱，我没有用赫名的钱，我知道道理上说，就算是花自己的钱，也是关系到整个家庭的，可是，我父母那么辛苦，我怎么能眼睁睁看着他们劳累，我自己却在这里享福。妈，对不起，这事是我错了，您别生气，也希望您能站在我的立场上理解我。"

"我说过，不是不支持你孝顺家里，但也要有个度，要量力而行，是，在你看来你的公婆都是事业单位，自然比你父母要轻松，但我们也是普通人家，我们的钱也是来之不易，我都没见过有几个女孩子结婚了还这样往家里贴钱的，你难不成还要养活一大家人吗？你爸妈大哥都在挣钱，挣的钱都哪里去了，苏勤也没有要他们负担了，再说苏勤是你妹妹，怎么要你像爹妈一样养着……"

"妈，您就别说了，省几句好不好！"门铃响了，张赫名去开门。

"我爸妈为了供我念书，花光了家里的积蓄，在农村，靠种地培养一个大学生多不容易，我现在工作了，我当然要承担苏勤的读书费用。"苏劲辩解着。

"那你不要告诉我你还要负担你大哥结婚生子，负担你妹妹嫁人为止，那就不是你一个人嫁我们张家来了，就等于是你带着哥哥妹妹都嫁来了，这种负担你不是间接转嫁到我们张家的身上来了吗，这对我们来说公平吗？"李雪芝说。

苏勤的声音忽然响起，苏勤流着眼泪，说："姐，阿姨，你们别吵了，我都知道，你们都没有错，错只错在我，拖累了姐姐。姐，我长大了，我都21岁了，别人大一19岁，我是21岁，我该懂事了。我今天来就是想告诉你，我报了一个兼职的培训中介班，我很快就能找到兼职，我自己能挣钱，不用再给你和阿姨添麻烦了。"

苏劲转过脸，擦着眼泪说："你给我好好念书，姐答应过爸妈要供你念下去，你做什么兼职，一心念书为主，我再怎么还是有足够你上大学的钱。你还小，不要掺和大人的事，听话，让你姐夫送你回学校去。"

李雪芝眼光往下瞟，苏勤的话让她也没什么好说的了，眼光落在了苏劲隆起的肚子上，她见苏劲欲哭的样子，心里有些于心不忍，都是钱惹的祸，她想想，转身走进了自己的房间。

她更加肯定自己为了孙子就同意这桩婚事是个错误的决定了，两个家庭的背景和文化差异让她头疼，她也不是不讲情理，她不善良吗，每次想要硬起心来要求苏劲的时候，她就会不由自主地心软，她是极其矛盾的，这时候不是说好人坏人，只是说彼此的立场不同。苏劲是站在自己河南的娘家亲人立场来判断事情的对错，而李雪芝则是站在张家的利益角度。

张赫名跟着母亲进了房间，张赫名说："妈，看您说的这些话，让苏勤都听见了，她会怎么想？还认为我们对她姐姐不够好，您那么善良的一个人，就做不到理解吗？"

李雪芝苦涩地说："赫名，妈妈这是为了谁，不都是为了你好？我也是为人父母的，你扪心自问，我一直以来难道没有包容苏劲一家人吗，从订婚到结婚到现在，苏劲往家里拿了多少钱了？我体恤他的父母，可她父母体恤过我们，又体恤过苏劲吗，明知道女儿刚结婚，就不停地变着法来要钱，苏劲是开银行的吗？我还是那句话，我要不是看她肚子里是我们家血脉，就甭说别的，她那个家庭那些复杂的关系，我就不会接纳她。"

"现在说这些还有什么意义？我们都结婚了，日子要好好的过，互相谦让，您和我爸不也是这么过过来的吗？苏劲还有几个月就生了，你们就别再僵持了，对谁都不好，我夹在中间也难做，这样我上班都不能安心。"张赫名叹息，不知帮谁好。

苏劲把苏勤拉进了房间，责备妹妹不懂事，刚才不该赌气那样说。

苏勤擦着眼泪，说："我心里难受，姐，是我拖累你了，让你在这个家里受气，我不想做你的拖油瓶，不想你和姐夫为我为难，我要自己工作挣钱，我可以去发传单，去超市做促销，去给中小学生做家教，我能吃苦，我也能不耽误学习，我不想看你为了我受委屈。"

苏劲说："上学就要一心学习，你做兼职挣的钱够哪头？咱送你去大学不是让你去挣钱的，要挣钱的话，那还念书做什么，我不同意你做兼职，你一个月才多少点生活费，我还是能轻松拿出来的，我拿的是我自己的工资来供我妹妹念书，这是天经地义的事情。"

苏勤固执地说："姐，我不要，从今天起，我不要你的一分钱，我也不来你这儿了。"

苏勤这个妹妹的倔强劲儿真是比苏劲有过之而无不及。

苏劲恼了，说："你敢！你在北京就得听我的，我比你大五岁，我是你姐，我要是不供你念书让你自己打工挣钱，那我这姐姐还有什么脸面听你喊我一声姐姐？苏勤，你想想，和爸妈还有哥哥比，俺们家五口人，是不是我过得最好，我有体面的工作，嫁的人也不错，你姐夫很宠我，我还要什么，就想要大家都好，家庭和气。刚才的局面，你是不该插嘴的，虽然你说话看似你是没错，但听起来是在抵触赫名的妈妈。"

"姐，道理我都知道，我就是不想你为难。"苏勤说着，摸了摸苏劲的肚子说，"这孩子都还没生下来，都对你这态度，孩子一出生，那不对你更加刻薄？姐，我真为你担心。"

"傻瓜，你姐夫多疼我，有他给我撑腰。这事你别放心上，回学校好好念书，我让你姐夫送你回学校，记住，这事不许在爸妈面前提起，要懂事。"苏劲叮嘱着。

"好，我不提，你努力维护的也就是这些了，姐，你不累吗？"苏勤问。

苏劲想想这个问题，累吗，当然累，这就是生活。

"妹，等你再大点，或者走向了社会，也有了家庭，你就会明白了。"苏劲说。

张赫名送苏勤回学校，却担心母亲会和苏劲再次发生战争，好在张音正在家，张赫名这才放心。

晚上，话题再次被转移上汇款的事上来，李雪芝的意思是，苏劲违反了婚前约定的协议，必须要知道错误，至少要认错，知错能改。苏劲当然认为自己没有错，并坚持自己这些钱也是婚前财产，很显然，李雪芝喜欢嘴甜乖巧的女孩子，不喜欢苏劲的较真，她很不悦，张赫名仍护着苏劲，说协议上的甲方就是张赫名自己，他代表甲方同意了，那也就是算没有违约。

李雪芝对儿子处处护着儿媳的行为很不满，饭没有吃几口，食之无味，就独自走进了卧室。

睡前，张赫名试探着说苏劲："今天，错也不能全怪咱妈，你也有不对的地方，至少，你汇了两万多块钱回家，你该告诉我一声，我是肯定同意的，我是你的丈夫，我不希望你做事瞒着我，你应该信任我告诉我的，这样也就可以避免掉一些误会和矛盾。"

"我是打算说的，只是忘了，我没有错。我看看我的父母、哥哥、妹妹，我就会有很深的内疚自责感，张赫名，当我和你一起吃着西餐或者海鲜时，我就开始内疚，我最见不得的就是我的亲人过得比我差，我宁愿他们都好，都比我好。"苏劲说。

张赫名想要拥着苏劲，被苏劲推开。

"我好累，我也努力控制自己的情绪不让自己生气，我为了肚子里的孩子着想，我想他健康，不要在我的坏情绪下发育生长。这件事就过去了，我也领教了，以后我会和你商量，行了吧。"苏劲说完，接着说，"我幸好还是花自己婚前存的积蓄，照这样子，我还能依靠你家给我一分一毫钱来给我爸妈吗？"

张赫名慢慢松开了拥着苏劲的手，那一晚，彼此都没有再说话。

之后，慢慢又恢复了宁静的家庭，很多琐碎的事情，都在互相包容，目的都是为了孩子。卓惠娜依旧来往勤便，有时苏劲下班回家，就看到卓惠娜坐在沙发上和婆婆挽在一起看喜剧电影，婆婆对她很平淡，相比之下对卓惠娜格外热情亲昵，到底谁才是她的儿媳妇？

李雪芝会挽留卓惠娜留下来吃饭，饭间，卓惠娜不停地往李雪芝的碗里夹菜，亲热地喊着干妈，对赫名喊着赫名哥哥，仿佛她也是这一家人之一。每次来，卓惠娜都会衣着精致，香水喷得恰到好处，苏劲看到卓惠娜在眼前晃来晃去，就觉得很不舒服。

终于有天，她对张赫名说："能不能让卓惠娜别老来咱们家？香水味我闻着闷得慌，我总觉得她很扎眼。"

"哈哈，你是没有自信了吧，别呀，你在我心里是最美的，她来

是和咱妈聊天的，她们之间就像是母女情深一般，我也阻挡不住的。"张赫名说着，并没有察觉到苏劲有多么严肃，对于卓惠娜，苏劲仍旧是保持警觉的，她并不认为自己已经嫁给张赫名了，那就没事了，换做任何一个正常女人，隔三差五家里就来了个漂亮的女孩子围绕在婆婆和老公身边，她还能淡定吗？

很显然，卓惠娜是醉翁之意不在酒，她哪里是来看望李雪芝的，明明就是借机来挑事的，多少次卓惠娜前脚走，李雪芝的脸色就不那么好看了，苏劲明白这种脸色是专门摆给她看的。甚至有几次似乎婆婆对她都有所改观了，态度也缓和了，也都因为卓惠娜添油加醋地说了些什么，让婆婆又生苏劲的气了。

卓惠娜就是这个家里最不安分的分裂分子，苏劲觉得务必要想办法将她隔离出张家。

苏勤从那次之后，几乎真的就没有来过张家了，苏勤是个特别刚强的女孩子，她听到李雪芝那样的话，是打死也不愿来姐姐家吃饭拿东西了，单纯的孩子就是这样，纯净得揉不下一粒沙子。

苏劲只好自己去学校看望苏勤，也有了一些收获，知道苏勤在谈恋爱，是和她高中的同学恋爱，据说在高中时就开始谈了，高考还一起约了考北京的同一所大学，男孩叫艾好，清秀干净，话不是很多，比较内敛，不失单纯，也不失沉稳。

苏勤在苏劲的再三"威逼利诱"下才承认了和艾好的恋爱，并要求苏劲替她保密，千万不要说出去，不能让父母和哥哥知道。

苏劲怀孕期间，长胖了几十斤，为了孩子的营养，她努力去吃平时都不吃但对胎儿的发育有极大促进作用的食物，她还未正式为人母，却也体谅到了为人父母的艰辛。她更加理解和同情自己的父母亲，抚养了三个孩子，该要付出多少心思。

为了让俞思尽快走出之前那段感情的阴影，张赫名将好朋友陆清介绍给了俞思，两个人先见了面，彼此对对方的第一印象都不错，尤其是陆清，早在苏劲和张赫名婚礼上做伴郎的时候就对俞思一见钟情了。

俞思对感情似乎并不是很热烈，但也都一一赴陆清的约会。

在苏劲离预产期还有三个月的时候，她独自去医院做产检，也没有打电话通知张赫名，回家的时候，就自己拿着钥匙开门，当门打开，她看到了令她不敢相信的一幕，张赫名躺在沙发上，卓惠娜压在张赫名的身上，她没有看清楚张赫名到底是伸手拥抱卓惠娜还是推开卓惠娜，但她清晰地听到卓惠娜说："那天晚上，我进了你的房间，你难道忘了吗？"

如同晴天霹雳，苏劲手里的化验单和钙片一下子就跌落在了地上，如同万劫不复。

她转身就下楼走，不管身后追出来的张赫名。

那晚卓惠娜进了张赫名的房间，孤男寡女，半夜在一个房间，做了什么，张赫名难道你忘记了吗，苏劲头脑一片空白，只是想逃离，越快走越好，招手拦了一辆出租车，上车，张赫名，我和你没完！

手机响个不停，关机，忍来忍去图的是什么，都说女人怀孕期间男人的出轨率是最高的，连满口不喜欢卓惠娜见着就烦的张赫名竟也出轨了。她是理科大脑，就固执地认为张赫名背叛了自己，坐在出租车后座上泪如泉涌。

天塌下来了一样，头脑一热，让出租车司机送自己去医院，她决定要把孩子引产掉，她辛苦隐忍给他生孩子，他倒风流快活，不如拿掉孩子，离婚来个彻底，反正他妈妈不一直就盼着他们分开吗？！

她开机，给李雪芝发了一条短信，说：妈，我和张赫名完了，他做出这样的事，怕是也不想要孩子了，我会让大家都皆大欢喜的。

她第一次这么任性，关掉手机，闭上眼，浮现的都是张赫名和卓惠娜可能亲密的姿态，她想着就要被折磨疯了，结束了最好。

车停到了医院，她步子艰难，往医院里走，摸着肚子，她又走不

下去了，这个宝宝还有三个月就出世了，她和他说了好多好多的悄悄话，她怎么忍心不要这个孩子，刚气头上是把心一横，可当真到了医院，她舍不得。就算张赫名背叛了自己，离婚，她也要把孩子生下来，哪怕独自抚养。

她走出医院，漫无目地在路上走，这早春的天春寒料峭，眼角挂着泪，打开手机，看到张赫名传来的十几条短信，在疯狂寻找她，生怕她会做傻事。她想哭了，如果张赫名还是以前的他该多好，她想想，打通了家里的电话。这时的她很无助，但她是绝对不会对父母说的，只是此刻很想念爸爸妈妈。

苏广宏刚从大棚里回来，浑身泥土，听电话响了半会儿，慌忙接了电话，看是女儿的号码，于是笑嘻嘻嚷着大嗓门接电话："我姑娘怎么样，我昨晚还和你妈说，过两月就让你妈去北京陪着你，你哥的房子也差不多盖好了，装装修，前几天相亲了个女孩，还不错，精明麻利，你哥哥缺的优点她都有，我看下半年也能办喜事了。"

苏劲听到爸爸亲切的声音说着家里的事，更加想家，哽咽着，努力不让爸爸察觉到自己的情绪，她流着泪笑道："那好呀，我妈来的时候给我提前打个电话，等我生完孩子，我就回去见见未来大嫂。"

"那你看你要是还有些钱的话，就算是爸爸问你借的，房子要装修，简单装一下，也得四五万，家具电器都要买新的，我和你妈身上是掏空了，大棚还要投入。你有闲钱就往家里寄点，我肯定还给你。你不晓得，外面把你传得多了不起，都说你嫁了北京的有钱人家，年薪几十万，谁不羡慕你啊。"苏广宏说。

苏劲说："爸，我哪有那么好，是不是有钱人家你不清楚吗？咱父女之间还提什么借钱，我这两天就把钱汇回去。"

"好的。苏勤还好吧，我问她是不是总去你那吃饭，她支支吾吾说太远了不想去，我还把她批评了一顿，姐姐都要生了，要常去看看姐姐。"苏广宏说。

苏劲说："爸，苏勤很乖，是怕给我添麻烦呢。爸，没啥事我挂了啊，跟我妈也别太累了，累垮了身体不值当。"

挂了电话，苏劲坐在公交站台旁的座位上，呜呜直哭，她怎么努力，怎么打拼，她的日子都是煎熬，这又要给家里汇钱，上一次已经是闹翻了天，这次，和张赫名都走到了这个地步，想想也好，不需要再顾忌什么了。什么婚前条约，什么财产公证，都见鬼去吧。

李雪芝收到苏劲的短信，料想到发生了什么事，苏劲的手机也打不通，急急忙忙从学校赶到家里，看见只有卓惠娜在客厅里坐着看电视。

"惠娜，见着苏劲和张赫名没有，他俩是不是吵架了？"李雪芝问。

卓惠娜倒了一杯水给李雪芝说："干妈，瞧您紧张的，一头汗，喝点水。也没什么事，这苏劲也未必太大惊小怪了吧，我和赫名哥从小一起长大，从小就在一张床上玩，我不就和他坐沙发上闹了会儿，正好被她推门瞧见了，这就误会赌气跑走了，赫名哥还居然去追，只怪她自己小气。"

"我当多大事呢，你也是的，她怀孕快生了，情绪敏感，我都让着她点，万一孩子出了什么事，这可怎么办？她那一根筋的性格，不行，我也得去找找。"李雪芝紧张起来，拎着包就要出去。

卓惠娜也懒洋洋站起身，说："那我也回家吧。她顶多去躲哪儿哭去了，难不成还能去医院拿掉孩子？她才没那勇气。"

李雪芝一拍腿，赶紧打电话让张赫名快开车去医院。

卓惠娜宽慰着说："我也是随口一说，现在引产不是随便的，都要孩子父亲到场的。"

李雪芝语气加重，说："那她万一碰到哪，摔到哪，伤到孩子呢，你快回去吧，免得她回来撞见你，影响她心情。"

卓惠娜很不情愿地说："噢，那干妈我走了。"

卓惠娜一出门，就抱怨道："都冲我了，不就是她肚子里有张家的骨肉吗，瞧着吧，说不定生个女儿呢，我还有机会，只要我努力点制造矛盾，我就不怕拆不散他们。"

张赫名开着车往医院飞驰赶去，他边拨打电话边念着："我的宝贝我的祖宗，你就接电话吧，好歹也要听我解释一下啊，你这是要我的命把我急死啊。"电话一遍遍都被挂断，嘟嘟的声音，让他又害怕又烦躁。

"都是卓惠娜，以后再也不许她来我家，每次来都要惹事！"张赫名狂躁不安。

快到医院的路上，他坐在车里，看见她坐在对面马路边的公交站台旁，正在哭，车来车往的，他看得心疼，怔了一会儿，等他车停好，走到她面前时，她已经是满脸的泪水和鼻涕。

他抱住了她，摸了摸她隆起的肚子，说："我的老婆孩子，我可终于找到你们了，我快要吓死了知道吗，你怎么这么傻，也不听我解释，我担心死了。"

她任他抱着，绝望地说："还找我做什么，你不都和她好到一起了吗？你妈妈就盼着换掉我这个儿媳妇，如你们的愿。"

"傻瓜，胡闹！你瞧仔细了吗，我跟你说，我先到家，她来找我妈，一来了就不走，坐沙发上，闹着要我给他削苹果，还要削的苹果皮都不断。我懒得搭理她，她就没个正经，动手动脚打闹，我推开她，你没见我的姿势是把她往外推吗。你个傻瓜，还跑到这里哭，灰尘这么大。"张赫名说着，用纸巾给苏劲擦拭脸上的泪水。

苏劲的心缓和了些，还是不信，问："那她说那晚走到你的房间，你们做什么了？她还问你忘记了吗！"

"那晚啊，我真不知道我哪里得罪了她，她跑到我房间里，说什么半夜对着镜子削苹果皮，只要皮不断，就能在镜中看到鬼，说她一个人试验害怕，我为了证明无神论，就替她削了一个苹果，皮都没断。所以她扯出什么那晚去我房间，扯淡，你说我把她当亲妹妹我能对她做什么？"张赫名无辜地说，一脸的无奈。

"你没骗我吗？这种荒诞无稽的鬼话连篇你编出来哄我。"苏劲吸了吸鼻子，说。

张赫名举着手，说："我张赫名对天发誓，我要是和卓惠娜做了什么对不起我老婆的事情，我绝对不得……"

"够了，发什么毒誓。我来作证，苏劲，你这次是真的冤枉我和赫名了，我再怎么样，只要你们的婚姻还存续，我都不可能容忍张赫名在我眼皮子底下做任何不齿的事情，你不信他，也要信我。回去吧，看在孩子的分上，也别往心里去，动了胎气就不好了。"李雪芝也赶来，正巧插了一句话。

苏劲点点头，说："妈，对不起，让你担心了。"

"别说了，回家吧，我今晚给你们做好吃的，咱全家集体压压惊，我这一天天的，经不起折腾。"李雪芝脸上露出了一丝笑容。

晚上张音正回到家，听李雪芝说起白天的风波之后，把张赫名叫到房间狠狠训斥了一顿。

苏劲想，这件事虽是误会，却也是件好事，她要在这个时机提出改一改婚约上的规定，必须补充一条。

苏劲在和张赫名商量之后，对公婆说出了自己这些天早就想说的话，她不希望家里常出现卓惠娜的身影，她认为这是影响家庭和谐的一个人，不管张赫名对卓惠娜的排斥有多坚定，她认为卓惠娜在婆婆面前的一些言语已经足够动摇这个家里的危机稳定。

加入一条：

第十一条：对于卓惠娜这样客人的来访，每月不得超过两次。

最后，李雪芝又提出要加上一个括弧，内容是（节假日除外）。

苏劲也做出妥协，这样就好，以后再也不用每次下班回来，吃饭都要看着卓惠娜的脸色了，她才是这家的儿媳妇，新女主人，也算是扬

眉吐气了一次，这一仗，她算是赢了。

在和张赫名的彻夜长谈之后，她当然是相信张赫名和卓惠娜是不会有什么事的，只是当时思维一下混乱，积压太久的坏情绪累积到一起，她崩溃了，把事情扩大到很可怕很严重，万念俱灰。但现在又好起来了，便觉得一切都是美好的，这难道是孕妇的产前焦躁症吗？

她躺在张赫名的怀里，问他想不想亲密活动一下。

他义正言辞地说："我可要忍住，关键时期。再等等，再等四个月，我就能好好亲密一番了。"

苏劲笑："我的意思是，你会不会像别的男人那样，在外面找女人？"

"我才不会！我老婆为我生孩子，我当然要为她守身如玉，那种男人都不配做男人。我有你这么好的老婆，我真知足了，谁我都不要，我只要你。没关系，我忍忍，为了咱孩子，我要将欲望控制到学前班小朋友那般纯洁。"张赫名说。

"那你说，卓惠娜还会常来咱家吗？"苏劲担忧问。

"不会来了，我妈会转告她的，她和我妈感情好，可以去外边喝喝茶聊聊天，别老往我们家里来。反正我也不怕影响两家的关系，是她在挑事，闹得咱家总是误会不断。"张赫名说。

"只怪你太有魅力了，让她盯着你不放。不过，我也高兴，证明我有眼光。噢，对了，赫名，我和你商量一件事，你要是同意，我就办，你要是不同意，我在另外想办法。"苏劲说。

张赫名说："不用说，我当然同意，你做什么我都同意。"

"你可别答应早了，是这样的，我哥下半年就打算结婚了，嫂子也相中了，现在就差要装修婚房，还有彩礼钱，这些都不可少，在农村办酒席，只要不在酒店办大排场，都还能挣一点，所以婚礼我也不需要出钱，这是最后一次为家里出一笔大的钱，我想和你商量。"苏劲说。

"要多少？我也凑点，一起给家里寄去，这事别让我妈知道就好。爸妈他们在农村种地挣钱也辛苦，我们挣钱好在比他们容易些，只要能帮，我们都尽力，两家人都过得好，这才叫真的幸福。"张赫名的话，让苏劲心暖暖的。

"可是，这次要五万，爸爸说就当是问我借，会还给我的。他也挺不想找我张口的，其实都怪我，我一直在爸妈面前说大话，说自己多能干挣钱多容易，现在家里那边都传着说我年薪几十万，我不帮也不行，只能挤挤自己，也要让家里渡过难关，众人抬水，让大哥把婚结了。你要是不同意，我就去问俞思俞睿借一些，这样不动那账面上的钱。"苏劲说。

五万对于张赫名来说，并不是小的数目，他不吃不喝也要四个月的工资才行，这比他想的数目要多，但他还是一口答应了，说："行，五万就五万，也别说借了，是你爸爸妈妈，你都是他们抚养大的，没有他们，我哪来这么好的媳妇，我们一起孝顺回报他们，这是应该的。傻瓜，问别人借什么钱，咱卡里有钱，账面上是我妈看的，你是做会计的，你难道不能把账面做得漂亮干净吗？"

哈哈，这倒是要苏劲充分发挥专业知识，来做个表面的账目了。

苏劲听到张赫名这么说，反有些内疚了，她知道张家的条件也不是很富足，公公婆婆都是固定工资，也是劳动所得。她告诉自己，这是最后一次，她既然已经嫁入张家了，就该像一家人，也要为这个家的将来打算，比如说张赫名一直开着辆旧的北京现代，如果条件允许，至少也要换个大众迈腾、途观等档次的车，再好点的话，就买辆奥迪A4。还有孩子，以后培养一个孩子，也是要存足一笔钱的。

未来还是需要奋斗和打拼的，好在他们的工作都顺利，这也免了后顾之忧。

五万块钱就这样瞒着公婆给家里汇去了，苏广宏问苏劲，家婆和家公知不知道她往家汇钱的事，支不支持，别为此闹得矛盾。苏劲当然是一贯的美好承诺，说："爸，钱您就安心拿着给大哥装婚房吧，我公

公婆婆都知道，这钱也有赫名的一部分，都支持。"

那一纸婚约，真的就能约束得了她苏劲吗，夹在公婆和自己父母之间，左右都要孝顺，左右都需要善意的谎言。

苏劲在外企的压力是大于张赫名的，如果不是上司俞睿照顾，她这三个月的产假也难以申请得轻松。

她是个工作狂，就算是生孩子，也会担心工作转交别人做会出什么纰漏，她想了想，将自己的事都转交给俞思代理，平时还可以私下找俞思谈谈工作，这倒把俞思逗乐了。

俞思说："你就给我专心致志生孩子吧，还惦记着工作，我要是你，整天除了吃喝玩乐，啥也不想。不过我怕是没那么好的命了，我还能做妈妈吗，陆清现在对我穷追不舍，当我是女神，我有时真想善良的告诉他，我可能终生不孕，他能接受这个吗？"

"你可别那么绝望，医生不是开了药给你吃吗，先结婚再说，别把好男人给吓跑了啊。再说，你看陆清高大壮实，就算你怀孕几率不高，嫁给陆清，我看都能把几率提高不小，至少比那书呆子冯小春强得多。"苏劲调侃。

"哎哟，苏劲啊，你这个已婚妇女能不能不要传播少儿不宜的信息给我这个少女啊，噢，难怪你会意外地怀孕，你骨子里就是个大色女。"俞思说。

苏劲感慨："咱们新世纪的女性，就是要出得了厅堂，上得了床，干得了工作仗，打得跑色狼。"

"哇，苏劲，你境界又提高了，最近你那个假小三卓惠娜还有没有老往你家跑啊，我真好奇她的脸皮是什么做的啊，居然可以厚着脸皮在你家待着，拍你婆婆的马屁，就好像眼巴巴等着你和张赫名吵架好钻空子一样。"俞思说。

"她这月就来了一次，还买了不少东西来看我，我是没敢吃，都放那呢，一月两次；她比大姨妈还准时来我们家报道，来一次我就郁闷一次，她每次来，都死命地打扮，你瞧这才三月，就穿着薄丝袜小短裙，坐在我那沙发上，雪白的大腿，我看着就烦人，反正她一来，我家张赫名就和我进房间。"苏劲幸福地说。

"你可真有你的，我告诉你，只要抓牢握紧了你老公的心就不怕这种假小三的破坏，你就是要秀恩爱给她看，气死她才好。你知道吗，文珊和她男朋友吹了，听说也在当第三者，人家老婆上次都来咱公司闹过一次了，你不在，没瞧见一场好戏，那大奶咬牙切齿恨不得把文珊的美丽小脸蛋和窈窕身段都撕成碎片，我就说吧，恶人自有恶人磨，那个大奶看起来也不是省油灯，要不是保安拉着，我看文珊脸都要被打扁了。"俞思说。

苏劲惊道："不会吧，她看起来是心气挺高的女孩子呀，虽然和我闹了不愉快，我也没觉着她会做小三。她不是有男朋友吗，总是买吃的穿的来公司楼下等她，那天我在医院，来接她的不也是她男朋友，怎么说分手就分手了？"

"这年头是快餐爱情，我和冯小春不也是说分就分了，苏劲当初你说的那句话真对，我离了他我能找到比他好的，可他离了我也就那样了。前阵子路上碰到了，我正好和陆清走在一起，想想，看着冯小春的狼狈样，我表面装得像胜利者，其实我心里还是痛的。"俞思说。

苏劲听着俞思说的，就在想，这爱情是什么样的东西呢，不分好坏，不分对错，就是喜欢上了那个人，都可以降低自己的目光。

距离产期还有一个月，苏劲交接了工作事宜，回到家里，安心待产，苏勤也极少来家里吃饭了，并且还都是趁李雪芝不在的时候才过来。苏勤说每次面对姐姐的婆婆都会有种负罪感，好像她每月花的不是姐姐的钱，而是张家人的钱。

苏勤黑了，手也粗糙了，起初在快餐店里做兼职的服务员，后来在同学的介绍下又做了超市促销，现在慢慢在做家教，每天下课之后去人家里给孩子补习功课，每小时都有二三十块钱，苏勤这才敢对姐姐提

起自己在快餐店做服务员时被客人强硬要她喝酒的事。

苏勤将挣的钱也都寄回了家，她也没有花这笔钱。

因为苏劲怎么说都坚持要给苏勤每月的生活费，哪怕苏勤自己能挣钱了，她这个做姐姐的也要给苏勤固定的生活费。

李雪芝恰巧回来，正好听到苏勤在对苏劲说着做兼职家教时遇到的事，李雪芝就插了一句："苏勤现在越来越懂事了，都知道给姐姐减轻负担了，也别说，你姐姐马上就要做妈妈了，以后生了小宝宝，开销都挺大，你做小姨的也开心吧。"

苏勤听出来了画外音，点头说："是的，阿姨，我以后不花姐姐的钱了，姐姐和姐夫也都不容易工作压力大，我该懂事了。"

苏劲勉强笑笑，对于苏勤的懂事，这令苏劲很不安。她再辛苦，也不如父母、大哥、妹妹们辛苦，看看自己的家人，她真觉得自己要做的还太多，她一个人家庭婚姻幸福，那不算是什么幸福。

李雪芝也极力表现出自己对苏劲不错，端了一杯加了燕窝的牛奶放在苏劲面前，说："孕妇就要多吃燕窝，这样生的孩子皮肤才白才漂亮。"

苏劲吃着燕窝，心里却是不快乐的，苏勤也没待多久，就说自己还要赶去做家教，连晚饭都没吃就走了。

过两天妈妈就要从河南赶过来照顾她，她还没有把这件事和婆婆说，如果婆婆知道了，会不会不高兴呢，会不会觉得来得太早了？听婆婆之前的口气，意思是等苏劲生了孩子之后，坐月子期间再让她妈妈来。

苏劲左右为难，就找了一个机会，对张赫名说了这事，想要张赫名去和他妈妈说说，反正家里还是有一个空房间，她妈妈生活简单，也不挑剔，很好相处，只是想多陪陪女儿，就待一两个月就走。

吃过晚饭，张赫名就装作若无其事地提了一句："苏劲妈妈说这两天过来照顾苏劲，农活也不忙了，她也挂念着女儿，到时候我去接她吧，大老远也怪辛苦的。"

李雪芝嗯了一声，问："什么，现在就过来？这也太积极了吧，这离预产期还有二十多天呢，也不需要她照顾什么啊，这来什么也做不了不就是来玩了？"

"那就来玩呗，上次婚礼之后她妈妈就走了，也没多在北京逛逛，正好您还有两个月就退休，这段时间就让苏劲妈妈照顾苏劲，也细致些。"张赫名说。

李雪芝不大高兴了，说："我就不明白了，谁家媳妇生个孩子还要妈妈婆婆轮着换着伺候的，我生你的那阵子你奶奶可是没照顾我一天，我不照样把你养大了吗？这一住就是一两个月，按照婚前约定，这已经是不符合规定了啊。"

苏劲挺着肚子从房间里走出来，婆婆的话她听得一清二楚，她耿直地说："妈，难道我妈妈来看我，都要按照婚约来严格执行吗？她也不是要来享福的，只是想看看自己的女儿，为什么要那么苛刻。我也是这个家的一份子，难道我的亲人对于这个家来说就是外人了吗？"

张赫名连忙扶着苏劲，说："我不正和咱妈商量着吗，只是怕你妈妈累着，不是担心别的。"

李雪芝笑着温和说："苏劲，你是误会我了，我不是想着你妈妈在家还有许多事吗，她要来玩我当然欢迎，我是怕她以为我照顾不好你所以才来，那就是多余的操心了，你别断章取义误会了我的意思。你的亲人当然也是我们这家的亲人了，赫名也喊她妈妈呀，我们至于会不欢迎她来。婚约的事，我就是提起来了顺口一说。"

苏劲无理还击了，该说的理婆婆已经面面俱到无懈可击了。

"那好，我妈后天过来，多有打扰，还望大家多担待。"苏劲说完，回了房间。

李雪芝这才瞪了瞪眼，说："赫名，你瞧你把你媳妇惯成什么样子了，还有没有把我放在眼里？我实在是看她快生了，我都一一迁就

她，你等着瞧吧，你看你那个岳母来会不会把这个家搅得一塌糊涂。"

张赫名两头为难，只好说："妈，你就凡事往好处想，当减轻自己的负担，多个人照顾也好，您也就是刀子嘴豆腐心，那给您买的燕窝，您自己舍不得吃，都省下来给苏劲吃。"

"我那是省给我孙子吃的！"李雪芝说完，心情这才好了些。

胡秀在家可是激动得不得了，逢人就说自己这是要去北京待一两个月照顾女儿，这次女儿一定要生个白胖的儿子，全村的妇女都羡慕她。她将家里存了好久的土鸡蛋和咸菜都装好，整整一担子的东西要带去，都是苏劲从小就爱吃的酸菜，瓶瓶罐罐装满了两袋子。

苏广宏抽着烟，未雨绸缪："你这次去，可要少说话多做事，别闹得不愉快反给女儿添麻烦，要知道你去的目的是照顾她，家里的活我和儿子一起忙活就差不多了。苏勤在那边，你也多和她沟通，我听说她和咱们村的艾家小儿子处对象，我是坚决不同意这事，让她多学学她姐姐，都飞出去的金凤凰了，哪能嫁咱村的小子？"

胡秀点头，说："哎，我知道怎么说，不过苏劲的婆婆，我是嘴皮子磨不过她的，我就少说话，多干活，反正我闲着反而不舒坦，等苏劲月子快坐满了我就回来。"

苏勇也从新房里走了过来，说："妈，这是一对婴儿戴的银镯子，还有一个银如意，你带着去，妹妹生了之后，把这个给她，算是我做舅舅的一点心意，买不起金的先买银的，赵静挑的，我觉得还不错。"

"那好，就是银的，那也是能拿得出手的物件，赵静这姑娘还真不错，没过门就会替你着想安排，会做嫂子。"胡秀夸赞着说。

对于去北京以后和亲家母的相处，她显然没有过多的担忧，简单地以为只要自己少说话多做事就可以了。

苏勇回到新房，赵静迎了上来，问："怎么样，你妈打开看了没，有没有表扬我？"

"当然表扬你了，我爸那天还在苏劲面前夸你聪明伶俐。我腿有些瘸，将来能娶到你这么好的媳妇，真是我修来的福气。"苏勇格外疼爱精明能干的赵静。

赵静说："你的腿也没什么大的影响，我也28岁了，做了这么些年的收银员，也没什么大出息，我不介意你的腿，只希望以后你能和我齐心过日子。你看，苏劲嫁到北京了，咱也算是在北京有人了，所以我们要和妹妹妹夫一家关系相处好。你还真打算在这小镇上种一辈子大棚啊，人家不都去大城市打工吗，等我们结婚了，我们就去北京投靠苏劲，给咱也找份工作。"

"去北京？咱一没文化二没手艺，去北京能做啥？"苏勇问。

"当然能做很多活了，你看我可以做收银员，那北京多大，超市商店都多，你就给人门卫室看看门，那也是好几千一个月呢，再说咱妹妹妹夫在北京都是有能耐的，肯定能给我们找个好工作。"赵静憧憬着北京的繁华。

"我们……我们还是先把婚结了再说，下月我就去你家下彩礼定个日子，房子也装修好了，就等你这新娘子进门了。我妈从北京回来，咱们就办酒席，苏劲是肯定不能参加咱们的婚礼了，有个小孩子哪都不能去。"

苏勇搂着赵静，他按照赵静的描述构想着未来，有朝一日，他也能走进北京，见见那美丽的首都。

第八章
婆婆与妈之间的战争

　　张赫名开车在火车站外接岳母，也不是那么容易的事。胡秀挑着担子从北京火车站走出来，格外引人注意，只是她的担子不小心被人撞上了。放上面用毛巾包好的鸡蛋全摔地上了，打开一看，全烂了，胡秀揪住那个撞她的年轻男孩子不放手，硬是要人家赔钱。

　　年轻男孩还要赶火车，也不愿掏钱出来赔偿，这一吵一闹吸引了一群人的围观。张赫名是个不爱看热闹的人，只是仔细留意着火车站进出口的人，也没看到岳母。

　　直到胡秀大喊了一声："你干啥，想跑！"

　　张赫名这才听出来是自己岳母的声音，赶紧拨开人群看了过去，见岳母正死死拉着一个男孩的袖子，男孩正想要挣脱，涨红了脸。

　　张赫名喊了一声："妈，您这是怎么了呢？"

　　胡秀见女婿来了，说："他撞了我鸡蛋，我要他赔，我这些鸡蛋都是带给苏劲吃的，都摔碎了，可惜了，他不赔，还想跑。"

　　男孩无奈地说："阿姨，您真的认错人了，不是我撞你的，是我前面的那个人撞的，我这还要赶火车，您拽着我的衣服不松手，这不是讹人吗？"

"我讹你？你欺负我农村来的老实是吧，这儿这么多人我怎么就偏偏揪住你了？你就是故意撞我的，还不承认。"胡秀不松手。

张赫名只好说："妈，算了，人家也不是故意的，还要赶火车，就让他走吧，鸡蛋咱家有许多，苏劲也吃不完，苏劲还在家等着您呢，咱先回去吧。"

胡秀不甘心说："他就不是好人，就是故意撞我的！"

"妈，走吧，这么多人瞧着多不好，待会儿警察要来管了。"张赫名接过胡秀的担子，将东西挑在肩膀上。

胡秀只好松开手，不情愿地走，眼看着那个年轻人慌忙逃到了人群中，很快就不见了。

张赫名将一担子东西都放到车后备箱里，刚上车，就听到岳母大惊失色，捂着上衣口袋说："不好，刚才那是个贼，我钱包没了，肯定撞我那一下是要偷我的钱。"

张赫名赶紧关车门往外追，胡秀也跟着往这边跑，可是人来人往，那个小偷早就消失得无影无踪。

钱包里有一千多块钱，丢了，这让胡秀万分心疼，皱着眉，不停地埋怨自己不该大意了，怎么就没醒悟过来，念叨着，就说张赫名："你也是的，非要让我放他走，你看，鸡飞蛋打，鸡蛋都碎了，还丢了我一千多块钱，这一千多块钱可都是血汗钱，就这么没了，我身上一分钱都没了，还要在北京待一两个月，我这怎么待得下去？"

张赫名也只好从钱夹里拿出两千块钱，硬是塞给了岳母，胡秀是怎么也不要，张赫名说："妈，您身上没钱也不行啊，这在北京出门就得花钱，钱丢了就当买个教训，以后出门咱留心着，这钱你先拿着用。"

"这钱是我自己弄丢的，我哪能收你的钱，等我见着苏劲，让苏劲拿钱给我。"胡秀推辞不要。

"就当是苏劲给你的，不一样吗，我和苏劲谁的钱不都一样花。"张赫名说。

胡秀收下了钱，却心疼那丢了的一千多块钱，她心里是怨张赫名这个女婿的，本想着他来了能揪住那个人，他反倒帮着放了那小偷，他要是把事情问清楚再放人走，也就不会不明不白地钱没了。

这让刚到北京的胡秀，心情一下子就凉了半截。

到了家，苏劲早就给母亲把房间布置好了，李雪芝也买了不少菜，也算看似欢喜来迎接亲家母的到来。

胡秀是个直性子，也不察言观色，心里有什么话就直说，心疼丢了的一千多块钱，急于倾诉，也就忘了来之前说了的少说话多做事的原则，拉着苏劲问长问短一番后，就叹息自己在火车站被小偷碰了，鸡蛋全摔碎了不说，钱包也被偷走了。

"我都抓住那小偷了，张赫名非说算了，等我上车我才知道我钱包没了。"胡秀说。

李雪芝端着菜，说："那赫名也不知道那人是小偷呀，小偷的脸上也没写着字，也不能怪他。"

"我不是怪他，我这不是心疼钱吗，对你们来说一千多块钱是小意思，九牛一毛，对我们种地的人来说，这可是几百斤菜啊。"胡秀越说越是心疼，眼眶都红起来了。

李雪芝赶忙放下菜，劝道："亲家母，换做我丢了钱我也心疼，我们不也是小户人家嘛，但钱已经丢了，您这就别伤感了，破财免灾，在我们这，也不要花什么钱，来来，吃饭吧。"

胡秀点点头，和苏劲靠在一起坐着，吃了几口米饭，喝了点汤，面对着一桌子的鱼肉，她也没有什么胃口，放下碗筷说："你们先吃吧，我不饿，我去给苏劲他爸打个电话。"说着就进了苏劲的房间。

不多久，大家都听到胡秀在电话里用河南话和苏劲的爸爸吵了起来，不用猜，肯定是因为丢了一千多块钱的事。

苏劲只好回房间劝了好半天。

李雪芝摇摇头说："这真是找了个妈回来敬着，自己不注意丢了钱还怨别人，弄得我们都错了都不好过，我待会儿拿一千块钱给她吧，我可真受不了，这第一天就来得不愉快。我好心好意做了一大桌子菜，都不吃，我也不吃了。"

张赫名和父亲张音正互相望望对方，说："还是咱们吃吧，不然多可惜。"

李雪芝拿了一千块钱递给胡秀，说："亲家母，这钱你收着，放身上用。"

胡秀说："不用了，赫名给了我两千块钱，我够用，我来就给你们添麻烦了，我也实在是想陪陪苏劲，能给你们减少麻烦我就减少点，家里有什么事要我做的，也就说，我别的不会，粗活脏活累活重活我都能做。"

李雪芝心里想：赫名拿了两千块钱怎么都不和我说一声，看来是该查查账了。我要是真让你做粗活脏活重活累活，你女儿不和我闹死，你倒是会在你女儿面前演戏。

"别呀，你这趟来也不容易，好好玩玩，我就不陪你转了，我让赫名带你四处走走，拍些照片，周末就打电话让苏勤过来，一起聚聚吃吃饭。"李雪芝大大方方地说。

当就只有胡秀和苏劲两个人的时候，胡秀拉着苏劲说："我觉着你婆婆人不错啊，还拿钱给我花，又做了这么多好吃的给我吃，还说让赫名领着我到处玩，挺好相处的，笑眯眯的，也没有结婚前的霸道了，对你也不错。"

苏劲点头，说："是啊，她对我真的很好，妈，这下你就放心了吧，也别做什么事，当是自己家，我身子重，天天就在家待着，要么在小区楼下转转，平时他们都上班去了，家里就我们俩，也挺好的。"

"好是好，就是我今晚真没吃饱，我吃不惯这大米饭，我想吃馒

头，吃大蒜，喝酸辣汤，这菜都口味偏淡，我吃不下。"胡秀说。

"这都是婆婆为了我做的营养餐，所以口味偏淡，是照顾我这个孕妇。妈，明天我带你去个馒头店买馒头吃，做的可好吃了。"苏劲挽着妈妈的胳膊，幸福地说。

有妈妈的陪伴，产前恐惧也减轻了不少。

她也开始教妈妈怎么开空调，怎么用微波炉，怎么用洗衣机。

白天就苏劲和妈妈在家，母女俩轻轻松松，买了馒头，拎着回来吃。

胡秀咬一口生大蒜，边吃边说："还是咱馒头好吃，就着榨菜，我能一口气吃四个馒头。"

"就是，我也爱吃馒头，咱以后就中午吃馒头，晚上吃饭。"苏劲乐嘻嘻地说。

李雪芝下班，提了两条活鲫鱼和一袋豆腐，想给苏劲炖鲫鱼豆腐汤，走过小区时，被赵大妈拉到一旁，说："你是怎么回事，不给你那亲家饭吃怎么着？我怎么瞧着她们娘俩天天中午就拎着馒头榨菜回去吃，让人见了，不说你李雪芝小气吗，就用点馒头榨菜来对付亲家母啊，再说你儿媳妇可是马上就要生了，哪能就吃点干馒头，你可真要照顾好饮食，别瞎吃没营养的东西。"

"我哪有，我冰箱里装的满满的菜，这是她们自己不去做着吃，我白天在学校里，中午也不回来，我哪知道这些？不过你有所不知，她们是河南人，吃习惯了面食，我今晚就给她们做牛肉面去，解解馋，也不怪吃不习惯。"李雪芝表面上说着，心里已是不悦。

苏劲正和妈妈一起准备着晚饭，想要给即将下班的三位家人做一餐地道的河南风味菜，幸福其实很简单，和妈妈一起下厨做饭，也是这么的快乐，只是苏劲几乎没有做什么活，也只是帮着递递菜，还特意打电话给苏勤，让她也过来，一起品尝好久都没有吃到的妈妈做的菜。

胡秀没有开抽油烟机，苏劲也正好没想起来，一道葱爆的菜，让厨房到客厅都洋溢着浓浓的葱辣味，苏劲是自小就闻习惯了，也没觉得有什么不妥，被妈妈推到了房间里去了，怕呛着了她，她只好乖乖坐在卧室里，打电话给苏勤。

"苏勤，到哪了呀，上车没，路上注意安全，没和艾好一起过来吗，也正好把艾好介绍给咱妈认识认识呀。"苏劲叠着衣服，说。

苏勤在公交车上，说："姐，我上车了，他不过来，不来算了，反正你那家庭关系复杂，人来多了也不知道李阿姨高不高兴呢。我可是亲眼瞧过你那张婚前协议，第三条上规定着，乙方每年可以有三次以上六次以下父母赴京小住的次数，每次住不能超过一周，人数不能超过2人。难道你想违反婚约吗？"

"就你记性好是吧，你一提我还真想起来了，咱那婚约就贴在客厅的墙上，幸好张赫名上周买了束花插在花瓶里也就挡住了那张婚约，可别让妈知道了，不然她要难过，往不好的地方想了。"苏劲说。

苏勤说："我知道了，我现在充分学习你的优点，那就是对家报喜不报忧，多大的压力都自己扛下来，自己受着。"

"哈哈，你还没走入社会，你就有什么压力啊，小鬼，好好念书就好了。"苏劲打趣着说，在她眼里，苏勤还是个小女孩子。

客厅里传来咳嗽声，苏劲知道是婆婆回来了，赶忙说了几句就挂了电话，婆婆有鼻炎，对这种油烟味特别敏感，苏劲忙走进客厅，打开阳台的窗户，让客厅通风，接过李雪芝手里的菜，放在冰箱里冷藏。

"这是抽油烟机坏了吗，怎么弄得家里到处都是油烟味，在做什么菜啊！"李雪芝皱着眉头，厌烦地说，用手扇着风，捂住了口鼻。

"我妈妈不会用，我也忘了。对了，今晚我们做河南的家乡菜露一手给全家人尝，苏勤待会儿也过来吃饭，她也想吃我妈妈亲手做的菜。"苏劲说。

"那我看还是我来吧，你回房间歇着去。"李雪芝并不喜欢别人用自己的厨房，就是苏劲她也很少让她进厨房，她有轻微的强迫症，厨

房到底是女人的天下，东西的位置一旦被动过，她就会觉得很不舒服。

　　看着厨房被慌慌张张做饭的胡秀弄得一塌糊涂，几个卖相并不好的菜里放了太多的蒜，还有一碗浓浓的汤，李雪芝说："亲家母，你就别忙活了，我来做吧。"说着就挽起了袖子。

　　"别啊，我来我来，你上班都累一天了，我现在是知道菜市场在哪了，我也会用这些厨具了，以后的晚饭我来做，我闲着也是闲着，给你们做做饭，让你们回来就吃现成的饭。"胡秀好心好意地说，也不知道李雪芝已经是心里不大痛快了。

　　"不是，亲家母你听了可别不高兴，你这做的菜，在我们家，估计也只有你自己能吃，我们是不会吃的，也只有倒的份，你看这汤，太浓了，还放了辣椒粉，还有菜，酱油和蒜、味精都太重，闻着味就呛人，别说我们吃不下去，苏劲她这即将分娩的孕妇是绝对不能吃这种有刺激性的食物。现在都讲究养生，菜可不是随随便便就烧出来的。"李雪芝说完，接过胡秀手中的勺子，系上围裙，看着一脸沮丧和悲伤的胡秀说："你出去歇着吧，这些菜你自己吃，我们另外做。"

　　胡秀只好灰着脸，端着菜走出了厨房，她有着说不出口的难受，忽然就觉得李雪芝这是嫌弃自己了，是嫌她做的饭粗糙，还是嫌她不卫生，她知道她干净，所以都尽量做到上厕所之后要立刻洗手，冲马桶，洗过澡要冲干净地上的头发，她也为此改变了不少自己的生活习惯。

　　胡秀进了苏劲的房间，坐到苏劲身边，说："你婆婆是不是嫌弃我，我好心做的菜，她都瞧不上，还问我吃不吃，不吃就倒掉，我看她和我说话总是离我远远的，像是呼吸都刻意躲着我，是不是嫌我有吃蒜了有口臭？"

　　"哎呀妈，你真是不会享福，既然不让你做饭，你就好好休息，干嘛还自己自寻烦恼呢，难道您还非要做饭才开心啊？"苏劲笑着，想以此来宽慰妈妈的心。

　　胡秀红着眼睛，说："不是，我觉得她不尊重我，起码她是瞧不起我的，生活习惯不同，我也在改，适应住这城市小区的房子，我改的也够多的了，我只是想做一餐饭，和你还有你妹妹苏勤一起吃，我错了吗难道？"

胡秀越想越是心酸，眼泪就扑扑落下来，用袖子擦着眼泪，手背上还有一块刚被油烫过的伤口。

"妈，可别这样，我夹在中间多为难，我还有几天就要生了，都忍忍，别临到最后还吵起来，婆婆要看到你这样，会不高兴的，她是忌讳有人在家里无端哭的。"苏劲说着，拿纸巾给母亲擦拭眼泪。

"我不哭，我是可怜你，我的女儿，你摊上这么个婆婆，吵也不能吵，骂也不能骂，就这么忍着，你多委屈，这么个霸道的婆婆，你这些天该是吃了多少苦。"胡秀说着，拉着苏劲的手，甚是心疼。

苏劲拍拍妈妈的肩膀说："好啦，也别把我婆婆往那么坏的地方想，对我还是不错的，只是每个人的思想不同，凡是都往好处想，你想啊，我们不用做饭，她辛苦做好了你直接吃，你还不满意吗？她也不让我做饭，以前我是寻思她认为我怀孕了，不便于下厨房，现在想，估计也是嫌我做的菜难吃，这样也好，我也省心。"苏劲说着还笑了出来。

恰巧，苏勤推门走了进来，她只见母亲坐在床边抹泪，护母心切，忙紧张地问："姐，她又欺负你和妈了吗，我去找她！"

苏劲拉住苏勤，说："你这孩子，没大没小的，坐下，喊你来是吃饭的不是来帮架的，嫌不够乱的是吗，还不哄哄妈，等会儿你姐夫就回来了，别黑着脸，我在这个家里的原则就是尽量不要因为一个人的情绪影响整个家庭的气氛，等你以后嫁为人妻就明白了。"

苏勤低着头，搂着妈妈，说："妈，姐姐说的对，就看姐姐马上要生了这个分上，不管怎么，就忍忍，这毕竟不是我们自己的家，人在屋檐下不得不低头，看别人的脸色行事也是常有的事。"

"我只当这里是自己女儿的家，我每天都见她婆婆笑眯眯的，我想她是文化人，肯定也是有啥说啥不会小肚鸡肠，我看我是错了，打从

我来的第一天她就没高兴过。"胡秀说。

"妈,别抱怨了,越说姐姐就越难过,反正等宝宝满月了,你就回去了,以后一年还不见得来一趟了也不和你过日子,别得罪了她倒让姐姐以后难相处。"苏勤说的句句在理。

等张音正和张赫名父子都回来了,五个人才坐在餐桌前开始吃饭。桌上足足放了有八盘菜,靠近苏勤和胡秀面前的三菜一汤是胡秀做的,还有馒头,放在苏劲、张赫名面前的则是李雪芝刚做的几个清爽小菜。

李雪芝说:"大家都吃吧,苏劲你多吃米饭,我还炖了鲫鱼汤,是野鲫鱼,我们校一个老师开车在外面钓的,汤可鲜了。等孩子生了,我就多弄鲫鱼汤给你喝,下奶,反正多吃对孕妇好的菜,有些刺激性的就不要吃。"

胡秀拿起一个馒头,径自走入厨房,拿了两根洗净的大蒜苗,边吃蒜苗边吃馒头。

张赫名说:"妈,怎么吃馒头,你面前的菜和我妈做的不一样啊,我也尝尝。"

"赫名,你容易上火,就先别吃了,这上汤西兰花里的皮蛋多吃点,凉性的。"李雪芝说。

"是啊,你妈说你们都是讲究饮食的人,吃的都是营养学,我做的这菜,只有我和苏勤这样的人才能吃,这菜不吃也浪费了,苏勤,你多吃点,你从小就吃妈妈做的不营养菜长大,我看你不也健康活泼吗!"胡秀说着,咬一口蒜苗。

苏勤点点头,配合地说:"我妈妈做的菜才是最有营养最好吃的,我最爱吃。"

李雪芝笑道:"那你们就多吃点,我们是吃不习惯的。还有,亲家母,我说话直你也别介意,你这吃了生蒜之后一定要刷牙,不然呼出的气都是蒜味,咱们这房子空间小,空气也不流通,比不得你们家山清水秀空气新鲜，一人吃蒜，全家都跟着闻蒜味。"

"你这不就是嫌我有口臭吗，那你就直接说，扯什么山清水秀地理环境上去，我也是念过初中的人，还不至于那么没文化，你放心，我会刷牙的，不过有些人就是不吃蒜，嘴巴也臭得很。"胡秀酸溜溜地说。

张音正见事情不对，忙说："来，苏勤，给你妈妈夹菜，我这是好久都没见苏勤了，我们团下个月还去你们学校表演呢，到时候我还能去你学校高歌一曲，别忘记拉着你同学来捧场啊，给我使劲鼓掌。"

苏勤点头说："张叔叔，您放心，我到时候把我们全班人都带去，听您的歌喉，保证艳惊四座。"

"哈哈，艳惊四座，这词用的妥当极了。"张音正说。

"食不言寝不语，吃饭吧。"李雪芝冷不丁的一句话冒了出来，气氛又冷了下去。

妈妈和婆婆之间的小矛盾让苏劲夹在中间为难，她也切身体会到了张赫名每次夹在她和他妈妈之间时的无奈，苏劲私底下问张赫名，他的内心里有没有嫌弃过她妈妈，张赫名说绝对没有，他是当自己的亲妈妈来对待的。

这让苏劲的心里要好受一点，家庭背景的差异，让苏劲想到，如果自己当初嫁的是河南本地的家庭，那么自己的父母公婆一定像很多当地女孩子的家庭一样，父母和公婆相处很好，会一起吃饭喝酒聊天下棋打牌，也不会像现在这样不平等的局面。她能感受到婆婆是端着架子，虽然表面上是以礼相待，但那种举动和笑容背后，都是一种以上观下的态度，是很不平等的。

都是长辈，同样是母亲，为什么自己的妈妈就要唯唯诺诺，谨小慎微？虽说这是张家，那她也是这个家的人，婆婆的这种态度，让苏劲堵得慌。苏勤也算是乖巧的，凭她往日的性格，那是要吵闹起来的了，在村子里，只要听谁欺负了妈妈，苏勤就会风风火火去找人理论一番，

看得出来，苏勤今天也是极力在忍了。

苏劲收到苏勤发的一条短信，说：姐，以后只要你婆婆在家，我是绝对不会去你那儿了，更不会在你那儿吃饭过夜，我真是从小到大也没这么忍过，我知道你吃了不少苦，我是为你忍的，你安心生下宝宝，如果谁欺负你，就告诉妹妹一声。照顾好咱妈，咱妈怪可怜的。

苏劲看着短信就扑簌着眼泪出来了。

卓惠娜倒是每月从不浪费那两次来家蹦跶的机会，正好，周末的时候，苏劲和张赫名在家休息，两个人坐在客厅吃水果，张赫名将剥好的香蕉喂到苏劲的嘴里，卓惠娜坐在对面，看着直瞪眼生气，嚷着要找干妈出去看电影。张赫名一口一声宝贝长宝贝短地伺候着苏劲，给苏劲敲背、按摩，听肚子上宝宝踢没踢她，还给苏劲梳头发。

卓惠娜被刺激到了，见李雪芝不在家，胡秀正在打扫客厅的卫生，也不知道是故意的还是真不清楚，以为胡秀是家里的保姆佣人，就说："阿姨，给我倒杯水来。"

"好，这就给你倒来。"胡秀忙倒了一杯水端到卓惠娜面前。

胡秀以为卓惠娜是李雪芝娘家的侄女，所以看做是客人。

苏劲看不过，说："妈，你干嘛给她倒水，她有手有脚不会自己倒吗！"

"惠娜，你神经呢，就那么懒啊，没大没小的！"张赫名呵斥着，就像批评自己的妹妹。

"她喊我阿姨啊，倒杯水也没关系。"胡秀笑嘻嘻地说。

"这是我妈，不是保姆，请你自重一点！"苏劲说。

"啊，不是保姆啊，对不起，我瞧着还以为是从农村请来的月嫂保姆什么的，我们这管保姆都叫阿姨，不好意思，谢谢您的水。"卓惠娜根本就没喝那杯水，纯是挑事的。

卓惠娜走了之后，苏劲就说："妈，你以后别抢着做家务，你没来，这些活都是我婆婆和我做的，也都是些轻巧的家务，你一做，加上你穿的素，过来的客人还都得当你是保姆了，我可不愿我妈妈被人误以为是我的保姆。"

"没事，保姆也不丢人，照顾好你就行了，我看赫名也挺像保姆的，前前后后跟着伺候你，这是你的福气，有妈妈和丈夫的贴身照顾。对了，那个卓惠娜是谁啊，我怎么觉得你和赫名都不喜欢她，长得倒是很漂亮洋气。"胡秀说。

"妈，你说她和我比，谁漂亮？"苏劲一本正经问。

"那说实话肯定是她年轻漂亮，不过呢，没你耐看，也许是因为你是我女儿，我觉得还是你耐看一些。"胡秀说。

苏劲失落地说："那不还是说她漂亮？妈，我告诉你，这个家里，外来最大的害虫就是卓惠娜，是这个家的大蛀虫，她和张赫名从小一块长大，所谓是青梅竹马，但赫名一直把她当亲妹妹看，但我婆婆眼中的准儿媳就是她，觉得她家庭和张家是门当户口，觉得她漂亮时尚配她儿子。我和赫名结婚以来，卓惠娜也没有死心过，她最巴望的就是我和张赫名离婚。"

胡秀惊异，说："还有这样的事啊，都不曾听你说过，那我以后见到她，可要给她脸色看了，简直就是小狐狸精。"胡秀说。

卓惠娜没有松懈，将自己所见的一幕添油加醋说给了干妈听，李雪芝听自己的儿子做牛做马般伺候着苏劲，卓惠娜还说张赫名连苏劲的内裤都洗，还给苏劲洗脚，被苏劲指手画脚吩咐着，说都没见过赫名哥这么被使唤过。李雪芝心里气，想着自己儿子从小到大是不做家务的人，没想到为了苏劲，什么事都做了，也当视而不见，这苦就快要熬到头了，等孩子生下来了，那她就真要好好管教了。

苏劲约苏勤出来喝茶，她知道苏勤想她但不愿来家里，苏劲瞧着苏勤脸色不是很好，就问："苏勤，你这几天也没给我打电话，我怪担心你的，知道你不愿来，我就带你出来坐坐，告诉姐姐，最近学习怎

样，兼职怎么样，还有，和艾好谈的怎么样？"

"姐，就别提艾好了，我和艾好吵架了，他哥哥要结婚了，他爸妈就那么一点积蓄，全给他哥哥在镇上买房子了，这样一来，家里还背了债务，太不公平了，我和艾好以后结婚的话，还没有房子呢，凭什么只顾大儿子，不管小儿子？艾好还就知道护着他家里人，还说自己以后在北京发展，把家里的一切都给哥哥。"苏勤怨怒地说。

苏劲听了，反比苏勤明白事理，说："这就是你不对了，你想想你姐姐我，我能不帮着咱哥哥吗？艾好这么做，说明他不做啃老族，有志气有上进心，这样的男孩子才值得托付，房子以后会有的，你们还年轻，才21岁呀，结婚还是很久以后的事，着什么急呢，先好好念书，美好的未来都在等着你们。"

"姐，你可别安慰我了，现在大学毕业，有几个工资超过四五千的，我可不如你，就算我和艾好加起来一个月挣一万，这不吃不喝，一辈子也在北京买不到房子，我要留在北京，我不会回去的。"苏勤坚定地说。

苏劲看着妹妹过早地成熟，她有些担忧，当初她担心的是对的，她不想苏勤来北京，她太了解这个心气高的妹妹，一旦苏勤发现自己处处不如人，就会有很大的心理负担，苏勤的嫉妒心比较强，这是她作为姐姐比较客观的看法。嫉妒心强，自尊心强往往会是好事，也会是坏事。

"苏勤，姐很认真地告诉你，社会是现实的，钱是很重要，但绝对不是最重要的，君子爱财取之有道，本本分分做人，艾好是个好男孩，我从小就看着他和你同班，你们小学是同学，初中高中都是同学，这到了大学，还是同班同学，也是恋人，这缘分就不能轻易放弃。等你走入社会，这样单纯执着喜欢你的人，可就不多了。"苏劲说着掏心窝的话。

苏勤反问了一句："姐，你自己嫁的人，给我找的姐夫，高大英俊，还北京人，有房有车，凭什么我就要嫁给农村的，我不能嫁的比你差，我要比你更好。"

"傻瓜，那我当初和你姐夫恋爱，我是压根没想过图他是北京人图他家有房子，我图的就是爱情，图的是他对我好。你想想，你姐姐我现在幸福吗，我除了拥有他对我的爱和关怀，这个家庭，给了我多少温暖和幸福了吗？何况你还要追逐没有感情只有物质的恋情，那是断然不可取的。"苏劲反驳，用切身感受来劝苏勤。

"反正我和艾好恐怕要分手了，我也正是因为看到了姐姐的苦，才要想着改变，如果你真的嫁给了一个特别有钱的人，那也好过，可以放心贴补咱爸妈，现在呢，我们那的人都当你嫁给特有钱的人，实际上呢，你花的每一分钱都是你自己辛苦挣的。其实，我知道，你穿的用的很多都是假名牌，不是你虚伪，是你的工作环境要求你必须穿名牌，而你舍不得，姐姐，我知道你一直都假装过得很好，过得很幸福，你很艰难，你努力在我和爸妈、哥哥面前维系着一个幸福的童话，只为了我们花你的钱花得心安理得，我都知道。上一次我来北京我就知道了，你住的那个房子，也不是你租的房子，是姐夫借来的吧，我悄悄跟过你，我见到过你真正租住的合租房，那么简陋窄小，和你每次回家描述的生活完全不一样，你知道吗，我哭了好久，我没有拆穿你，但我心里真的好难受。"苏勤说着，哭了出来。

原来苏勤一直都知道苏劲伪装的幸福。

苏劲还能说什么呢，她就像是一个活在自己编制的公主梦世界里的灰姑娘，她的水晶壳被打破，原来她还是那个穷困不堪的灰姑娘，她从来都不是公主。打落了牙齿也要吞下去，强颜欢笑，为的就是周围人快乐。

她曾经拼命工作，加班，目的就是要多挣些工资和加班费，她的工资越来越高，她越来越节俭，但钱却越来越不够花。

张赫名也间接说过她，不该对父母说自己每月挣几万几万，住得

多好，穿得多好，让她父母以为她多有钱，她的钱有多轻松就挣到，现在，每当父母张口要钱，她只有给。

她倒觉得这样也好，毕竟父母可以不用那么大压力了，钱不够就能和她开口，而且都是该花的钱，父母也没有拿她的钱吃喝玩乐，都是用于家里的建设，她那老实巴交农村的父母也珍惜钱，再怎么着也没乱花过女儿一分钱。

和苏勤的这次见面闲聊上升成了爱情和人生的价值观世界观，姐妹二人没有谈到一块去，都有些心存芥蒂和不愉快，但苏劲是理解妹妹的，她也怪自己，是自己的经历让苏勤有了过度的紧张，苏勤似乎生怕自己将来会和姐姐一样。

苏劲只希望妹妹一辈子幸福踏实，也不想她嫁给多富有的人，给家里多大的回报。

俞思倒越来越生动了，在陆清的糖衣炮弹鲜花烛光晚餐的浪漫围攻下，俞思的心渐渐倾向了陆清，也带着陆清回家见了父母，张赫名和陆清是好朋友，苏劲也很希望看到这个局面，四个人偶尔坐在一起聊聊天，彼此之间都是好朋友，多好。

应该大多数女人都喜欢自己的闺蜜能和自己丈夫的好哥们在一起恋爱结婚吧，这样会有种更亲的感觉。

听俞思说过冯小春，每天都泡在大学的图书馆，啃着方便面和馒头，渴了就随便喝点水，几乎没有任何生活质量，已经完全是书呆子了，为了考研，真是什么都不要了。俞思说她和冯小春分手之后，倒也渐渐能理解冯小春了，他是农村的孩子，吃过很多苦，从小学到中学，都是每天早上走一小时的山路才能走到学校，好不容易考上了大学，她也是喜欢他的书生气和刻苦用功，尽管他其貌不扬，俞思就是欣赏他。他的父母对他寄予了太高的希望，他认为只有考研才是唯一的出路。或者，他根本都不敢走入社会，他害怕现实，一旦现实和理想失衡，他就会选择逃避，也许读书读了太久，他害怕打破那个象牙塔的美梦。

　　人各有志，苏劲只能用这四个字来解释。不过俞思的不孕，确实也是一个很重要的因素，农村的家庭，更把传宗接代看重，俞思吃着中药，慢慢调理，她爸妈不知怎么晓得俞思为冯小春割腕自杀一次之后，更加痛恨冯小春。

　　很巧的是，俞思的妈妈竟还碰到过苏劲婆婆一次，在李雪芝的面前那是大赞苏劲，说自己的儿子俞睿要是能娶到这么好的媳妇就好了。李雪芝回来告诉了苏劲，不过她并没有多么的高兴，还说俞思的妈妈是针不扎在自己身上不知道疼，站着说话腰不痛。

　　苏劲都是听听而已，不放心上。这些话要是都放心上，那她不早就气死了。人好不好也不是靠别人说的，不管怎么样，婆婆终是接纳了她，她还是感激，她只希望自己尽心，能够用真心来打动婆婆。

第九章

婚姻是围城

平静的生活没持续几天，新的矛盾爆发了，原因就是苏劲和妈妈在客厅里谈着家里房子装修的事，正巧李雪芝下班回来，胡秀也没多想，就说着儿子的房子装修得是多么的漂亮，李雪芝随口一问说："这装修得不少钱吧，我也想装修来着，一怕花钱太多，二是苏劲怀孕，装修的话还要搬家。"

"噢，我那装修前前后后花了七万多，好在你们支援我们，不然还真装修不起来。"胡秀脱口而出，本想着说句感谢的话来让李雪芝高兴一下，她是以为张家人都知道苏劲和张赫名拿了五万块钱的事，既然话都赶上来了，她肯定要提一下这钱来表达谢意。

苏劲一下就明白出错了，接过话说："应该的，我和赫名也就是帮着在网上找了一些设计的装修图纸，也没做什么。"

胡秀倒没反应过来，说："你们拿了五万块钱啊，亲家母，这事还真谢谢你，不然我儿子哪能这么快就要张罗结婚呢，我儿媳妇不错，特精明能干，我儿子憨厚忠实，正好互补。"

"五万块钱？苏劲，你是不是该好好解释一下，这五万块钱是怎么回事，我和你公公什么时候同意过你们拿五万块钱给你大哥装修房子了？你当我们张家是开银行的啊，你以为你嫁的是富二代，嫁的是豪门啊，你动不动就几万几万往你家里寄，你这是来我们张家搬家的吧，我看要不了几天这房子都能给你卖了！"李雪芝气得不轻，上一次两三万块就这么寄回去了，先不说每月零散往河南娘家寄的吃的用的，就说这一笔笔的大数目，够把李雪芝气晕了。

"妈，这话说的太难听了，我没有用张家的钱，我用的是我自己挣的钱，我的工资，我借给我爸妈，有错吗？他们生我养我，靠种地供我念书有好的工作，我回报我的父母，错了吗，难道让我在这里住着舒适的房子吃着燕窝，自己的父母在乡下面朝黄土背朝天地干农活吗？您看看我妈妈的脸和手，再看看您的脸和手，我妈妈穿的衣服，再看看您穿的，我父母够辛苦勤劳了，我做一点事尽一些孝心，我错了吗！"苏劲直视着婆婆，心痛地问。

"你没错，是我错了，我就不该答应你过门的，要不是看孩子分上，我才不会让我儿子娶你这个败家的媳妇。不过如果早知现在，我当初就算知道你怀孕了我也不会让你做我们张家的儿媳妇！你怀胎十个月，你整整往你娘家送了十万多，你每个月工资才多少点，除去家里开支，你一个月就存个几千，十多万也是你几年的积蓄，以后孩子样样都要花钱，你想过你和张赫名的未来没有！你要是心还在那个娘家，你就回那个家去！"李雪芝冲动之下，打开门说。

苏劲没想到自己还有几天就是预产期，居然会被婆婆赶出去，她自认为自己没有错，为什么要走。

她坐在沙发上，说："这也是我的家，我不走！"

李雪芝点点头，移开花瓶，找到那张《张苏婚前平等协议》，李雪芝念着说："第一条：房子，车子等凡是经公证处公证是属于婚前财产的，在婚姻有效期间内，乙方拥有享用的权利，当婚姻解除效力，那么房子车子的所有权利与乙方无关，乙方因在甲方提出的时间范围内离

新式8090婚约

开婚前财产的范围。第二条：婚后，甲方（张赫名）和乙方的工资属于夫妻共同财产，任何一方进行支配，尤其是数额较大的支配，单笔一千元以上，都应该建立在甲方（张家）乙方共同商量的结果上才可以自由支配。乙方不得擅自将夫妻共同财产送出，借出，未经甲方同意，后果将直接影响家庭内部和谐。第六条：家庭饮食要顺应母亲李雪芝的安排，不得挑三拣四，饮食差异和生活差异乙方要自我适应，不得以此制造家庭矛盾。第七条：甲方在第二条的范围内，可以对乙方的哥哥，妹妹，以及家庭做出适当的帮助。"李雪芝念完后，望着苏劲说："你这四条，我帮你重申一遍了，我想你妈妈还没有听明白，首先，这房子不是你的，你不要误以为这是你的房子，还有，你和张赫名的工资是属于夫妻财产，你不得擅自安排，你的饮食习惯要尊重我的安排，你可以适当对哥哥和妹妹进行帮助。是适当进行，没让你隔两月就拿出好几万，我们家经不起你这么败。"

胡秀听得云里雾里，但她是意识到自己说错了话，她是知晓厉害的人，这时候，总不能让女儿被逐出家门吧，胡秀道歉着说："别怪苏劲，要怨就怨我和他爸爸无能没用，牵累了她，她是个苦孩子，孝顺，我也不知道这钱没经过亲家你们的同意，我以为是同意的，要不这样，我马上打电话回去，让我家老头借钱凑过来，把钱还上。"

"妈，这时候让爸去借什么钱，自己女儿的钱都借不得，还能问谁借钱？这事，我和赫名是商量过了的，我等赫名回来再说。"苏劲说。

李雪芝没想到儿子也是知道这件事的，说："赫名也知道？你这个女人，到底给我儿子吃错了什么药，每天就见他把你伺候得像什么样的，无所不能地宠你让你，把你宠上天了，这家底都被你掏空了，这日子真没法过了啊，我真后悔啊，我这是害了我的儿子，再过不了多久，我看我们这个家也就破产了。"

李雪芝声音绝望，万念俱灰一般。

"只是五万块钱，我说了很多遍了，我用的是我自己的钱，不是张家的一分一毫，难道非要扩大事态的严重性吗，好，那我这就叫我爸爸去借钱，把钱借来还上。妈，你去打电话，让爸凑钱。"苏劲硬着嗓子说。

胡秀拿着手机走到阳台上打电话。

"满意了吧，您一声令下，我爸妈就腿打哆嗦也要把钱还上，我这个做女儿的，不孝，只希望你这位婆婆，能够心安理得高枕无忧。"苏劲一字一句，冷冽地说。

眼瞅着快到张赫名下班的点了，李雪芝突然就哭了起来，这是苏劲第一次见婆婆哭，她想着自己和妈妈都委屈着没哭呢，婆婆倒先哭起来了，李雪芝哭着说："我对你怎么样，燕窝炖着端给你吃，变着法做好吃的给你，伺候着你，你家里的人回回来都没空着手走，我还要怎么做才能让你满意，你也不能因为孩子，就恃宠而骄，这样欺负我吧，我再怎么着，也是你婆婆。现在你娘家妈妈也来了，你们母女俩一唱一和，我能找谁说……"

"妈，您这是干嘛，哭什么，不就为了五万块钱，我都说了马上还来，补上，还要怎么闹，这家还安宁不安宁，这日子还怎么过。"苏劲急了，只好又好言劝着婆婆，"都是我不好，我不该这么做，下次我做什么事都事先和您说，和您商量，您别哭了，求求您了，妈，我知错了。"

"我委屈啊我，别人娶儿媳妇，我也是娶儿媳妇，我怎么就像是娶了一个妈回来，我受够了，我真的是受够了！"李雪芝凄凉地说，她哭得都和别的女人不一样，那种知识女性含蓄的哭，委婉的言语，倒显得是受到了天大的委屈还在努力隐忍。

苏劲是见识到了这个婆婆的涵养性，她不会动粗口骂人，她会的就是用她的理论和涵养来压死你，你和她辩论，永远都只会显得你自己没有修养，蛮不讲理。倒不像农村里的婆婆，咋咋呼呼骂几句也就过去

了，她这是软刀子，直扎心窝。

张赫名开门进来，吓了一跳，还以为家里出什么事了，扶起蹲在地上哭的妈妈，说："妈，出什么事了，怎么哭了？"

"赫名，我们借五万块钱的事，她知道了。"苏劲垂下头说。

"就为这事啊，妈，人活着为钱哭是最不值当的，这点你还想不开啊，都是一家人，谈钱伤感情，快别哭了。"张赫名轻柔地说。

"我不是为钱哭，我是为你哭，为这个家哭，咱家自打娶了她，就没安生过几天，无底洞啊，我就你这么个儿子，我却没替你把好关，把你推进了火坑里，这以后，你的负担和压力该多大？你一个人养了多少人你知道吗，别人的儿子都是娶了媳妇日子更好过，你这媳妇娶回来，就是娶个大母耗子，专往娘家扒拉油水！"李雪芝见儿子护着自己，也就什么话都直说了。

苏劲听到大母耗子这个比喻就气不打一处来，也懒得哄了，起身就走，胡秀打完了电话，说："你爸说这就凑钱给打过来。"

苏劲瞧着自己妈妈的胆怯卑微样子，像是给女儿闯了极大的祸事，苏劲也心疼妈妈，拿起电话，就给家里打过去，电话一接通，就说："爸，别去借钱，这钱你别打过来，是你女儿自己的钱，你花女儿的钱天经地义，谁也管不着，我告诉你啊，别打，你要是打钱过来，我就再也不回去了。"

苏广宏也不知道事情闹得多严重，就只有对苏劲说："可别生气，你都快生了，怎么捅出这个事来了，都怪你妈，我就知道她那个嘴不严实，临走前还让她少说话多做事，说多错多。"

"不怪我妈，只怪我当初不该嫁过来！"苏劲说完，挂了电话。

"是，你不该嫁过来，我也不该娶你过门！"李雪芝大声说着。

张赫名责备着苏劲："你怎么不懂事呢，少说一句不行吗，非要惹得两个妈都生气才好，你回房间去吧。"说完对岳母说："妈，你也别难过，不怪你，你好好陪着苏劲，她这关头上了，真激动不得。"

张赫名为难极了，一个是即将临盆的妻子，一个是第一次见她哭的母亲，他两边都心疼。

"我从来都没在你面前哭过，这次，我是被你老婆气哭的，你记着。这婚约我看也没用，她哪有执行过，这家的女主人就是她！"李雪芝说完，就要去撕墙上的合约。

忽然，苏劲捂着肚子就蹲了下来，直喊着肚子疼，额头上的汗珠豆大颗往下落，疼得直叫，胡秀见状，大喊："不好了，这是提前要生了，快送去医院！"

"我去开车！"张赫名拿着车钥匙就要往楼下跑。

"你开什么车，赶紧打120，这附近有妇产科医院，几分钟就能到了，她这样子，哪能动她，得担架抬着。"李雪芝说完也紧张了，顾不得刚才的争执，忙跑过来扶起苏劲，关切地问，"苏劲，怎么样，疼吗，别慌别怕，我和你妈妈都在呢，我们这就送你去医院，是要生了，这是好事。"

张赫名打了120救护车之后，吓得不知如何是好，看着苏劲痛，他都要哭了，哽咽着说："苏劲，我在呢，医生马上就来了，救护车五分钟就能赶到，我知道你疼，你疼就抓我，忍忍。"

"赫名，送我去医院……这附近的那家医院……太贵了……浪费钱，去人民医院。"苏劲强忍着说，眉头因为疼得都皱到了一块儿。

"傻瓜，还心疼什么钱，你和孩子最重要，贵就贵些，多大事呢。"张赫名说，把苏劲搂在怀里，李雪芝找来厚厚的毯子铺在地板上让苏劲躺着。

"苏劲，钱不是问题，别往心里去，都是我不好，这时候和你吵架，医生马上就来了。"李雪芝说。

"妈妈在这儿，不怕，疼一会儿就过去了，生下来就好了。"胡秀掉着眼泪说。

苏劲被腹部传来的阵痛刺激着神经都快要麻木了，她牙咬着嘴

唇，将嘴唇都咬出血了，手指甲抓着张赫名的胳膊，指甲嵌入张赫名的肉里，一阵阵的痛冲击着，她忍不住呻吟喊着痛。

全身都被汗湿了，痛得除了痛一种知觉以外，再无别的感觉。

救护车赶到楼下后，引得小区很多人都围观，苏劲被救护人员用担架抬上了救护车，救护车呼啸着往医院赶，李雪芝和胡秀坐在救护车里，张赫名开着车跟在后面，张赫名的心被悬到了嗓子眼，只是在心里一遍遍念着：保佑母子平安，苏劲一定要没事啊，加油啊。

苏劲直接就被推进了产房，李雪芝心里内疚，怪自己都忍了这么久了，怎么就没忍住，胡秀心疼女儿，责备李雪芝："就是你，就是你害的，这还没到预产期，怎么就早产了，不是你和我女儿吵，会发生这事吗！"

"我也不想啊，我对苏劲哪点差吗，要不是你们这些娘家人不会做人尽会给女儿添麻烦，也不至于会闹得我和苏劲总争执吧，你不来还好，你一来我们家就被你弄糟透了！"李雪芝说。

"好了好了，别吵了，苏劲在里面还不知道怎么样，你们还吵。"张赫名烦躁地说，他生怕苏劲会有三长两短啊，太突然了。

医生从手术室里走出来，神情严肃，要孕妇的家属签字，孕妇胎位下滑不正，出现早产难产，大人和孩子都有生命危险，现在要在手术协议上签字，不然大人小孩都保不了。

李雪芝差点没晕倒，胡秀也吓蒙了，哆哆嗦嗦拉着医生说："保大人，一定要保住我女儿，孩子可以再生，我女儿只有这一条命啊……"

"那谁来签字？"医生冷静地问。

"我是她丈夫……我来签字。"张赫名说着，拿起协议，一条条看下来是没时间了，他只看了那最触目惊心的几条，手术可能的意外和死亡几率，张赫名手都颤抖了。

"时间等不及了，要签字，我们才能马上剖腹手术，再迟了，真恐怕大人小孩出不来了！"医生绝对不是危言耸听。

"我签字！我签……医生，保大人，孩子保不住没事，我老婆一定不能有事。"张赫名几乎都要跪下来了。

李雪芝喘着气，说："不，我的孙子，我的孙子也要保住，我孙子也是我的命啊。大人要保，小孩也要保住。"

医生说："我们会尽力，请你们在门口等待。"

难产这一词，太可怕了，张赫名想都不敢想，最担心的事居然发生了，苏劲平日里那么健康，检查结果也都是一切正常，怎么会胎位不正，难产？想来想去，也就是因为吵架的缘故情绪激动受到了巨大的刺激。

现在也不是追究谁的责任的时候，只能默默坐在门外，陪着苏劲一起挺过难关。

张赫名脑子里全是苏劲微笑的脸，她说她叫苏劲，有劲的劲，她可有力气了，大学拔河比赛，她总是站在绳子中间的第一个，她参加跑步总是第一名，她看起来瘦瘦高高，却总像是有使不完的劲，那么有朝气，再辛苦，也从不叫累，总是给张赫名一个美丽的笑脸，她说她有的是劲，她不累。

"苏劲，你要加把劲啊，你是最棒的，老公在守着你，不会有事的，不要怕。"张赫名低声说，他希望手术室里的苏劲能够感应得到。

此时，苏劲已经全麻醉，毫无知觉。

医生和护士都在有条不紊地进行手术，只是照目前来看，孩子能存活的希望是不大了，不能让孕妇大出血，手术的时间较长，孩子可能还未出来，就已经死亡了。但这已经是将危险降低到最低程度了，再一耽误，大人小孩都保不住。

直到手术灯灭了，张赫名也没有听到那一声清脆的啼哭，他已明白了，孩子是没有了。当手术门打开，医生无能为力地说："对不起，我们尽力了，大人是没事了，还需要观察，孩子没保住，我们剖腹后，

孩子已经窒息死亡了。"

李雪芝听到这个消息，如同晴天霹雳，抱着的最后一丝希望也破灭了，她险些晕厥，被张赫名搀扶着，她有气无力地问："医生，能不能告诉我，是男孩，还是女孩……"

"是个男孩子，发育得很健康，难产的原因我们会去看之前的检查结果来调查，给你们一个说法，不过按照正常来说，是不会有这种事的，是不是孕妇遭遇了什么打击和碰撞？"医生问。

李雪芝摇摇头说："是个男孩，我的孙子，我害了我自己的孙子……我想看他一眼。"

苏劲从手术室被推了出来，胡秀忙跟着，摸着苏劲苍白的脸，还未苏醒，哭着说："女儿，是妈妈连累了你，是妈妈错了，你一定要好起来……"

李雪芝被医生带进了手术室，去看那还未看一眼这世界的美好就夭折了的孙子。

几秒钟后，李雪芝嚎啕大哭的声音传来，这哭声，令张赫名心碎。

苏劲醒来，从身边人的眼神中，已经读出了什么，她不敢相信，眼泪顺着眼角往下流，问张赫名："孩子呢，我们的孩子在哪，我把他生出来了呀，他在哪里……"

张赫名握着苏劲的手，按住苏劲激动的挣扎，说："苏劲，听话，你刚做完手术，不能动，我已经很痛心了，我不能再失去你了，就是为了我，也要振作，不要伤害自己。我们还年轻，孩子还可以再生。"

苏劲撕心裂肺的痛，被张赫名按在床上死死的，直到护士来打了一针镇定剂，这才冷静下来，剖腹过的伤口出了血，医生赶紧处理伤口。

苏劲后来回忆，那种失子之痛不亚于让她死过一次，她之后每次想到此，就会心如刀割，她麻木到自己都不清楚是怎么混过了那一个月。那一个月，如同神经麻痹了一般，躺在床上，除了吃就是喝，再就是流眼泪，朋友同事来看她，她也如同没见着一样，苏勤总陪在她身边，赫名也整夜陪着她说说话，她想了很多，都是自己怀孕时候那种踏实感。那个小宝宝，那么真实存在在她的腹中，却没有来得及睁开眼看这个世界就离世了。她内心里是怨恨婆婆的，如果那晚没有爆发争吵，她没有情绪失控，也许就不会突发状况。而事已至此，都是一家人，说谁对谁错，还有什么意义？

苏家到底还是凑了五万块钱，还给了李雪芝，胡秀在苏劲出月子之后，才不放心地离开了北京，临走叮嘱苏勤要常来照顾姐姐。

苏劲开始上班，张赫名总陪着她，她慢慢地也开始从伤痛的阴影里走出来，在和张赫名促膝长谈之后，她也接受了两次心理医生的辅导，状态才好了些，也逐渐有些生机活力，他们计划着再要一个宝宝，医生给苏劲做了检查，庆幸的是她的身体已无大碍，只要好好休养，接下来就可以准备怀孕。

这多少是给了苏劲很大的希望。那个孩子终究还是没有保住，但她和赫名的生活还要往下过。

在那一段时间里，婆婆也变得很沉默寡言，她也悲痛，因为之后她看到了那个孩子，苏劲问过婆婆，孩子可爱吗，李雪芝眼泪直掉，说太可爱了，如果活着，现在都一个多月大了，都会朝着她笑了。

这对苏劲和张赫名的婚姻来说是最大的打击，整个家庭都笼罩在悲伤的气氛中，尤其是李雪芝，她心里，是有很多怨气和不满的，她对苏劲对苏劲的娘家人，都反感厌恶，认为如果不是胡秀来了，就不会出这件事，那她已经抱着孙子尽享天伦了。张音正也只有宽慰妻子，儿子儿媳都还年轻，这次是意外，谁都不想发生这个意外，大家都很痛苦，过去的事只有过去了，朝前看，好好照顾着苏劲最要紧。

李雪芝觉得自己无法过这个坎，她太累了，当初就是因为苏劲怀

了身孕才答应了婚事，签了婚前协议，纵然苏劲多少次违反了婚约，她也都忍气吞声，处处照顾着苏劲，最好的补品第一件事想的就是给苏劲，苏劲不乐意见到卓惠娜，她就不让卓惠娜来，苏劲想见妈妈，她就把亲家母接来住两个月，还要怎么样伺候，结果，孩子出了意外。

"我觉得我被欺骗了！我们张家是欠她的，娶她回来，就是给我们家添一桩桩麻烦的！"李雪芝凄凄艾艾地数落着。

"苏劲难道想这样吗，不都怪你，定什么婚约，都是一家人，约束什么，苏劲娘家有难处，咱们理所应当多帮帮，那可都是她的父母，是她的至亲，你非要她嫁进这个家，就连自己的血脉亲情都割舍吗，就为了那五万块钱，把家里吵得乌烟瘴气，不然的话，苏劲会出事吗！"张音正言词犀利批评着妻子，她怎么到现在还没有明白错在哪里。

"是的，都怪我，忍了那么多天了，为什么最后几天就没有忍住，我看，是老天注定的吧，是她和咱儿子没缘分，他们俩不如趁早散了，我现在一见她我就伤心。"李雪芝说。

张音正说："别说混话，孩子还可以再生，不能去破坏儿子和儿媳妇的感情，事情都过去两个多月了，苏劲气色也好不少了，就让这事淡忘吧。"

李雪芝表面上没再多说什么，正好也退休在家了，每天苏劲和张赫名下班回来，她都会把饭菜做好，表面上做的是最佳婆婆。

苏劲的心慢慢被感化了，也内疚自己之前很多问题上没有处理好，换位思考，自己背着张赫名的父母将钱打回娘家，起码第一点就不够尊重公婆，虽然钱是自己挣的，但也是从一个家庭角度来考虑，结婚了就是两个家庭的事了。在为期三个月的心理辅导下，苏劲的心也明朗豁达起来，笑容也多了，张赫名这才觉得自己的老婆终于回来了。

他们经历这场变故，共同承受痛苦之后，感情更加深刻，共患难比共享福的婚姻要牢固些。

张赫名会开车载着苏劲出去玩玩，吃吃烛光晚餐，一些浪漫的情调，送花，给惊喜之类的，为了整个家庭的团结美满，苏劲和张赫名在开始计划造人。这一次苏劲慎重了，考虑到自己有些营养不良，她提前三个月补充钙和维生素、叶酸等孕妇必需的营养元素，积极为怀孕做准备。

恐怕最高兴的人，就是卓惠娜了，爱情是自私的，她觉得自己的机会来了，她开始继续和干妈走近，也常给张赫名打电话，言语娇滴滴的，透露着无限的诱惑，苏劲实在无法想象卓惠娜看起来一个正常的女孩子怎么做的都是不正常的事。

比如卓惠娜拍了一套写真，尺度比较大，就兴冲冲地拿到张家来，给干妈看，李雪芝看了大赞卓惠娜的身材好，该有肉的地方都有肉，以后肯定好生养。苏劲坐在一边听得都觉着耳朵刺痛，就回了卧室。

卓惠娜撒着娇，拿着照片走到张赫名面前说："赫名哥，你看我美不美，你看嘛，摄影师都大赞我身材好呢！"

张赫名看都没看一眼，眼睛对着电脑敷衍着说："美，你哪会不美呢！"

这一说，卓惠娜还来劲了，用手机很快就传了几条彩信给张赫名，都是她的照片，又拿着张赫名的手机将手机的墙纸和屏幕保护都设置成自己的照片，她在通讯录里的来电提醒头像也是她的照片。

晚上苏劲无意间就看到张赫名的手机，这一看不要紧，苏劲是气得不得了，叫嚷着说："好哇你张赫名，你是要造反了吗，太公然了吧，手机的墙纸，屏保都是卓惠娜的性感照片，还要不要我活了，改明我也去找个帅哥的性感照来给你看看，行不？"

张赫名连连称冤枉，说："我都没碰手机，我哪知道她拿了我手机在那设置什么，我改过来不就得了。"

张赫名设置了一下，将墙纸和屏保换成了风景画。

过了会儿，卓惠娜的电话就打了进来，又见那个照片，苏劲按掉

电话，三秒钟就删除了所有的照片，包括卓惠娜的电话号码都删除了，苏劲说："切，还自己输入自己的昵称为NANA宝贝，要不要这么恶心啊，赫名，只有我才是你一个人的宝贝。"

张赫名忙不迭点头说："当然，我眼里只有你一个女人，谁都比不上我媳妇美！"

这边苏劲拿着手机对着镜子大摆S造型，解开三粒衬衫纽扣，挤了挤小胸，胸再小挤挤还是有乳沟滴，她手指伸到唇边，做一个咬嘴唇的动作，挤着胸，含情脉脉诱惑的眼神，对着镜头拍了一张。

很快，这张照片就成了张赫名手机的墙纸和屏保，害得后来张赫名每次都不敢乱放手机，自己老婆的性感照，可不能给别人看着，老婆的性感美是最私密最柔软的隐私。

偏让人无语的是，婆婆居然拿了一张胸部喷薄欲出的照片要挂在墙上，本来墙上挂的是苏劲和张赫名的婚纱照的，现在就挂了一幅卓惠娜的惹火照。张音正为此还说了李雪芝，好端端挂卓惠娜这姑娘的写真在家里做什么，李雪芝说这是自己的干女儿，她觉得极美，这是艺术，挂在家里赏心悦目。

每当苏劲走过看到那张照片，就有摘下照片扔进垃圾桶的冲动。

她揪着张赫名的耳朵问："你给我说实话，你有没有偷偷看这张照片，有没有一点点动心过？"

张赫名求饶说："老婆大人，我哪有看过啊，我一眼都没去看过，我看她还不如看你，我可是把她当自己亲妹妹看，要是哥哥看自己妹妹的写真都能动心蠢蠢欲动，那不是畜生了吗？"

"你是不敢看啊，还是不想看？你把她当妹妹，她倒没把你当哥哥，你看吧，这个月都来咱们家五遍了，这是要把我们家门槛踏破吗，学刘备三顾茅庐求贤诸葛卧龙，我看啊，她是不闹到我们离婚鸡飞蛋打是不罢休的。"

"她也就是来陪我妈说说话拉拉家常，她工作清闲，无聊得慌，你要是不想看到她，我就让她别来咱家。"张赫名认真地说。

张赫名的态度是让苏劲信任的，她只是见不惯卓惠娜和婆婆那股亲昵的样子，像是特意在做给她看似的。她也不是笨人，她也可以在卓惠娜面前和张赫名亲密无间，喂喂彼此东西吃，她也要让卓惠娜气倒。

就是要大秀恩爱，苏劲想着等三个月的叶酸服满了，就不再避孕，只要再生一个健康的孩子，婆婆对她的态度就会好了。

苏勤大二的学费没有让苏劲来掏，她自己做兼职存下来的钱，用来报名，苏劲对此很歉疚。

苏劲去了一趟苏勤的大学，和苏勤在学校的小公园里坐了一下午，聊着将来的人生和梦想。

苏劲说："我的梦想很好实现，就是家庭美满幸福，工作顺利，今年能怀上一个健康的宝宝，到明年就能抱着孩子在怀里哼摇篮曲，做张赫名的贤妻良母就好，咱爸妈身体健康，和和气气，我也就踏实了。"

苏勤说着自己的梦想，她说："我将来呀，就想着有一份自己喜欢的工作，然后，想吃什么就买得起，想穿什么就不用犹豫地能拿得出钱，反正不用为钱发愁就好，最好是找一个成功的事业型男人，他有自己的公司，开着名车送我回河南，在那个小镇上，让咱爸咱妈倍有面子。"

"那艾好呢，你们吹了吗？"苏劲问。

苏勤眼神有些黯淡，说："我和他是不可能了，他不能给我想要的人生，现在我们都很少见面了，就说让彼此先冷静一下，我想和他提分手呢，只是我有些于心不忍，我是喜欢他，可我和他是不会有明天的，我喜欢他这个人，但他给我的人生不是我喜欢的人生，他没有房子，没有车子，你说，光有爱情，多寒碜人。爱情是不能穷酸得起呀。"

"现在有几个事业成功有房有车的男人没结婚生子，那样的男人

要是又优秀又单身，你帮姐姐也找一个吧。"苏劲玩笑着说。

"好啊，我做家教就认识不少单身的优质男人啊，住着豪华别墅，开着保时捷，我们那的人一定不知道保时捷，他们只晓得什么宝马奔驰是好车，没事，他也还有辆奔驰商务车，要是和他一起回家，你说我们爸妈脸上多光彩！"苏勤向往地说。

苏劲推了推苏勤说："看你白日做梦呢，这样的男人没结婚吗，噢，你说做家教认识的，那都有孩子了，你就别想了。"

"不是啊，他离婚了，孩子也是个女儿，十岁了，很乖巧，总喊我苏老师，我特喜欢那女孩儿。"苏勤倒一副认真的样子。

苏劲担心了，说："苏勤，你也只能是说说而已，离异带孩子的男人再有钱再优秀咱也不能要，你都还没结婚呢，才上大二，多大点啊，未来的路还长着呢，你又不是有什么缺陷，别找二婚的男人。一个男人能离婚，那肯定是他自身有问题。"

"他不是啊，他说他前妻太懒了，成天打麻将也不带小孩，脾气也不好，花钱大手大脚，两个人性格不合才会离婚的。"苏勤解释着。

"别再说这个人了，男人都是这么说自己离婚的理由的，性格不合是借口，老男人就爱说这些话来哄你们小姑娘。姐姐告诉你啊，和他离远点，老老实实学习，就算不和艾好在一起，也不能打离异男人的主意。"苏劲告诫道。

苏勤点点头说："我也是随口说说，我知道的。"

但是苏勤回到宿舍之后，一个人静下心左思右想，并不觉得姐姐说得有道理，她认为苏劲是过于偏激了，她的脑子里都是自己想要的人生画面，她想到姐姐嫁到张家后受到的委屈，她不能像姐姐那样窝囊，她下定决心要和艾好分手，分得彻底。

和艾好分手的晚上，晴朗的天忽然下了雨，在风雨交加的公园里，艾好淋着雨，哭着在苏勤身后说：如果有下辈子，我们做一对小鸟，我筑巢，我搭窝，这样我就可以给你温暖的房子！

这句话让苏勤泣不成声。

她怎么会不喜欢艾好，他那样乖而腼腆的清秀男孩子。

我们不是不相爱，我们只是相爱得太艰难。毅力不够，最后就会分手。

过了几天，苏劲收到了艾好的电话，他约她出来，想要说些话。

在星巴克苏劲见到了艾好，这个和她从小就一起长大的男孩子，印象里总是被苏勤欺负，和苏勤在一起说话就会脸红，也许，他在很小的时候就喜欢上了苏勤。

他穿着白T恤，蓝色牛仔裤，干净清爽，有着校园里涉世未深男孩子所具有的澄澈和单纯，眼神干净没有一点杂念，这样的男孩子，和苏勤多般配。苏劲打心底里觉得艾好不错，是个可以托付的男孩。

艾好说了几句话之后，就眼睛湿润了，说："苏劲姐，我和苏勤分手了。她之前和我提过很多次分手，最后都在我的努力下，我们和好如初，但这一次，我知道，我无法挽回了，她告诉我，我给不了她想要的人生。我只想她给我一个机会，看到我的努力，可她没有等下去的耐心。"

"苏勤不懂事，脾气倔，你和她一块儿长大，你也清楚，过些天我再去劝劝她，她使使性子，过去了也就好了。"苏劲安慰着艾好。

艾好摇摇头，说："这一次不一样，我昨天看到有辆保时捷车停在学校门口接她，她上了车，我听她说起过，那个男人叫郑海威，是她做家教的孩子的爸爸，他们认识大半年了，她之前总在我面前说郑海威出手阔绰，家里的别墅怎么怎么气派，我真担心她会被骗。她和我分手，去追求自己的幸福，我不会怨她，可真怕她犯了糊涂，我现在说什么她都不会听了，苏劲姐，我只希望你好好说说她。"

"她怎么这么傻，有钱男人除了有钱，还有什么好，我会去说服她的，你也别太难过了，她过几天想明白了就好了。"苏劲说着，也很是无奈。

"只要她能真正的幸福，我祝福她。"艾好说完，声音沙哑，强忍着眼泪。

见过艾好之后，苏劲的心有些沉重，她不知道怎么去对苏勤说，她不想起到反作用，现在的90后谈恋爱，你越是反对她越是当真，来个轰轰烈烈奋不顾身。

"我们都是过来人，你管不住的，她有自己的是非观，也只是点拨一下，说再多也要她真从内心里接受才好。"张赫名对苏劲的担忧认为是没必要的。因为苏勤不是那种小女生，她比苏劲看起来还理智还坚定，自主性很强，认准的事谁也改变不了。

"当初我爸爸妈妈还反对苏勤和艾好在一起，嫌艾好家里是兄弟二人，农村的，没房子，担心苏勤以后吃苦受累。其实我自己走过这一路，我真觉得，如果给我很多钱，我可能走不过来这个坎了，但是我有你，我有你的真爱，我才能可以有抗衡一切的勇气。张赫名，就算你身无分文要我嫁你，我也愿意，房子车子咱们可以一起挣。为什么苏勤非要走过了弯路才能明白这个道理。是钱来的容易，还是真爱来的容易？"苏劲说。

"老婆，你跟着我吃了这么多苦，你一点怨言都没有吗？"张赫名搂着苏劲，抚摸着苏劲的肩。

"说没有怨言那是假的，但，凡是我只要把你看一看，想着你是最贴心的，想想我们将来会有的美好未来，我就会打消所有的怨言。赫名，你是我最大的甜蜜支撑。"

"我妈有时候做的事让你受委屈了，我也没办法，她是我的妈妈，所以我当着她的面，是一定要护着她向着她，要维护她做长辈的面子。老婆，我心里最疼的人是你。"

"你最疼的人是你妈妈。"

"我妈有我爸爸心疼啊，我的苏劲就可怜了，你在外总是一副女强人的样子，其实呢，在我眼里你就是个小女孩，那个当年在我面前介绍自己说我叫苏劲，不是文静的静，是有劲的劲的小姑娘。"

不怕天崩地裂，唯有爱情挡在面前。

第十章

不信任是婚姻中最可怕的小三

苏勇的婚礼，在镇上热闹且隆重地准备着。苏劲是在婚礼的前一天晚上飞回郑州的，再连夜包车回到家里。此时，新房里已是张灯结彩，浓浓的乡村婚礼的气息，前来帮忙的亲朋好友都凑在一起闲聊或者打麻将，厨房里的厨师也准备着第二天酒席上的饭菜。家里借了一堆盘呀碗呀，村里的人都纷纷来帮忙，充满着喜庆的气氛，这和城市里的婚礼气氛截然不同。

胡秀拉着苏劲，问："赫名怎么没有回来，你大哥结婚，你们也该一起回来才对，这可是咱家最大的事。还有，苏勤怎么也没回来，不是该和你一起回来的吗？"

"妈，赫名工作忙，他现在是总编，不像过去了，事多，他也托我带了他的心意。苏勤临时说学校有事，明天回来吧，她改签了机票。"苏劲说。

"你和赫名有什么打算？别总是忙工作，还要忙忙要孩子啊，上一次，都是妈不好，害得你……你要是争取早点怀上孩子，你也就不用看你那婆婆的脸色了。"胡秀说着，心酸起来。

苏劲说："妈，这多喜庆的日子，提伤感的事做什么。我去找我大哥去，看看这个新郎倌，此时有多激动。"苏劲说着，往楼上走。

苏勇正和几位朋友在安排着第二天迎亲的一些事情，见着苏劲回来了，红光满面地朝苏劲走来，瘸腿似乎都要比往日矫健一些了，人逢喜事精神爽。

"妹，回来了啊，小勤呢？"苏勇问。

"她学校有事，明天到家。哥，不错呀，房子装得很好啊，风格都很时尚，这栋楼也算是名副其实的小别墅了，可比商品房住着舒适多了。"苏劲望了望客厅的装潢，说。

"那这也不能和你们在北京的房子比，你们那是随随便便一套房子都几百万，我这前前后后才花了不到二十万，还有一大半都是你往家寄的钱。说起这个，哥就觉着惭愧，妈回来也说了，孩子的事，都是因为那五万块钱……哥对不起你，有愧于你，我现在是日子好过了，可你呢，就因为顾这个拖累你的大哥，这个娘家，把你害苦了……"苏勇说着，低下了头，对苏劲充满了内疚。

"哥，这是说的什么话，还当我是自家人吗！哥，看着你过得好，我也就放心了，以后爸妈就在你身边，你一定要照顾好爸妈，嫂子我还没有见，明天就能见到了，我相信嫂子也是个勤俭持家贤惠的女人，以后我们一家会越来越好。"苏劲说。

"是是。我听苏勤打电话来说，她和艾家老二艾好掰了，她现在又谈了一个对象，家里条件不错，有房有车，还说要带回家给爸妈过目，我看，说不定明天就带回来了。"苏勇说。

苏劲心里一紧，想，不会是郑海威吧，苏勤找借口说什么学校有事，难不成就是想和郑海威一起回来？

"她还小，知道什么是爱情啊，我看她最近是有些犯迷糊了，我去和爸妈说一说，不能纵容着她犯错，以后等她懂事了，就后悔莫及，还会怪我们没有言语上做好。"苏劲说着，就对着楼下喊爸爸。

苏广宏抽着烟，上楼，见苏劲坐那，连忙熄灭了烟，说："苏劲，回来了啊，快让爸看看，气色有没有恢复好一点。还是那么瘦，是上班太累了还是压力太大，怎么老不见你长好。你要养好身体，孩子是越快生越好，不然你那个婆婆，会把你逼得走投无路的。"

"不至于，没那么夸张啊，爸，我婆婆对我比之前还要好，她不高兴我也能理解。"苏劲苦涩一笑说，"毕竟她当初就不乐意我和赫名在一块儿，也是看在我怀孕的分上才答应的，虽然孩子的意外和她脱不开关系，但她毕竟是没有抱到孙子，偶尔抱怨，怪怪我，我也没什么好生气介怀的，只怪自己命不好。但是爸，你这一次，不能眼睁睁看着苏勤犯错误。本来大哥结婚，我不该说些让你和我妈听了不舒服的话，可我真不放心苏勤，她怎么和一个三四十岁的离异男人有关系，我真为她担心。"苏劲忧心忡忡地说。

"苏勤在电话里和我提过，没说多大年纪和离异，就说是北京人，有房有车有自己的公司，追求她很长一段时间，她就暂时答应了，正好也带回家给我和她妈把把关。我想，年龄和离异这些都是其次，关键看人品。我们父母，就盼着你们做子女的找到自己想要的幸福，我们也能力有限，不能给你们规划多高端的未来人生路，关键还是要靠你们自己走。"苏广宏用黯然无奈的口吻说。

苏劲态度坚决地说："我是绝对不同意她和一个大他一二十岁，离异还带着孩子的男人来往的，她还那么年轻，以后的路还很长远。"

"好，明天见面，你也多劝劝她，还在上大二，该以学习为主，我的建议是，我不主张大学期间谈恋爱，要是谈，我也不反对，你们都大了，文化水平都比我高多了，做人的道理你们比我懂得多，你做姐姐的，就多盯着苏勤。艾家老二我是绝对不同意他们处对象的，你妹妹不能嫁给比咱家条件还苦的家庭。"苏广宏说。

"知道了，爸，我会和苏勤说的。"苏劲心里想着，自己又嫁的是怎样如意的婆家呢，除却张赫名的爱，那个家庭，也没多少温暖可言。时不时有婆婆的教条，婚约，还有卓惠娜这个大蛀虫没事就来挑拨家庭矛盾。

想到这里，苏劲也担心，真不知她这一走就是几天，卓惠娜会不会肆无忌惮地在家里待着不走呢。

张赫名的电话如约而至，自从结婚后，如果她不在他身边，他就要打电话给她，并且是要煲电话粥很长时间才睡得着。

苏劲回到房间里，接了电话，和张赫名说了说家里婚事准备的情况，也提了苏勤的事，两个人很随意地聊着，只是这样聊聊天，苏劲也觉得很幸福。她不在他身边，他会睡不着，会想她。

"老婆，我想你了……想抱着你，吻你……"张赫名压低声音，在电话里说。

"你独守空房要规矩点，不要胡思乱想，等我回来，乖乖的。"苏劲说。

张赫名的房间突然传来阵阵的敲门声，伴随着卓惠娜招牌式的呼唤声："赫名哥……赫名哥！你开门呀。"

苏劲听到了，一惊，问："卓惠娜？怎么这么晚还在咱们家，还敲你的房门，这是要干嘛，刚聊了半天，你怎么都不告诉我她在？难道今晚住家里吗，这可是我的家，我一晚上不在家，她就登门而入，堂而皇之住进来！"

"赫名哥……开门，我有事要找你说！"卓惠娜毫不避讳。

"老婆，是我妈打电话让她过来的，我真是无辜的，我想着又与我没关系，就没向老婆你汇报。那我去开门，看她有什么事，不然没完没了敲门，可真烦人！"张赫名说着，起身下床要开门。

苏劲急了，身不由己，要是此时她在家，看卓惠娜敢不敢夜里敲房门，她下着死命令说："张赫名，我告诉你，你敢开门试试，你要是开门，我回来和你没完！"

“赫名哥，你再不开门，我就生气了……”卓惠娜也发出赌气的指令。

“我就开个门，问她有没有什么事，爸妈都睡了，别把爸妈给吵醒了，老婆乖，我就开个门，我不让她进来。”张赫名小心翼翼地说。

苏劲发飙了，说：“你要是开，我马上就打电话给你妈，我要问问，是怎么遵守婚前约定的，这个月她来了咱家多少次了，我前脚刚走，她就住咱家里了，这是要干嘛，要拆散我们就趁早直说！”

张赫名也被激怒了，说：“你要这么说，那这门我还就真开了，你要这么小气，我开不开门你都要闹。”

张赫名将手机往床上一扔，起身就打开了房门。

只见卓惠娜穿着睡衣，噘着嘴，长发散在肩上，抬起胳膊，指着胳膊上一个小红包娇滴滴地说：“赫名哥，有蚊子咬我。你就知道打电话，什么事都要向她申请，我们从小一起长大，你认识她才几年，你和她感情深还是和我感情深，你说！老婆可以离了再娶，青梅竹马从小一块长大的干妹妹你有几个！”

“好了，别胡闹了，我给你电蚊香片，自己去弄，早点睡觉。”张赫名没好气地说。

苏劲握着手机，开着扬声器，将张赫名和卓惠娜之间的对白听得一清二楚，听得她好不生气，整个人都快要气炸了。

“我不，赫名哥，小时候我被蚊子咬，都是你帮我吹吹，帮我抓一抓我就不痒了，我要你吹吹，我要你抓。”卓惠娜明知手机正在通话中，愈发是刻意发着嗲。

张赫名觉着自己全身的鸡皮疙瘩都能掉一地，扫起来有一碗了。

“你烦不烦，我和你嫂子在说正事，你出去！”张赫名也没有了耐心，拿起手机，怕继续下去会让苏劲更加恼怒。

苏劲再也听不下去了，她受够了，婆婆这算是什么意思，这些天，她在家也就算了，卓惠娜隔个两天就来也就算了，这次她前脚刚走，她后脚就住下了，这都是婆婆安排的吧，是要挤走她，要闹得她和张赫名离婚她才满意就是了。

苏劲不管婆婆睡没睡，她是受够了，卓惠娜那样在张赫名的房门前发嗲，也没见婆婆出来说吵到了她，她是不怕吵的吧。

苏劲打了李雪芝的手机。

响了一会儿，李雪芝才迟迟地接通，声音里都是睡意，说："喂，苏劲啊，有事吗，家里你大哥的婚事，准备怎么样，缺什么就说，我让赫名给你安排过去。"

苏劲一时被堵住了，这种关心很突兀，显然婆婆是清楚苏劲正在气头上，以此来说，让苏劲无法开口，她一直都是如此，总是彬彬有礼，说的每句话做的每件事，不管对的错的，都能有她的道理，你是无法挑出她的毛病来的。

这一次苏劲不会那么好打发了。

苏劲直接就绕开这种虚假客套的关心，开门见山问："您是出于什么目的，为什么我刚离开家，卓惠娜就住进家里了，这到底是想要起到什么效果？如果我哪点做的不好，您直接说我就是，别借着卓惠娜阴阳怪调地来打击我，我也不怕。顶多不就是和您儿子离婚，您就满意了。但是，您可要遵守婚前约定里的规定，否则，在和我张赫名婚姻有效期以内，婚约上对我有约束的所有规定，也都没有任何效力！"

"你这是要拿婚约来吓唬我是吗，我一个五十多岁的老人，我做什么事，还要看你这个二十多岁的儿媳妇的脸色吗？我让惠娜来家里，还不是因为你不在家，我觉得很闷，就让她过来陪我，聊着聊着就很晚了，就睡咱家的客房。"李雪芝倒是很会绕，居然说是因为苏劲不在家她觉得闷。

"我看不是您闷，您是怕您儿子闷，怕他孤单寂寞吧！不就是想我和张赫名离婚吗，您放心，只要张赫名想离，我立刻就回来签字，您也就甭用尽心思了，好聚好散，你们张家的一毛钱我都不会带走，我净

身出户！"苏劲说完，挂了电话。

李雪芝被苏劲第一次如此霸气的电话惊得一愣一愣的。

张音正翻来覆去睡不着，说："你这是在做什么，我不管你，是怕越管越乱，可我也不能眼瞧着这个家散了，苏劲是个好儿媳妇，你们之间也是需要时间来磨合，你老这么让卓惠娜来咱家，这算是什么事，她好好的女孩子，以后还要嫁人。"

"她不是对我嚷着离婚吗，离就离，多少女孩子巴望着嫁给咱家赫名，她吓唬谁！本来我让惠娜来是没别的意思的，真是巧合，她要把我想得那么坏，我就坏给她看，自从孩子夭折，我处处都尽量让着她，她是不是太敏感了！"李雪芝也是气头上，说。

张音正说："这就是你不对，我让赫名送惠娜回去。"

张音正起床，叹息一声，说："这个家要是被你折腾散了，你到时候就哭去吧，苏劲是个好儿媳妇，你自己不知珍惜，你要对她有你对卓惠娜的十分之一好，她也会十倍回报你，这孩子懂得知恩图报。"

李雪芝用被子蒙着脸，不再多说。

张音正站在张赫名的房门口，见张赫名正阴着脸让卓惠娜别再吵他睡觉了，张音正说："赫名，都这么晚了，惠娜也不适合住我们家，我们家不像她家的别墅，咱们房子简陋，蚊子也多，你开车送惠娜回去吧。"

"干爸，我今晚不回去，我就住这里，干妈说了……"卓惠娜说。

张音正打断："叫我叔叔，和你说多少次了，别这个干爸干妈地叫，我和你爸爸是战友，关系是很不错，你叫你阿姨干妈是你和你阿姨之间的事，我这个人比较严肃，我不喜欢干爸这种称呼。"

张赫名将极不情愿走的卓惠娜送走。

临走前，卓惠娜还跑去找李雪芝，说："干妈，我不想走，我想留下来陪你。"

李雪芝只好说："你先回去吧，让赫名送你，今天都这么晚了，你爸妈会不放心的，我睡了，也不用你留下来陪我了。"

等把卓惠娜送到家，已经是深夜了，张赫名真觉得累，一路上打苏劲的电话，无人接听，她在忙什么，一定是生气了把手机调成无声放在一边，他了解苏劲，气头上就会这样，等过会儿气消了就好了。

张赫名停车在路边，给苏劲发了一条短信：老婆，别气了好吗，我把她送走了，以后绝不会再出现这样的事，你就原谅我这一次吧。

苏劲睡在床上，反思自己嫁给张赫名的这些日子，她做的哪些地方不够好，会让婆婆这么厌恶她，想方设法让她和张赫名感情破裂才好。也许她最大的错，就是失去了那个孩子，那个可爱的儿子，这是她做的最让婆婆不满意的地方。但孩子的夭折，怪谁？如果没有那张婚前约定，没有那五万块钱，没有那天的争吵，会有保不住孩子的事发生吗？

手机上有二十多个张赫名的未接来电，她都没有接，盯着屏幕望着，想象着卓惠娜待在家里俨然一副女主人高高在上的姿态。是，卓惠娜是富家之女，和婆婆的关系好过母女，她的爸爸和公公还是战友关系，她和张赫名从小到大一块儿长大青梅竹马。

苏劲看到张赫名发来的短信，除了黯然神伤，也别无他感，她太习惯了，习惯婆婆和卓惠娜一唱一和来刺痛她。有时候她真的会吃醋，当看到婆婆和卓惠娜亲昵如同母女靠在一起聊天，织毛衣，她又是多么地羡慕。

她努力做好，可她并不是那种没有脾气的女人，她有她自己的骄傲，她做不到处处都向婆婆妥协，她只有尊重，体谅。

她想到一个最伤感的事实，于是她随手编辑短信发给了张赫名：我在想，如果我死了，是不是我尸骨未寒，你妈妈就要张罗着把卓惠娜娶过门了。赫名，我无法再面对我们的家里总有个妖精在作祟，你必须在我和你的干妹妹之间做出选择，要么我不进那个家了，要么她别进那

个家。

张赫名看着短信，把头压在方向盘上，左右为难，他太清楚妈妈的目的了，他决定要找妈妈谈一谈了。

最欢喜的是卓惠娜了，回到家中见保姆没有把她新买的衣裳熨烫好，起初是大发了雷霆，然后就提着新衣服对着镜子一件件换着穿，她就不信，凭她的容貌和身段，她会斗不过苏劲。

何况，她还有干妈撑腰。

她冲洗了澡，她嗅嗅自己身上的气味，真讨厌干妈身上的体味。委屈自己去取悦一个并不喜欢的女人，只因为她是自己喜欢的男人的妈妈，这也算是一种自我牺牲吧。

苏勇的婚礼上，苏劲第一次见到了自己的大嫂赵静，确实可以用"精明能干"四个字来形容赵静。她个头不高，一米五五的样子，穿着红色小礼服在各个桌前来回敬酒，与人说话也是自有一套。当敬酒敬到苏劲这一桌的时候，赵静挽着苏劲的胳膊说："苏劲，你可真棒，我早就听说你可有本事了，工作好，嫁的好，妹夫要才有才要貌有貌，真是我们全家的骄傲。来，我敬你一杯，以后我和你大哥还有很多地方要拜托你照顾。"

苏劲对大嫂赵静的印象倒是不错，只是憨厚耿直的哥哥乐呵呵站在一旁，苏劲看得出来，以后这个家，一定是嫂子来做主了。

婚礼上，不少人都围着苏劲大加赞美，甚至苏劲的风头都盖过了新娘子，都围着苏劲问长问短，都说以后就算是自己在北京有人了，有事去北京要办，要去北京旅游都可以找苏劲。还有个家里有孩子生病的，是苏劲的三婶，也问北京哪家儿童医院最好，过阵子要是孩子还是病情控制不住，就转院到北京来。

孩子得的病很古怪，也一直没检查出来原因，就是会抽搐，夜里啼哭，委托苏劲到了北京之后去儿童医院多打听打听，联系一下医生。

苏劲均一一点头答应，家里的亲朋好友都当苏劲是有多大能耐的人。

"这是我侄女，叫苏劲，可厉害了，在全世界前四强的会计事务所上班，还是外国人开的，每个月挣好几万。"苏家的亲戚们把苏劲介绍给赵家的亲戚们。

"真是人才，我们赵静是遇上了一个好小姑子了。"赵家的亲戚也大为赞扬。

"是啊，不是我说，赵静嫁到我们苏家来，不看别的，就看看苏劲以后都不会过苦日子，苏劲多能干，苏勤现在也在北京上大学了，谈了个男朋友也是有钱得很，以后苏家这两姐妹就够她哥哥嫂子的日子滋润了。"苏家的亲戚说。

苏劲在一旁听得是哭笑不得。

"我们赵静就是想去北京上班，到时候就指望苏劲安排了。"

当劲遇上了静，苏劲对新嫂子的到来感到了喜悦之外的一丝压力。

艾家的父母也来了，就是艾好的父母，听到说苏勤新谈了有钱的男朋友，艾好的父母脸上白一阵红一阵，艾好的爸爸一个劲灌自己的酒，沉闷不语，艾好的妈妈就低头吃菜。

不知道是谁喊了一声："看，小轿车开进来了，好漂亮的车，是不是苏勤和她的有钱男朋友回来了！"

众人都纷纷从台面边站起来，往院子外面的路上看，一辆黑色锃亮的豪华轿车驶了过来，车里坐的人看得不是很清楚，大家都在猜车里坐的是不是苏勤，有人懂车，看了看车，说这是奔驰，还是豪华版的，我在汽车杂志上看到过，今年的新款，至少得80万。

人群都开始了关于车的议论，在这个小镇上，还从未有过这么好的车开进来，苏勇结婚的车，也是婚庆公司安排的，婚车也就是一辆二十万左右的别克。在大家的眼中开奔驰的一定是有钱人。

　　车越驶越近，大家也渐渐看清楚车里坐着的两个人，坐在副驾驶上的，正是苏勤，开车的是一位穿白色T恤的三十多岁的男人。

　　"苏勤真的找了个有钱的男朋友，还这么有钱，开奔驰！"

　　"太有面子了，这下苏广宏和胡秀不用再种什么大棚了，靠小女儿也就够下半辈子了！"

　　艾好的妈妈冷不丁酸酸地说："也不看那个人多大年纪了，为了钱嫁给大自己十几岁的男人，我看也是钻到钱眼里去了。"

　　"你少说话，走，咱回家！"艾好的爸爸拉着艾好的妈妈，一脸的愤怒，走了。

　　苏劲认为苏勤这次高调回来，是有些过分了，没有事先和她商量一下，就这么开着豪车和郑海威一起张扬而来，炫耀的是什么。苏劲并没有站在院门口等待苏勤，而是拉着亲朋好友们回到座位上，说："大家都继续吃，今天的主角可是我哥哥和我大嫂。"

　　苏勤挽着郑海威的手走进院子，清脆地喊着："爸妈，大哥大嫂，我们回来了，现在来参加婚礼，还不算晚吧。"

　　郑海威也礼貌地打着招呼："叔叔阿姨，你们好，初次见面，多有打扰。正好，是苏勤大哥的婚礼，我们也来得匆促，连夜开车来的，就没多准备，这是我们的心意，请收下。"

　　郑海威双手送上一个厚厚的红包递给苏勇。

　　赵静见状，喜笑颜开，说："未来妹夫真是客气，这派头一看就是生意上的人，开公司的，对吧。苏勤真是有眼光。"

　　苏广宏安排着坐席说："来，坐下说话，刚开席，还不算晚。"

　　胡秀也赶忙去拿上好的茶叶给他泡茶。

　　唯独苏劲一言不发。

　　郑海威看起来比实际年龄要小，也许是苏勤给他打扮的就比较年轻，穿着的是一套白色运动装，运动鞋，那个打扮，像是有钱人去打高尔夫的样子。郑海威坐在桌上，那就像一个领导者，侃侃而谈，和大家说着自己的公司理念，苏勤坐在一旁用仰慕的眼光看着郑海威。

郑海威38岁，某外贸公司老总，离异，有一个十岁左右的女儿叫郑倩倩，前妻是一名律师，这些都是苏劲断断续续从苏勤那里听来的信息。苏勤是90年，才刚刚22岁，郑海威足足比苏勤要大17岁。

有人低声议论，说："苏勤会不会是在外面做了小三，当了有钱人的二奶？"

苏劲听到了，气得不得了，却也无话可说，连她自己，都对苏勤的话半信半疑，如果郑海威还没有离婚，那事情的性质就变了。

郑海威在大家的"关心"下，主动说："我坦白说，我是很喜欢苏勤的，我想娶她，我现在是离异单身，苏勤还在上大学，我等她大学毕业只要她说嫁给我，我就娶她。"

"真是浪漫！兄弟，你够坦诚，来，我敬你一杯！"苏勇举杯敬酒。

"我也敬你一杯，谢谢你照顾苏勤，以后咱们就是一家人了。"赵静说。

"喂，苏勇，你这妹夫比你年纪大，你说你俩谁叫谁哥哥比较好？"大伙笑着问。

郑海威说："自然是我叫他大哥，虽然我年纪大些，但我随苏勤喊，苏勤喊什么我就喊什么。"

"苏勤喊爸妈，你也喊爸妈啊！"大伙笑闹。

苏广宏笑着说："小郑第一次来咱们这里，大家就不要为难了，自有改口喊爸妈的时候，苏勤还在上学，大二，是，这个年纪在咱农村也都准备结婚生子了，她谈了对象领回家我和她妈妈是赞同的，只是毕竟还在上学，就不那么操之过急了。小郑也说了，他等苏勤大学毕业。你们今天喝我儿子的喜酒，我小女儿的喜酒就等个两年。"

苏劲实在被自己的爸爸和哥哥气得不轻，悄然离席，回到了房间里。

　　手机上是无数条未接电话，有俞思打来的，有俞睿打来的，有张赫名打来的，她先给俞思回电话。

　　苏劲："喂，俞思，怎么想我了，和你家陆清在一起恩恩爱爱，还有空记得想我吗？"

　　俞思开心地像是中了彩票大奖一样说："我告诉你一个好消息，我快要开心死了！"

　　"什么好消息，你不会中了五百万吧，那你可要至少给我留一点啊，别花完了！"苏劲说。

　　"不是啊，比中五百万还幸福！你知道吗，我今天去做检查，医生说，我的卵巢早衰在慢慢好转，也许是我吃中药的作用，我月经也正常了，昨天就来了，医生让我这一个月要天天量体温，看有没有排卵，我真的好兴奋，就迫不及待要告诉你！"俞思说。

　　"你打我电话就是为了告诉我你大姨妈来了吗！我这头都快烦死了，不过我早就说过，你是健康的，医生的话只能信一半。"

　　"是啊是啊，我顿时生活又有了希望，哼，正好也因此认清了冯小春的人品。哎对了，我让你捎带的红包交给你大哥了吧，没能来亲自参加你大哥的婚礼。"

　　"那是因为你要替我这个请三天假的人来完成工作呀。你和陆清怎么样，我听你哥哥说，你父母都对陆清很满意，早点结婚吧。"苏劲说。

　　"是啊，要早点结婚，我们计划明年三四月份，春暖花开吧。再说，我大哥还不结婚，我是在给他机会，他最好赶紧把婚结了。我妈总说我是全家的拖油瓶，当初为了把我生下来，全家躲超生，带着我哥躲躲藏藏，计划生育罚款，除了家里的那个四合院，什么都搬走了。现在我长大了，我真不想拖累我哥，他不娶我真不好意思嫁。不过，苏劲，我觉得我哥哥不能结婚，你真的要负一点的责任，当初你来公司上班，面试的时候他就对你一见钟情，本想追求你，谁知你挽着张赫名的胳膊，你都有男朋友了。所以你至少也要给我哥多介绍几个女孩子，以供我哥选择，起码要挑像你这样的女孩子。"

"你就爱胡说，那都是几年前的玩笑话了，你还来当真说起来。"

"反正你是间接拖累了我哥，我若先嫁人，我也是拖累了我哥。"俞思说。

"那是为什么呀，为什么你先嫁人，就会拖累到你哥哥？"

"因为嫁妆啊，我先结婚，我爸妈就会给我准备嫁妆，哥哥也非要给我准备丰厚的嫁妆，其实我真不想要，我希望哥哥先结婚，我们工作都不错，陆清也是有房有车，父母都退休在家有固定工资，我觉得凑合过日子就够了。"

"真是羡慕你，还可以有嫁妆，不像我，结婚连彩礼钱都是我自己准备的！"苏劲说。

这句话被站在门外正准备进来的苏广宏听见了，这让喝了点酒的苏广宏脾气就上来了。

等听到苏劲挂了电话，苏广宏推门就进来，说："苏劲，你和爸爸说说清楚，你们结婚那两万多的彩礼钱，都是你自己一个人出的吗，不是他张赫名，他张家拿的吗？"

苏劲没想到会被爸爸听到，就遮掩着说："爸你问这些干嘛，我出去招呼客人。"

"你给我站住，今天必须说清楚！"苏广宏也是个犟脾气。

"爸，咱晚上再说好不好，等亲戚们都走了再说好不好？"苏劲说完，走出房间。

俞睿的电话打了过来，苏劲接电话，心情不好，语气很冲，也忘了俞睿是自己的领导，说："喂，有事吗！"

"怎么火气这么大，不是参加婚礼吗，该高兴呀。"俞睿说。

"总之一时半会儿说不清楚，家里乱糟糟的，你找我有事吗？"

"没事，就是问问你到家了没，你昨晚一个人包车回去，打你许多电话你也没接。"俞睿关心地说。

这种关心让苏劲焦躁的心情缓和了不少，她说："谢谢你，这时候打个电话来问一下我，我也差点忘了，你是我的领导，我假一结束就回来上班。噢，刚我和俞思通了电话，说到了你的老大难婚事，怎么样，你是不是该给我们一个包红包的机会了，我在你手底下工作三年了，咱们的同事都一拨拨结婚了，我看你也送了不少彩礼钱，你是不是该去相亲了？"

"哈哈，你叫我相亲，我真没这个想法，结婚不着急，我一直也都没遇到喜欢的那个人。"俞睿说。

"怎么可能，你长这么大就没遇到自己喜欢的人吗，我才不信。"苏劲说。

俞睿深沉地说："倒是遇到了一个，偏偏她嫁给了别人。"

苏劲并不是那种听不出话里意思的笨女孩，俞睿对她的关照，以及俞思说的那些话，让苏劲意识到了俞睿曾经喜欢过她，不过那时候她已经认识了张赫名。

很多时候，缘分来得太晚。

倘若她当初选择的不是张赫名，而是俞睿，那现在会不会是另一个家庭生活，她可以和俞思是很好的姑嫂关系，俞睿的妈妈也很喜欢她，至少不会有那么僵的婆媳关系。一切，只因她先遇见的是张赫名。

人生就是如此，你遇见某一个人，做的一个小决定，也许就会改变了你以后的人生，但苏劲从未后悔嫁给张赫名，她也终于明白自己当初本着一心只要能嫁给张赫名就一定好好过日子的念头是多么的天真。

那时她想着只要是能嫁给张赫名，不管吃再多的苦，她都能打拼，都能有干劲。

而现在，当现实的婚约撞上了理想中的爱情，一切都变了味。

苏劲挂了电话，看着欢喜的哥哥嫂子，看着一脸甜蜜的苏勤和郑海威，当初她和张赫名何曾不是如此的幸福模样？

婚姻和爱情，是一母同胞生出来的影子，是魔鬼中的天使。

如《围城》里说的那句，外面的人想要进来，里面的人想要出去。

等到晚上，宾客都散了之后，苏劲这才把苏勤叫到了房间里，郑海威喊了苏劲一声姐姐，苏劲淡淡地说："不敢当，你比我大十几岁，你好意思叫我姐姐，我也不好意思答应。"

郑海威尴尬极了，快四十岁的人了，就这么被苏劲弄得毫无下台的颜面。

还是赵静打着圆场说："二妹最爱说冷笑话，每次说的冷笑话都不幽默。现在爱情至上，年龄不是距离，再说男人大才会疼人，苏勇也比我大好几岁呢，我就喜欢他疼我让着我。"

苏勇拉了拉赵静，给她使眼色，叫她不要多说话，怕惹得苏劲生气。

"姐，你干嘛这么说他！"在房间里，只有苏勤和苏劲姐妹二人，苏勤背对着苏劲，很是不高兴。

"你当初是怎么和我说的，你来真的了，你对郑海威真有感情了吗？你是爱他的钱，还是爱他的人，你才多大，你就学坏！"苏劲也不顾什么好听不好听，直接就说。

苏勤也咄咄逼人，说："我就爱他，我爱他的人，爱他的钱，我有错吗，你没看见今天那些亲戚的眼神吗，都羡慕我！以前咱们家穷，都看不起我们，自从你在北京扎了根，你看这些亲戚巴结的嘴脸没！我再看看姐姐你，我更觉得自己做的是正确的选择！"

"苏勤，你知不知道你自己多糊涂，你在说些什么，不以为耻反以为荣，你有没有听到他们在背后议论你，说你爱钱，说你做小三，说你要当小后妈，还有艾好的父母，你有没有顾及别人的感受，你只顾着炫耀你自己傍上了大款，这对你有什么好处，你别忘记了你还在上学，

你要念书！"苏勤恨铁不成钢地说。

"爸妈大哥大嫂都没有说我，凭什么你来指手画脚说我，你是不是嫉妒害怕我将来会过的比你好！难道你就巴不得我找个穷酸的对象吗！从小到大你样样都比我优秀，什么都是你最棒，我呢，永远都是最不起眼的。现在我不就是爱了一个你认为不该爱的人吗，我有错吗，至于你要和那些无知的外人一样来评价我吗！"苏勤瞪大了眼睛，声音的分贝都加大了不少。

"我是你姐姐，我说你是为你好，你现在不听我的，将来你会后悔的！"苏劲痛心地道。

"后不后悔是我自己的事，我会对我自己的选择负责。不过姐姐，你现在骂我，你有没有想过，我会这么选择，是因为我从你身上看到了死要面子活受罪最大的悲剧！没有钱，你还硬撑着，你认为你自己幸福吗？"苏勤的话，戳中了苏劲的伤口。

苏劲一个巴掌重重打在苏勤的脸上，苏勤的嘴角立刻就流血了。

苏广宏、胡秀、苏勇、赵静、郑海威五个人听到不对劲都赶忙到了房间，拉开了这打起来了的姐妹俩。

苏勤捂着流血的嘴角，眼泪大颗往下落，目光直直望着苏劲说："你打我，你就会有本事打我。你凭什么来管我？来插手我的人生？我追求我自己的幸福，我的人生，我不要像你，虚伪、虚荣，你让大家都相信你嫁得好，你花的每一分钱都是你辛苦挣的，你之前在北京住的是什么破房子，不足十个平方，我去北京看你，是姐夫借别人的房子，你连卫生间在什么位置都不知道，你以为我笨吗！你穿的都是淘宝上买的仿冒名牌，你的化妆品都是劣质的，你根本都不幸福，还要来在我的幸福路上指手画脚！"

苏劲不敢相信苏勤会说出这样的话，就这样揭开了她的伤疤，如同揭露了她一直以来最不想面对的自己。

"每次我去你那个家里看你，我就心痛，我看到我的姐姐是那么可怜，我真觉得你可怜！你记得那次在商场给我买裙子吗，你记得你给我交学费，给我生活费，我用你每一块钱，我有多害怕，我害怕我会连累你挨骂。你的那一纸婚前约定，我都看了，每一条都刺痛了我，如果你说我的选择是错误的，那么我问你，你的选择又是对的吗？"苏勤说。

赵静拉着苏勤往房间外走，说："别说了，嘴巴都流血了，也真是的，怎么也不该动手打人呀，是自己的亲妹妹，再说我新婚夜，哭哭啼啼做什么。"赵静的语气明显是在侧面责备苏劲。

郑海威和苏勤都走出了房间，苏勇也只有说："苏劲，苏勤还小，不懂事，说的话你别往心里去，你也是为苏勤好，等我劝劝她，她就知道了。"苏勇说完，也走出房间。

房间里就剩下苏广宏和胡秀。

苏广宏声音嘶哑，说："苏劲，你给爸爸说实话，你到底骗了我们多少事。我们都是你最亲的人，有什么苦，难道连自己的父母都不能说吗。就说那个彩礼，我嫁女儿难道就嫁的这么下作吗，连彩礼钱都要你自己来出，他们张家人到底有多欺人太甚！我和你妈都还以为你过的是好日子，你妈在北京待了一个多月，她是亲眼目睹了你那个婆婆对你的态度，我不想多说，你反对苏勤和郑海威在一起，我也不说什么，你这是为妹妹好。但我也说，你和张赫名的婚姻，我也要反对了，这样还和他过什么日子，有什么意思！"

"是啊，老古话说宁拆一座庙不拆一桩婚，我和你爸是真不想看你受委屈了，你说苏勤不该和小郑在一起，但苏勤至少比你好，她不会像你要面对那样的一个婆婆，小郑父母都过世了，他们的婚姻是自由的，不会牵扯到婆媳关系，不会有上一代人的掺和。我本来对张赫名这孩子是很看好的，现在想，他也太窝囊了，他就会护着他妈妈，何时真正护过你？我和你爸的建议是，不行就离婚，咱不受那份气和委屈。"胡秀说着，泪往下落，说，"要不是你那个强势的婆婆硬逼着我们还

五万块钱，那个孩子也不会夭折。"

"这时候你提这个做什么！"苏广宏呵斥着胡秀。

"爸妈，是我不对，今天大哥结婚，我不该把新婚夜闹成这样，你们说的离婚建议，我会考虑的，苏勤说的没错，我太虚伪了，一直都活在自己理想的幸福里，我其实是最可悲的人。"苏劲凄然地说。

苏广宏心里难受，手心手背都是肉，

晚上，苏劲一个人窝在被子里哭，收到苏勤发来的道歉短信，很简短的几个字，姐，我错了，对不起。

苏劲回复：你没错，是姐姐不好。

她以后不会再干涉苏勤的选择，也许苏勤说得对，甚至苏勤比她更有长远的目光，她嫁给了爱情，甘愿接纳那一条不平等的婚约，只求能和张赫名伉俪相得，百年好合，无奈，这只是南柯一梦。

苏勇和赵静的洞房花烛夜，一番旖旎之后，两个人和衣躺在床上。

苏勇点了一根烟，说："你今天不太对啊，怎么能那样说苏劲呢，你不是白天在酒席上还大为夸赞苏劲，怎么晚上就反倒护着苏勤，说苏劲的不是？其实苏劲和苏勤都是我妹妹，护着哪一个都会伤着另一个。"

赵静依偎在苏勇怀里，说："就你最笨了，白天的时候，我当苏劲本事多大呢，当然要和她搞好关系，日后有求着她的地方，这不后来小妹苏勤就回来了吗，人家郑海威是公司大老板，开奔驰，哪点不必苏劲强。我当然要审时度势，帮着苏勤了，再说晚上你也听到了，苏劲根本过得不好，只是装出来给大家看的，我看电视上说，现在大城市里的夫妻很多都是这样，看起来是模范夫妻，其实一点都不幸福。"

"你怎么这么奸诈，都是我妹妹，你别对她们动这些心思，要真诚，我知道你为人精明，但不要小瞧人。要不是苏劲，我们的房子哪能装修这么好？再说，她婚姻造成这样，还有没出世就没了的孩子，也是因为借了我们五万块钱，应该说，她为了我们，为这个家，才会有不幸的婚姻。"苏勇说。

"对了，说起孩子，我那次还给她送了一对宝宝的银首饰呢，既然孩子都没了，也不知道咱妈给了她没，要是没给，我明天去找妈要回来。我知道了，我以后对她客气点就是了，反正她也不常回来。哎，我们下个月就去北京吧，正好还能在北京找份工作，可以去郑海威的公司上班嘛！"赵静出着主意。

"到时候再说，我要和苏劲商量一下。"苏勇说。

"苏劲苏劲，她到底哪点好了，都是装出来的，人这么活着多虚伪多累。你看看今天婚礼上的那些人，把她当主角，我敬酒的时候，大家都目光看着她，我是心里不大快乐。"赵静说。

"别这样说，都是一家人。"苏勇说。

第十一章
斗智斗勇斗情敌

第二天一早，苏劲就离开了家，坐上了返回北京的大巴，原订的机票是一天后的，她取消了航班，临时坐大巴回京，她不想在家里待下去了，匆匆就走了，这让苏勤有些内疚，苏勤也没在家待，郑海威公司还有事，也当天就开车回北京。

郑海威在车上，说着苏勤："昨晚是你的错，你不该那样说你姐姐，虽然我对你家里的情况不是很了解，从你说起你姐姐来看，她是非常不容易的，在北京一个女孩子能养活自己，支撑自己在河南的老家，是有多么难，她供你念书，给你哥哥盖房子结婚，你怎么能说她虚伪。"

"我也是一时只想着护着你，老郑，你知道吗，我看我姐姐对你的态度，我就火了，其实，我心里姐姐的位置不亚于我妈妈，昨晚我已经向她道歉了，但我明白，姐姐从心底里是无法原谅我了。因为我向全家人揭开了她一直努力隐藏的事。现在爸妈都要她和姐夫离婚，唉，其实姐夫人还是不错的，就是他的妈妈太刻薄了。"苏勤说着，怏怏的，很后悔昨晚和姐姐的争吵。

　　郑海威说："你姐姐也不会真生你的气的，到底她是那么疼爱你，回到北京，有时间我们约她出来坐坐吃吃饭，我也会努力来改变她对我的看法，我希望你家里的每一个人都会接纳我。"

　　"老郑，我也希望你家里的那个人能接纳我。"苏勤说。

　　"倩倩很喜欢你，但她和妈妈的感情一直都很好，我会抽个时间委婉和她说说我们的事的。"

　　"我也喜欢倩倩呀，给她补习英语，她一声声叫我苏老师，她很乖，听老师的话，希望我们的事不会刺激到她。"

　　苏勤以为自己不会像姐姐苏劲那样，面临着上一代人的矛盾，婆媳关系的僵化，可她忽略了，她还有更大的矛盾，这种矛盾，远远比婆媳关系更要强烈，那就是郑海威十岁的女儿郑倩倩。

　　苏劲到了北京，并没有回家，去俞思家等俞思下班。坐在俞思家的四合院里，看着俞思的妈妈正修剪着花草，和俞思妈妈聊聊家常，这样平静的生活，她是有多久没感受到了。

　　俞睿先下班回来，见到苏劲，很意外，说："你怎么来了，不是还有一天假吗，明天再回北京不好吗，好不容易回家一趟，也该多住一天。"

　　苏劲笑着摇头说："不多住了，早些回来也好，我找俞思来玩呢，她怎么还没下班，办公桌上的电话和手机都没人接。"

　　"她呀，早下班了，提前走的呢，和陆清的同事们一起去唱歌了，看来她是不能陪你玩了。要不，你不如将就让我陪你打发时间吧，你看怎么样？"俞睿笑着说。

　　苏劲点头说："那就将就一下吧，不过和领导出去玩，我真的会有压力。"

　　"今天我不是领导，是你的好朋友。"俞睿说着，回房间换下西装，穿着休闲装，精神奕奕。

　　俞睿开着车载着苏劲，吃完饭后，送苏劲回家，车里放着苏劲爱

听的陈奕迅的歌《好久不见》。

俞睿说："我听这首歌，总是会有流泪的冲动，只是，也许年纪大了，失去了流泪的功能。"

"看来我还没老，我总是会哭。"苏劲苦涩地说。

"你过得好吗，幸福吗，苏劲，要是不好，不幸福，你要说出来。"俞睿声音磁性，如同陈奕迅的男低音。

"从我选择了他，不管好与不好，幸不幸福，我都要承担。"苏劲说。

"我想起来了，我哭过一次，你结婚的那天，我哭了。也许我不该在你结婚之后还对你有非分之想，我不该说出这一串的话，可是苏劲，我真怕我再不说我会后悔一辈子。我很笨，没有勇气向你表白，你们没结婚时，我等着你们分手，有时候你和他吵架，我就会幻想你们会不会分手，但另一方面，我又希望你们幸福，我不想看你哭。所以你结婚，我就祝福你，俞思告诉我，你过得并不好，我想告诉你，苏劲，我在等你。"

苏劲听了，眼泪簌簌往下掉，说："你说这些伤感的话干嘛，我都是结婚的人了，我和你根本没有可能，不管我过好不好，这都与你无关，俞睿，你要过得好才是对的。"

"不，苏劲，不要欺骗我，我就站在这里等你，只要你愿意放弃他，他能给你的我都能给你，他不能给你的我也能给你，我妹妹，我爸妈都这么喜欢你，你离婚好不好，离婚了我们在一起。"俞睿冲动地说。

"你听俞思胡说什么，我没有说我要和张赫名离婚，我和他之间是有了矛盾，但不至于离婚，我自己也有一定的原因和错误。俞睿，别胡想了，我和你不可能的，我结婚了，明白吗？"

"对不起，是我唐突了，说了这些话，不过我知道你的态度了，也就没有遗憾了。走吧，陪我去酒吧喝一杯，我知道你酒量好，陪我喝酒，好吗？”

“你要开车——”

“喝过酒我就不开了，停着，打车回去。”

苏劲的手机响了，是张赫名打来的，苏劲本是不想接的，因为俞睿在，她不想表现出自己夫妻关系不好的一面，所以，就接了张赫名的电话。

“老婆，你在哪呢，什么时候回来，我想你了，你不生我的气了好不好。”张赫名温柔地说。

他的温柔，很直接地就俘获了苏劲，她本来的怨气一下就消减了许多。

“我在家。”苏劲看了一眼俞睿，说。

“明天的航班回来吧，我去机场接你。”

“不用了我自己回来，到时候给你打电话。”

“那好，我今晚加班，你不在家，我也不想回家了。”张赫名说。

“明天见。”苏劲挂了电话。她对张赫名的想念被勾了起来，只是分开了不到三天，她就很想他，如果他们之间不是因为那个婚前约定，不是因为两个家庭的缘故，若撇开一切，就说他们俩的爱情，就算是这么爱一辈子，也不会厌倦的吧。她开始无比怀念一年前和张赫名蜗在那不足十平米的出租房的日子，虽然条件艰苦，可他们的爱情无人参与，只有他们俩，热烈地爱着。

俞睿默默听着，不作声。

苏劲想着晚上可以和俞思睡一起，反正赫名今晚加班，她也不想回去面对婆婆还有有可能神出鬼没的卓惠娜。

车在一个十字路口停下，等着红绿灯。

卓惠娜开车带着李雪芝，李雪芝坐在副驾驶。

李雪芝说：“惠娜啊，今晚就住我那，我就不信，她还敢和我逆

着来！"

"干妈，我怕赫名哥会生气，好像苏劲和他大吵了一架，就因为我去了的缘故，赫名哥因为开车都分神，昨天在楼下，差点撞上一辆面包车。"卓惠娜拣着话说。

"苏劲就是个扫把星，我的孙子也没了，还要害我的儿子，我看，这婚还是趁早离了算了！"李雪芝气冲冲地说。

"她什么时候回来啊？"卓惠娜问。

"明天晚上的飞机，明晚到家，赫名早上还说要去机场接她。"李雪芝说。

卓惠娜转过脸向左边一看，笑道："干妈，我看赫名哥是不用接了，你看，人不都被接回来了吗！"

李雪芝定睛一看，看到苏劲坐在一个男人的车里，正在擦着眼泪，李雪芝都不敢相信自己的眼睛，又看了一遍确认了，这才慌了，说："你看清楚没，是苏劲没错吧，她居然欺骗赫名，说自己是明天回来，这会儿却坐在别的男人车里哭，她怎么这么水性杨花，我这就打电话给赫名。"

"干妈，别打，现在打了，她也借口多多，很容易撇清自己，先拍下照片留着，我们开车跟着他们，看他们去哪里！"卓惠娜狡狯地说，心想，早就想找个苏劲的软肋来攻击一下了，没想到这么容易就碰到枪口来了，苏劲，这次可是你自己自找的。

李雪芝用卓惠娜的高像素手机拍着苏劲和俞睿坐在车里的照片。

"她会不会发现我们？"李雪芝问。

"不开闪光灯就没事，我这车窗玻璃，从外面是看不清楚里面的，没事，我会不跟那么紧的。"卓惠娜说。

车往后海酒吧街驶去。

"他们这是去喝酒呢，我们就在对面的餐厅里等着。"卓惠娜停好车，和李雪芝坐在酒吧门正对面的餐厅落地窗旁，可以看到酒吧大门里人员的进出。

"要不要打电话让赫名过来捉？"李雪芝问。

"不用，先不急，没有把握的事先不让他来，再说，也怕他太激动冲上去会打草惊蛇。"卓惠娜说。

"也是，也许只是普通朋友的关系。"李雪芝自我安慰地说。

卓惠娜翻看着手机拍的照片，从他们坐在车里，直到一起走进酒吧，都拍得很清晰，当然，这些照片不是她想要的效果，他们去喝酒，那么若醉了，好戏就在后面。

苏劲和俞睿坐在昏暗的一角，红色小方桌上，放了好几瓶洋酒。酒吧里的驻唱歌手正用婉转的歌声唱着王菲的歌，听得让人心醉。

苏劲喝着酒，想着这些天发生的一连串事，想到自己那还没有见上一面就夭折的宝宝，想到苏勤对她说的话，她心里积压许久的悲伤都一齐涌了上来，就这么痛痛快快喝一次吧。她和俞睿喝着酒，说着曾经在公司里的趣事。

两个人都醉了，也忘记了时间，忘记了外面是天色已晚。

李雪芝看了看时间，茶都加了好几壶水了，都是晚上九点了，李雪芝问："怎么还没有出来，该不会是我们没注意到，走了吧？"

"不可能，车还在那呢，要不我进去酒吧看看。"卓惠娜说。

"你不要惊动了他们啊。"

"嗯，我会小心谨慎。"卓惠娜兴奋劲十足。

不知为什么，李雪芝的心里，此时是万分不希望苏劲和那个男人之间有什么，虽然说如果抓到什么把柄，就可以让儿子和苏劲离婚，她并不希望看到那样的一幕，她想想，说："惠娜，算了，我们还是回去吧。"

"干妈，都等到这时候了，您要放弃啊，不行，我要替赫名哥看清楚——哎，你看，他们扶着出来了，我赶紧拍照片。"卓惠娜说着，拿着手机咔嚓咔嚓拍着，拉着李雪芝的手，买了单，弯着身子往车旁

走。

上了车，正好俞睿就拦了一辆出租车，苏劲喝得醉醺醺的，被俞睿扶在怀里，李雪芝气坏了，说："大晚上和别的男人喝醉成这样，还抱的那么紧，我要去把她带回去！"

李雪芝要下车，被卓惠娜拦住。

"干妈，你不会就这么便宜了他们吧，捉奸捉双，不行，要继续跟，他们下一步肯定是去酒店，我们只要跟着去酒店，再打电话给赫名哥，那就事成了，到时候她怎么也狡辩不了！"卓惠娜说。

"你让我看着他们去酒店不阻止吗，她现在还是赫名的老婆，是我的儿媳妇！"李雪芝说着，打开车门下车，就往正要开的出租车前面拦，李雪芝拦停了出租车，拉开车后座的车门。

"她是我的儿媳妇，你放开她，我带她回去。"李雪芝一脸的正义说。

卓惠娜坐在车里，一拳打在车门上："可恶，老女人是对苏劲有感情了我看，居然放过这么好的机会，气死我了，不然下一步只要他们进酒店，不管有没有事，我都能让赫名哥和她离婚！"

卓惠娜一踩油门，开车往张赫名的公司驶去。

"我要先下手为强。"卓惠娜自言自语道。

"您是？"俞睿醉酒都清醒了一半，问。

"我是苏劲的婆婆，她老公张赫名的妈妈，你要把我儿媳妇带到哪里去！你别想做伤害她伤害我儿子的事！"李雪芝愤然地说。

苏劲睁开着眼睛，看到婆婆的面孔，也酒醒了不少，心想这次完蛋了，跳进黄河也洗不清了。

"苏劲，我是你婆婆，你醒醒，起来，我带你回家。"李雪芝语气温和，伸出手拉着苏劲，俞睿也从出租车里走了出来。

俞睿解释道："我是苏劲的上司、朋友，您别误会，我和她只是这种关系，她和我妹妹关系很好，她下午来找我妹妹，我妹妹不在家，我就陪着她喝了点酒。"

　　"你妹妹是不是叫俞思？我听我儿媳妇说起过。你也醉了，我儿媳妇就交给我吧，我带她回家，你自己正好打出租车回去吧，你这喝醉了也不能开车。"李雪芝没好气地说。

　　"那我就走了，苏劲，回家好好休息，睡一觉就没事了，再见。"俞睿说着，上了出租车。

　　李雪芝扶着醉醺醺的苏劲，苏劲其实酒也醒了，只是头痛欲裂，也怕面对李雪芝的质问，索性就装醉，正好被风一吹，胃里一阵翻腾，就弯着腰蹲在路边哇哇吐了起来。

　　李雪芝轻轻拍着苏劲的背，说："没事了，我带你回去。"

　　李雪芝见卓惠娜已经开车走了，就扶着苏劲，打车回到家，正好张音正也随团下乡演唱表演去了不在家，李雪芝将苏劲搀扶到沙发上，拿了一条湿润的热毛巾，给苏劲擦了脸，冲了一杯蜂蜜水，喂苏劲喝下。

　　她自己累得浑身是汗，看着迷糊糊躺在沙发上的苏劲，李雪芝说："苏劲，唉，我知道在你心里我是一个坏婆婆，自打你进这个家，我们就没真正走进对方的心里，我们都对彼此心存芥蒂。我承认，你不是我理想的儿媳妇，所以我才会有那个婚前约定，我以为你会知难而退，但是你没有，你是爱着我儿子的，你也没图到这个家什么。卓惠娜是我理想的儿媳妇，我也承认，我想过让张赫名和你离婚，娶卓惠娜。你知道吗，我真不喜欢你那种大义凛然，你要顾及我们张家的利益和感受，我知道，你是个孝顺的女儿。在一起相处一年了，对你的品行我也是了解的。本来今晚，我是不会来带你回家的，我应该跟着你和俞睿，看着他带你去酒店，尽管你们之间清清白白，但这一条也足够赫名和你闹翻天，我太了解我那个骄傲的儿子了。我为什么没有这么做，你知道吗，我为什么带你回家，你知道吗，在你的眼里，我永远都是个坏婆婆。其实人没有好坏之分的，要看她的立场，我们只是立场不同。还记

得那次在医院门口，你挺着肚子坐在公交站台哭，当赫名找到了你，抱着你的时候，我有那么一刻被打动了。那天，你选择了信任赫名，所以，今晚我也信任你。"

苏劲听婆婆这么说着，还是头一次，听婆婆和自己说了这么一长串的话。

"我的小孙子，死了，这对我的打击真的不亚于你，失子之痛，我们这个家经不起坎坷了，如果你还想好好和赫名过日子，那我自此以后，也会改改自己，而你，也要改改，为了这个家，我们都务努力。你说我不把你当自己的家人，把你看外，可你自己有没有把自己看成是这个家里的人，你总自己和自己见外。你和赫名早点生个孩子，我真的好想抱孙子。"李雪芝说着，鼻子发酸。

苏劲的眼泪顺着眼角滚落。

原先婆婆在她心目中，是阴险的刻薄的蛮横的，苏劲想，自己也错了很多，总只想着要护着自己的父母，哥哥妹妹，她既然嫁到张家来了，她就该把自己当做是一家人。

门铃响了，李雪芝开门，门前站的是怒气冲冲的张赫名和一脸纯来看热闹表情的卓惠娜。

李雪芝瞪着卓惠娜说："惠娜，你跑去和赫名胡说了些什么！"

"干妈，我眼睛看到什么我就说什么，再说还有一堆照片在我手机里呢，为什么不告诉赫名哥实情，难道要赫名哥戴一顶结结实实的绿帽子吗！我才看不过去！"卓惠娜说。

张赫名走到沙发旁，望着苏劲，冷冷地说："你给我起来！"

苏劲依旧躺着，她心里是清醒的，却不知怎么面对张赫名，他居然听信了卓惠娜的话，来怀疑她，他根本都不信任她。

张赫名挥手一巴掌打在苏劲的脸上，啪的一声，卓惠娜见状，嘴角露出满意的笑容。

"你装什么死，我还要怎么宠着你让着你，把你宠上天，你就无法无天了！我说过，你做任何事我都不会怪你，唯独你不能背叛我，你太让我失望了，我为了你，承受这么大的压力，你却亲口欺骗我——"张赫名心痛绝望地说，当巴掌落在苏劲的脸上时，他觉得比打在自己的心上还要痛。

李雪芝拉着张赫名，把他推到了一边，说："你发什么神经，至于这么大火气吗，我是你妈，我还在这个家呢，你怎么能动手打她！"

"妈，你怎么这个时候反倒护着她了，您不是一直想我和她离婚吗？我早就知道那个俞睿喜欢她，她下午还口口声声说她在家，明天回来，却背着我和俞睿约会喝酒开房！我不敢相信我的眼睛，我的老婆苏劲会做出这样不耻不要脸的事情！我自己都觉得自己好丢人！"张赫名举起手，对着自己的脸重重打了一巴掌。

"赫名哥，你别这样生气，气坏了身体不值得。"卓惠娜说着，假装要哭了似的。

苏劲睁开眼睛，慢吞吞地说："张赫名，我在你眼里就是这么一个不要脸的女人吗，你这一巴掌真的打醒了我，我感谢你，感谢你的不信任。但我还是要说，我苏劲从认识你张赫名的那一天起，我就没做过对不起你的事情。我们离婚！"

苏劲说着，起身从沙发上站起来，跟跟跄跄，头重脚轻，对卓惠娜说："如你所愿，我和他离婚，你要努力让他娶你，张赫名他媳妇这个位子我不要了！"

苏劲说完，走进房间收拾了自己随身的物件，拖着箱子就往外走，李雪芝拉着苏劲的箱子说："赫名，你劝劝苏劲，我不是说了这事是误会，惠娜胡说八道的，我是你妈难道我还骗你？你快留住苏劲，就算是离婚，也不能因为这个误会离婚，你们将来是要后悔的！"李雪芝急了，她自己也弄不明白，没出这事之前，她是很不喜欢苏劲的，巴不得她走，为什么真的到了苏劲要走的时候，她会死死地要挽留。

人不是动物，相处了这么久，都有了感情，李雪芝习惯了苏劲在

家的日子，她虽然不够细致，但在这个家里，苏劲做得并不差，她的家庭背景李雪芝都接受了，她的好与不好她也都慢慢包容了，独独就是苏劲还没有怀一个孩子。这日子总归是要慢慢往下过。

"妈，别说了，让她走吧，让她去她的领导那里吧，我知道她是嫌弃我了，苏勤找了一个有钱的男人，有独立的公司，有别墅有豪车，她这是也想攀上高枝，我祝她幸福！"张赫名冷漠地说，大男子主义，当他听到卓惠娜说的那些话，还有那些照片，醋意和妒火烧灼着他，很痛苦，他是那么地爱她宝贝她。只要一想到她坐在俞睿的车里欺骗他，说她还没回北京他就愤怒得不得了。

他认为她已经是背叛欺骗了他。

"放心，按照婚前约定，离婚我是净身出户，这个房子，财产一切都与我无关。你检查一下我的箱子吧，我什么值钱的都没带走。"苏劲说着，打开箱子，里面都是随身穿的几身衣裳。

"苏劲，看在我的分上，今晚你不要走，你喝醉了，还是一个女孩子，能去哪儿？等你爸爸回来，再说，今晚都冷静一下，好不好？"李雪芝说。

张赫名沉默不语。

苏劲望着张赫名的后背，心凉到了极点。

张赫名，我们之间的爱情如此不牢固，你不信我，你信卓惠娜，你都不信我，当初我是怎么信任你的，你忘了吗？

"干妈，别挽留了，人家自觉在这个家没脸了，想走就走吧，趁早自动走，好过被赶走。"卓惠娜添油加醋地说。

苏劲就那样决然地走了，没有等到张赫名的一句挽留。

她拖着拉杆箱，走在空旷的马路上，酒全醒了，张赫名的一巴掌，打得她心痛到无以承受。当初第一次来这里，张赫名开着车带着她，她幻想会在这里过上幸福的日子，只要她努力有拼劲，就会有和气的一家。

现在，和娘家的人最后以不愉快收场，现在和张赫名也完蛋了，她净身出户，甚至银行账户上也没有超过四位数的钱了，真是凄凉，她问自己，苏劲啊，你总说只要有劲，只要肯打拼，就会有幸福，你总说爱拼才会赢，现在呢，你输了，你输了爱情，亲情，输得一塌糊涂，再也没有比你更可怜的女人了。

手机响了，她以为是张赫名打来的，拿起来一看，是俞睿打来的。

她接了电话，说："俞经理，有事吗？"

"对不起，苏劲，你说话方便吗，是我不好，我不该带你去喝酒，其实我是想打车送你回家的，我没有想做别的事，是我让张赫名误会了，刚才他来找我了。"俞睿说。

苏劲问："他去找你，他说了什么，你们不会打起来了吧。"

"没说什么，也没打起来，我揍了他几拳，他现在也气消了，后悔了，听我解释了之后，他很自责，所以让我打电话给你，希望你和他一起回去。"俞睿说。

"不可能了，他今晚对我动手了，我就不可能和他回去了，你转告他等着离婚吧。"苏劲说完，按断了电话。

只是这么大晚上，能去哪里呢。

俞思那是不能去了，要避嫌，本来就因为俞睿才闹成这个误会。

苏劲翻开手机通讯录，平时联系的人那么多，可真正要想在无路可走的时候投靠谁，竟然一个都没有，没有一个人可以在半夜去打扰去依靠。在手机通讯录里，翻到了结婚前租住的合租房的房东电话，她一直以为自己删除了这个房东的号码，没想到居然还在。

她拨通了房东的电话。

一小时之后，她提着行李箱，站在了一年多前住的小房子门口。

房东开着房门，说："真没想到还能再见到你，你看，这房间在你走之后就租给了一个单身的小姑娘，也是上星期刚搬走的，我正好有

些事也就没租出去，就这么空着，没想到又给你留着了。"房东说完，意识到自己说错了话，抽了根烟，转移话题。

"房租还是老样子算，你先住着吧，我看你也住不了多久的，住一天算一天的，总比外面的酒店要便宜。你隔壁的男孩还没搬走，你们也算是老邻居了，他上晚班，待会儿就下班了，你们可以聊聊，我就先走了。"房东看了看表说。

"好，谢谢你，房东，不是你，我今晚真不知怎么办，我就住这儿了，很亲切，也很温暖，这才是属于我的家。"苏劲说。

"哎，你也就临时住一下，我是没指望你会长期住这里，夫妻俩吵架很正常，我和我老婆也打架啊，上次我们打架打得可凶了，我把她三颗门牙打落了，她一棍子把我胳膊敲折了，我们俩住了一个星期的院，在医院里还吵架，吵完架照样是夫妻过日子。"房东说。

苏劲点点头，说："是啊，希望吧，反正我做好了离婚的准备。我和他打不起来，我们是冷暴力，这比打架还要有杀伤力。"

房东走之后，苏劲打扫着小房间里的东西，床上什么都没有，只是一个床垫，她将床垫擦干净，热水器的水烧好，洗了个澡，就蜷缩在床上，关了灯，黑漆漆的一片，手机关机，兜兜转转，似是注定，从这里搬出去一年多后，竟然又回到了这里，只是回不来的，是她和张赫名之间的感情和信任。

曾经在这个小房间里，有太多她和张赫名一起的美好回忆，他总偷偷从家里溜到这里，找借口说出差，来这里过夜，条件艰苦，只有一个吱吱呀呀的破电风扇，他们的感情都那么稳固。为什么搬了家，住着舒适的房子，样样不缺，却彼此都有信任危机。她想她自己，不也怀疑过他和卓惠娜，即使是知道他和卓惠娜之间没什么，还是会因为卓惠娜的一个电话而牵动得浑身都不舒服。

第二天一早，她起来发现自己连刷牙洗脸的东西都没有，正好隔壁房间的男孩子也起来了，他见了苏劲，很是意外，笑着说："嗨，真没想到还会在这里遇见你，你搬回来了？"

"是呀，搬回来了，有些仓促，你有新牙刷吗？借我一支，还有牙膏，我下班后再去采办这些日用品。"苏劲说。

"好的，我这就拿给你。"男孩子说着，转身进了房间。

那个女孩从房间里探出头，竟是那个叫果果的女孩，想到那时候他们在隔壁的"瓜果大战"，摇床的激情，苏劲没想到，这个女孩子竟也回到了这里。

"回来了？"女孩问苏劲。

"是呀，回来了，你也回来了？"苏劲苦涩地说。

"我也回来了，在外面转了一圈，还是觉得他最好，虽然挣不到大钱，但他跑跑快递，每个月的几千块钱都愿意交给我，一个80分的男人能给你百分之百的爱，和一个100分的男人给你百分之八十的爱，你选择哪一个？现在，我选择前者。"

男孩从房间里拿着牙刷，走了出来，说："我们要回老家结婚了，我在老家买了新房子，正在装修，她也怀孕了，月底就搬走了。"

苏劲不知怎地，被眼前的男孩女孩打动了，一个是专一痴情的男孩，一个是迷途知返的女孩，他们又重新走到了一起，放弃了北京的繁华憧憬，回到老家去经营自己的小家庭，这也是幸福的。

她想到了苏勤和艾好，想到自己和张赫名，每一段走不下去的爱情里，要么是一个人不够勇敢，要么就是两个人都不够勇敢。

苏劲上班，遇到了俞思的围追堵截，俞思问苏劲到底和她哥哥之间有什么事，怎么张赫名把她哥哥揍成那样。

苏劲见到了俞睿，戴着鸭舌帽，帽檐压得很低，脸颊上有瘀青，苏劲坐在俞睿的办公室，说："对不起，张赫名太糊涂了，听信别人的话，就怀疑我们之间有什么，我们之间能有什么，我和他是要离婚的，只是连累了你。"

"苏劲，别这么快就说离婚，之前，我没有和张赫名接触太多，

昨晚打过架之后，我和他又去喝了几杯，听他说你们谈恋爱时候的故事，他是有多爱你啊，我都能感觉得到，他说到后来就流泪，他太爱你了，怕失去你，作为男人，我能理解他的愤怒和误解。他今晚会来接你下班，你就别再气他了，好好和他回家，你婆婆昨天能够把你带回家，也说明她还是想你和她儿子好好过日子的。"俞睿说。

"不说这些了，我先去工作，请了几天假，事都不少。"苏劲说完，走出办公室。

文珊贴了过来，八卦地说："你和俞总是不是有什么事啊？"

"别胡说，好好工作。"苏劲笑，她和文珊之间也没有什么记恨了。

晚上下班时，苏劲和俞思走下楼，看到文珊正在大厦一楼大厅和一个男孩子拉扯。

"那个男孩子叫许弋，是个做汽车销售的，工资也不高，一个月挣的几千块钱全都给文珊买名牌了，可是文珊也不怎么待见他，除了要钱，见都不见许弋，我真不知道这许弋是瞎了眼睛还是怎么了，估计是泡面吃多了！"俞思说。

"别人的事，我们还是少多言多语，我自己的事都理不清了。你和陆清现在怎么样？"苏劲问。

"能怎么样，谈着呗，到明年三月开春就结婚，我不图别的，就图他明知我身体不好，还会接纳我。昨天还陪我一起去看中医复查，我就在想，为什么冯小春就做不到呢？"俞思说。

"你还想着冯小春吗？"

"怎么可能一点都不想，也谈了好几年了，这个书呆子，现在还在为考研奋斗，我真心祝愿他能考研成功。"

"我也祝愿张赫名和卓惠娜百年好合。"

"你就心口不一吧，你瞧那边，你的蜘蛛侠来了！"俞思把苏劲推到正北的方向，只见张赫名站在车前，手里捧着巨大的一束花，穿着蜘蛛侠的衣服，如果不是那辆车，苏劲都认不出来那是张赫名。

苏劲惊得捂住了脸，哭笑不得，说："他怎么打扮成这样跑出来了，拍戏吗？"

张赫名走了过来，蜘蛛侠的造型真拉风。

张赫名走到苏劲的面前，单膝跪下，说："老婆，你跟我回家吧，我知道我错了，你还记得我们谈恋爱的时候吗，毕业晚会，你要我扮蜘蛛侠，我没有扮，我扮的是白马王子，惹得你生气，你说我不愿意为了你变成大蜘蛛，你看，我现在，扮成蜘蛛侠了，我还有毛毛的脚，不信你摸摸。你愿意原谅我吗，跟我回家，老婆，我爱你，我太怕失去你了，我向你保证，以后再也不敢了。"

苏劲没好气地看着脸上只露出一对眼珠的张赫名，他连嘴唇都涂得红红的，他的眼神里，她读到了他的爱和恳切。

他是打了她一巴掌，但她现在想，她确实错了，他最讨厌女人喝酒，最讨厌欺骗，那晚她欺骗了他，还背着他和别的男人喝酒，他那么骄傲，他怎么能承受得了？她知他爱她，也不是真的想动手打她，在一起这么久了，他也就是独独这次动了手。

"你昨晚是哪只手造反的？"苏劲问。

"这只手。"张赫名举起了自己的左手。

"为什么不用右手打？"

"右手劲太大了，我怕把你打疼了，我只是想把你打醒，我不是真的要打你。"

"好，回去准备刀，我把左蹄子剁了！"

"遵命！"

苏劲抱着花，洋洋得意，张赫名拦腰抱起苏劲，引得周围的人都驻足围观。

"快看，蜘蛛侠求婚了！"

"这婚求的，也太有创意了吧！"

苏劲美滋滋地，对着俞思做OK的手势。

因为彼此太相爱了，不见面时恨得彼此牙痒痒，只要一见面，相视一笑，所有的误会就自动消除，谣言也不攻而破，夫妻没有隔夜仇，说的就是这样的。

张赫名开车，苏劲说："如果交警遇到你，会不会开罚单？"

"我有驾照。"

"但你是蜘蛛，蜘蛛怎么能开车。"

"我是蜘蛛侠嘛，无所不能。你快告诉我，你昨晚住哪里的？"张赫名问。

"我从哪儿来，就回哪儿去呀。"

"嗯？是哪里？我昨晚一夜没睡，满北京找你，你倒好，还能睡得着，气色不错地来上班，没心没肺。老婆，我以后再也不和你吵架了，不惹你生气了，我真的怕了，昨晚好害怕，我真想剁了自己的手，我怎么能对你动手。"

"叫咱妈买一个猪蹄，要左腿上的，我回去红烧左肘子，用以惩戒！"苏劲说。

"好好，天天做都行，你快说，你箱子放哪的，我们去拿回家。"

"老地方啊，原先我们住的合租房，还是那个房间，房东也没收我房钱，让我住了一晚，我还本打算签合同住下来的，今晚房东就过来签合同。"

"那我打电话给房东说，让他不要过来好了。"张赫名拿着手机，给房东打电话。

"喂，房东，我是苏劲的老公，对，那房子我们不租了，谢谢你，我知道，以后再见。"张赫名说着挂了电话，对苏劲说，"房东说他本就没打算今晚过来，就猜到我们会和好，还说下次要是再吵架，就打他电话，他提供住宿。"

苏劲笑："房东倒是很热心。对了，咱妈会不会生我的气，昨晚她叫我不要走，我硬是走了。"

"你走了之后，我妈把卓惠娜批评得狗血淋头啊，说她不懂事，说她没素质，说她以后不要总来了，她一来就闹得咱家鸡犬不宁，让她按照婚约上的规定，一月只准来两次。她又跑我这儿来，我啪地关上房门，让她吃了一个闭门羹，我说，滚，我不想见你！"张赫名模仿着对卓惠娜说滚字的表情。

"你昨晚当着她面打我，我真的没面子，她笑了你知道吗，你打我的时候她笑得真开心，以后，张赫名，你一定要在她的面前对我百倍千倍的好，不然啊，我是没法子争气了，也不能在她面前扬眉吐气了。"苏劲说着。

张赫名全部都答应了。

失而复得的感觉真好。

"傻瓜，还要和我离婚，别妄想了，你当我家是菜园门呀，想来就来，想走就走，我这辈子就你这么个老婆，金不换！"

在出租小屋里，取了行李箱，苏劲和张赫名给小屋子拍了一张照片，苏劲说："还是很怀念这里，我们曾在这里有过很多美好的回忆。"

"以后，我都不会让你一个人出来受苦了，这是最后一次。"张赫名搂着苏劲，他这一生最爱的女人。

回到家里，婆婆早就做好了饭，还真有一道菜，焖猪蹄，苏劲和张赫名相视一笑。

李雪芝看着他们俩和好了，也如释重负，张音正正好也出差刚到家，一家人欢欢喜喜吃了晚饭，自打嫁进来，从来没有哪一餐饭吃的这么香。苏劲想，也许经历了这次风波之后，一家就和和气气，也算是因祸得福。

苏劲和张赫名为要孩子积极奋斗着，苏劲按时服用叶酸，也很少

加班，晚上吃了饭，就和张赫名出去散散步，手牵着手，感情比过去更要好，张赫名提出要撕掉那张婚前约定，协议上的规定作废，苏劲知道，只要赫名提出来了，婆婆是一定会做的，但她希望能和婆婆之间感情更深，让婆婆主动撕掉那一纸婚约。

张赫名晚上特积极，兴冲冲的，需求比过去增加了不少，每隔一天就要亲热，苏劲喜欢他这样的生猛，在经历一波三折之后，他们的婚姻没有像别的婚姻那样进入冷淡期，他们反而更加热烈。

苏广宏偶尔会和张赫名通电话，也没提离婚的事，气头上的话，过去了也就散了。

苏勤再也没有来过家里，苏劲也不在苏勤的面前提起郑海威，每次给苏勤打电话，也只是问问苏勤的学习状况。

直到大哥大嫂的一个决定，又打破了好不容易建立起来的平静生活。

苏勇和赵静来北京了。

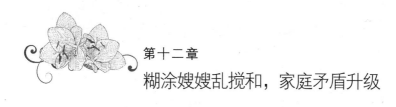

第十二章
糊涂嫂嫂乱搅和，家庭矛盾升级

赵静本以为可以顺利地到北京来投靠郑海威，谁料郑海威委婉地拒绝苏勇和赵静想要来他公司上班的提议，理由是他的公司目前不缺人，也着实是没有适合他们夫妻的职位，说会帮他们留意一下别的工作，也找来苏勤专门做大哥大嫂的思想工作，意思是郑海威没办法给他们安排工作，郑海威的女儿还不知道郑海威和苏勤的关系，所以，赵静和苏勇原本想着可以住进郑海威家的豪华别墅的梦也破灭了。

郑海威并不喜欢苏勤的大嫂，说太市侩，让苏勤和赵静保持点距离。

已经到了北京的赵静，顿时有种举目无亲之感，和苏勇坐在火车站不知该去哪里，赵静想到了苏劲，说："要不我们投靠苏劲吧，她在北京也有房子呀，不是三室两厅的房子吗，可以先空一间出来给我们住呀，我们找到了工作，不就有地方住了？"

苏勇想了想，说："不行，苏劲这刚和婆婆关系好了点，咱们住进去，万一牵扯了矛盾，又要害了苏劲，再说了，我们身上不是没钱，我们可以先住旅馆，再找工作。"

　　"有亲人在北京，咱不去依靠，去住旅馆，那一晚都得上百的钱，还有吃呢，这都是要钱的，我们就带了三千块钱，用完了的话，工作没找到，不是来北京白花钱了吗？我打电话给苏劲，我让她开车来接我们，怎么说我们也是大哥大嫂，从来都没去过她家，来一趟，也算是贵宾不是。"赵静说着，拨通了苏劲的电话。

　　苏劲听说大哥大嫂来了，很高兴，把这消息对张赫名和公婆一说，说自己的大哥大嫂来北京了，李雪芝通情达理地说："那就赶紧和赫名开车去接呀，我去买菜，从你们结婚后，我就没见过你大哥了，你大嫂也是新过门的，来我们家也是新客，得好好招待。"

　　张音正说："你大哥喜欢喝酒，我去买两瓶好酒去。"

　　苏劲挽着张赫名，对公婆说："谢谢爸爸妈妈。"

　　那一刻，她真的好幸福，真有了一种是一家人的感觉。

　　到了火车站，接到了大哥大嫂，看着他们带着被子，褥子，这才知道，大哥大嫂这是要来北京打工。

　　赵静数落着说："苏劲啊，这次大哥大嫂真是走投无路了，指望不到别人了。你大哥腿脚不好，种地干农活也不行，我们俩就寻思着趁年轻来北京闯闯，想着你和苏勤都在北京，相互之间也好有个照应。我真没想到郑海威这么无情无义，说是有钱开大公司，打个电话给他还是秘书接的，问我们有没有预约，又找了苏勤才联系上郑海威，他倒几句话就把我们给打发了，本来是不想给你添麻烦的，也实在是没办法了。"

　　苏劲听了，心里咯噔一下。

　　苏劲坐在副驾驶上，望了望张赫名，低下头，不知该怎么办才好。

　　苏勇用手肘顶了顶赵静，说："妹，我和你嫂子就是来北京碰碰运气，找到工作就做，找不到我们就原路返回，不能给你添麻烦久了。"

　　张赫名体谅苏劲的为难，就抢先一步答应着说："行，反正家里还有个房间暂时是空着的，是宝宝的房间，反正孩子还没怀，早着呢，你们先住下，等找到了工作，我们再帮你找房子。"

　　苏劲想了想，说："住一起不太好吧，还没有问过我公公婆婆，毕竟家里是他们做主的，反正大哥大嫂既然来找了我们，我们是肯定会把你们安排妥当的，住这些不用操心，就算不住我们家，我也会帮你们租好房子。"

　　"那都说在北京租房子可贵了嘞，能省就省，我们打工一个月也挣不了几个钱，我就找个超市收银，你哥哥要么去工厂，要么去看大门，都行，总比在农村里窝着好。"赵静说。

　　到家了，婆婆做了满满一桌子丰盛的晚餐，公公也买了上等的好酒来招待。

　　苏劲有些内疚，她不像从前总认为自己还有赫名对她的家人好是应该的了，她也充分认识到自己在这个家的重心和位置，还没等吃饭，赵静就问客房在哪里，要把自己的被褥行李往里面搬。

　　苏劲说："嫂子，客房有整洁的被子，就不用铺了，明天我带你们去找房子。"

　　赵静眉一皱，说："找房子？我们不找房子，先找工作，我和你大哥就住几天，你不会都不乐意吧。再说了，你公公婆婆不还没说不同意吗，你怎么就赶我和你哥哥走了呢。"

　　苏勇说："赵静，你少说点话行不行，吃好了饭早点睡，已经够打搅的了。"

　　李雪芝见状，她为了苏劲，也做出让步，说："没事，房间空着也是空着，我退休在家一个人也寂寞，你们就暂时住在这里，只要不嫌弃房子小，挤到你们就好，我们吃什么你们就吃什么，先找工作要紧。"

　　苏劲被婆婆的通融所打动。

　　苏勇和赵静夫妻俩就这样也住了下来，刚开始的两天还都是相安无事的，苏勇和赵静白天出去找工作，也就晚上回来吃饭，睡觉。李雪芝也算是很客气地待客，每晚都加菜，并没有任何怨言。苏劲和张赫名商量了一下，给了一些钱给婆婆，作为补贴家里的生活费。

　　赵静嘴巴伶俐，办事精明，很顺利就找到了一家超市做收银员，只是苏勇因为腿脚不便，苦力做不了，脑力劳动也无法胜任，天天在外跑，却处处碰壁，有些沮丧。

　　赵静下班，买了些超市降价打折的水果回来，吃过饭，李雪芝收拾碗筷，洗碗，苏劲要给她帮忙，她让苏劲和张赫名早点去休息。苏劲当然是明白婆婆的言外之意，意思是让苏劲要抓紧怀孕。

　　苏劲回到房间，对张赫名说："我这几天，心里总之是很温暖的，我感受到了你妈妈对我的关怀，也许是因为我失去了第一个孩子，她现在对我真的很好，所以，我们要加把劲，早点怀上宝宝，满足咱爸妈抱孙子的愿望。"

　　张赫名笑道："我放水洗澡去，等我！让老婆生孩子这种事，我是最乐意做的了！"

　　"油腔滑调，惩罚你做俯卧撑！"苏劲说。

　　赵静耳朵贴在墙上，努力偷听着。

　　苏勇把赵静拉了一下，说："哪有你这样的嫂子，爱听墙根，人家夫妻俩私密的事，你怎么喜欢偷听。"

　　赵静嘘了一声说："你别吵，你懂什么，我才不要像你，整日糊里糊涂地过日子，眼观四方，耳听八方，你懂不懂。察言观色，明白不。你说，苏劲和张赫名是咋想的，他们生活得这么好，工作也好，为啥不给我们安排个好工作，要是咱在北京也有房有车，那该多好。尤其我要批评你的妹妹，她婆婆都没说要我们走，她今晚还侧面提了一下，问我们打算什么时候找房子，说等学生毕业季，房租就要涨了，这不是明摆着赶我们走吗？"

苏勇说："你怎么能这样想，还打算赖着不走了吗？不是说了就住几天，这不是咱们家，我妹子结婚之前是有个婚前约定的，好像是规定我们亲戚不能常住的，我看要不我们明天就搬走吧。"

"搬走？你工作还八字没一撇，往哪搬？你知道房租得多少钱吗？动辄好几千，咱来北京是挣钱的不是消费的。我看，要不这样，反正他们房子空也空着，我们给点房租就是了，还能一起有个照应，苏劲婆婆又退休了，还能给咱做饭吃。"赵静计划着。

"你想什么呢？白日做梦！我去和我妹谈谈，别带着她为难，这家不是一个人说了就算，哎呀，我也住不习惯这里，我要是在工地上找到了活儿，我就带你去工地，看有没有那种夫妻工棚。"苏勇说。

赵静白了一眼，说："我才不去工地住什么工棚，我可是白领，我们收银员工作服都是白衬衫。我还买水果回来给他们吃了呢，苏劲她婆婆连声谢谢都没说，是不是瞧不上咱买的东西啊！"

"你又多心了，买个水果你还吧唧吧唧，要人感恩戴德，你不天天吃人家住人家里吗？"

"哎，我说苏勇，你结婚之前可不敢和我顶嘴的啊，你现在是嘴巴越来越好使了是吧。你待会儿就去找苏劲说，我的意思是长期住在这里，我不想自己租房子或者去工地，最好再拜托他们给你找份工作，人家是北京人总有点人脉关系，比咱强多了，你整天在大马路上找，工作能砸到你身上来吗！"

"好好好，我去，我去行了吧。"苏勇实在是服了自己媳妇的这张嘴。

张赫名走进厨房，说："妈，要我帮忙吗？您休息一下吧，这退休在家您反而更忙了。"

"不用不用，你回房间吧。你爸都不洗碗，我还会让我儿子洗碗吗？"李雪芝说。

张赫名看到洗碗池旁边的一袋水果，他打开袋子，想洗个水果拿给苏劲吃，一袋子苹果，几乎每个都是有坏的小眼。张赫名说："妈，买的什么烂水果？没一个好的！"

"不是我买的，我什么时候买过烂水果，是苏劲嫂子买的。这种烂了有一个眼的水果都是含有毒素的，吃了要致癌的。她肯定是图便宜就买了，你别吃，等会儿我扔垃圾时丢楼下去。"李雪芝说。

正巧，这话就被出来取水喝的赵静给听到了，赵静不动声色地退回了房间，关上房门就开始自言自语发作火气了。

赵静握着水杯，气冲冲地说："什么人，我好心好意买水果回来，还嫌弃我买的是坏的，不就一点点吗，吃了会死啊，居然都扔掉，真是好心没好报，我看就是看不起我们，越是这样，我越是不走，我就不信还能赶我走！什么婚前约定，婚都结了，还约个什么！"

苏勇实在是无法对苏劲开口提要常住的事，只好硬着头皮说："苏劲，大哥有些事想和你商量一下，你先听听，我是听你和赫名的决定。"

苏劲笑了，说："哥，跟我你还不好意思啊，有什么话就直说。"

"你大嫂现在找到了工作，我因为腿脚的缘故，也没找到活干，反正我浑身都有劲，也能吃苦，不行我就去工地干活，你这附近也有建筑工地，我打算去问问。现在工作是一个问题，还有一个就是住的事，我的意思是搬走，看找个便宜的民房住了对付一下。你嫂子呢，就说你家里这个房间空着也是空着，要不我们给房租，就住你们这儿。我不想的，因为住在一起久了就有矛盾，还要把你牵扯进来，你婆婆是个好人，但人都是首先要维护好自己的利益。所以，要是你嫂子问你，你就说你不同意，不然你同意了，那我是说什么，她也不愿意搬走了。"苏勇坦诚地说。

"哥，你能体谅我的难处，我也要体谅你的难处，我这几天一直给你留意着合适的房子，我和婆婆也是刚有了点感情基础，那张婚前约定还贴在那里，我不想违约打破家庭的安宁，但是哥哥嫂子我也要管要护，你们前三个月的房租我和赫名来出一半，这样多少能给你和嫂子减轻点负担。"苏劲将自己的计划和盘托出。

苏勇意味深长地说："你这个傻妹妹，一直以来，你倒像个长子，是家里的顶梁柱，你对大哥的好，大哥都放在心里记着。说真的，大哥这些年来，最亏欠的人就是你这个妹妹，我没帮到你什么，却总连累你，我腿还瘸，不是家里房子啥都有了，赵静也不会心甘情愿地嫁给我。"

"大哥，说什么呢，给嫂子听到了多难过，你别操心了，我是不会让你去工地的，我明天问问我朋友俞思，她妈妈认识的人可多了，看有没有你能做的工作。"苏劲说着，从包里拿出一个微型验钞机，递给苏勇，"这个你给嫂子，我今天特意买的，有些超市是没有验钞机的，嫂子收银要是怕收到假钱，可以用这个验钞票的真伪。"

苏勇收下，说："难得你有这份心留意着，你上班这么忙，以后别给我们买了。"

苏劲又从抽屉里拿出一瓶香奈儿的香水小样，说："这个你也拿给嫂子，也是我朋友俞思送我的，我都没用过。"

赵静在房间里急得团团转，想着苏勇怎么还没回来，她是急于要告状，好容易房门开了，苏勇正准备说苏劲给的东西时，赵静阴沉着脸哭诉说："苏勇，我都要气死了，你知道吗，我好心好意买的水果，苏劲她婆婆居然嫌弃，把当垃圾给扔了，这不是看不起我吗！"

"你是不是买的烂的，买的不好啊？"苏勇坐下来，问。

"就一点点疤，没烂啊。"赵静委屈道。

苏勇看着桌上的几个完好无损的苹果说："你是不是把好的苹果都挑出来了，那些不好的就送给人家吃。你不能这样，要是他们给我们吃馊的饭菜，自己吃好的，你怎么想？"

"那我不管，我话说前面，我以后买东西吃，我都不给他们吃，我拿回房间，就我俩吃。对了，你和苏劲怎么说的？"赵静说。

"她在给我找合适的房子，说前三个月房租她和赫名给我们出一半，还说明天托朋友给我介绍工作。"

"哼，那还不是赶我们走，给个一半房租当抚慰金啊，我才不稀罕，我不走，她婆婆也没说让我走，她倒让我走，真是吃里扒外的东西。"

"什么吃里扒外的东西，你怎么说我妹妹的，你有点嫂子的样子好不好。你看，这个验钞机和香水，都是她特意送你的。"苏勇将验钞机和香水递给赵静。

赵静眼睛一亮，拿在手里爱不释手，仔细看了之后，目光又黯淡下来了，说："我算是明白你妹妹的意思了，这是在含沙射影骂我呢，给我验钞机的意思是说我笨啊，连钱是真假都怕分不清。还送我一小瓶香水，不就是嫌弃我有点儿狐臭吗，上次还问我要不要去医院割掉腋下的什么，我最讨厌别人拿我的狐臭做话题说事了！"

"我和你没法说了，你要是不要我就送回去，别没事找事了。"

"苏勇，你胆子大了，你都敢冲我了，你就知道护着你两个妹妹，都是个宝。谁不知道啊，苏劲心里是恨着我呢，上次我们结婚，我说的那话惹着她不高兴了。我做嫂子的哪点对她不好了，上次我还买了宝宝佩戴的银器送给她，是她自己不争气，孩子死了，咱妈才退给我的，她倒一点不领情。"赵静也不择言，就这么随口说。

苏劲路过门口，听得是真真切切，清清楚楚，特别是那句——是她自己不争气，孩子没了。

这么悲伤的话题，被自己的嫂子如此轻松挑起，如同轻易用刀揭开她的伤疤。

苏劲低头走回房间，一时没缓过来情绪，对刚洗好澡兴冲冲坐在床上张开怀抱的张赫名无动于衷。她想，是该快点让哥哥嫂子搬走了，否则，这个嫂子迟早会把家里闹得鸡犬不宁。

苏劲最特别的地方就是，她虽朴实，但不笨拙，她是个聪慧的女子。

张赫名搂着苏劲说："老婆，怎么闷恹恹的，咱可是有任务在身。"

苏劲苦笑："真羡慕你，永远都是一副笑脸迎人，明天下班我去看几处房子，趁早让我哥嫂搬走。"

"要这么匆忙吗？"

"他们在这儿，影响整个家的心情。"苏劲实话实说。

"老婆，你这算是大义灭亲吗？"

苏劲依偎在张赫名的怀里，得到了些许安慰。

在北京想找个交通便利还物美价廉的房子那简直比中彩票还难，除非是凶房。倒是真遇着一房子出租，特便宜，一打听，原来一个月前刚一个年轻女子在房内自杀，苏劲正说着觉得房子阴嗖嗖的，犯冷，一听说是凶房吓得往门外跳。

带着哥嫂绕了几圈也没找到合适的房子，赵静要么就是嫌房子太破旧了简直就是毛坯，要么就是嫌房租太高听到房租惊得舌头都伸出来了。苏劲就拖着疲惫的身子陪着哥嫂按着从搜房网上抄的地址一个个找。

最后反而惹得赵静不大高兴，说："我要累死了，收银站了一天，下班到现在饭也没吃，跑到现在。"

苏勇说："苏劲和赫名不也是一下班就过来了，你自己为自己的事操心你还抱怨。"

"我上班和他们上班一样吗，他们是吹着空调坐在办公室里的真皮沙发上。"

"嫂子，我们哪有你想的那么舒服，外企压力可大了，那是神经一分一秒都紧绷着，整天和账目打交道，一点差错都能失去工作。"苏

劲说着自己的工作。

"那你把我和你大哥也弄你那去上班得了，我觉得我们脑子都挺好使的。"赵静说。

"对了，正想说呢，俞思她妈妈给我大哥找着了一份工作，是送奶工，就是每天早上给小区里送牛奶，我大哥腿骑电动车也行，工资还蛮高，就是要起早，好在大哥在家里，也从不睡懒觉，能起得来，大哥，你看呢？"苏劲问。

"好啊，送牛奶也比在工地上搬砖强，这工作，我做！"苏勇开心地说。

房子没租到，好在工作是暂时定下来了。

苏劲特意请大哥大嫂在全聚德吃饭，毕竟哥嫂来北京这些天，她也没好好陪着他们一起逛逛，吃吃北京的特色饭店。苏劲打电话给婆婆，告诉不回家吃饭了。

李雪芝正在做饭，卓惠娜也在，正在李雪芝面前数落着苏劲哥嫂来到家之后把整个家都糟蹋了。

李雪芝说："少煮点饭吧，都不回家吃饭，你叔叔在团里吃，今晚就咱俩吃了。"

卓惠娜说："那也是落得个清净，我好些天没来了，一来就闻着家里的气味都难闻，你看卫生间的马桶都是脚踩的印子，他们农村人都不会用马桶吗，就拿脚踩，真是没素质，还有沙发都有股味道，像是谁胳肢窝靠在上面渗着的狐臭味。"

"得了，你就别那么深入描述了，再说我都吃不下饭了。你看看，我这还真是弄了俩大爷回来住了，在外面吃饭不得花钱啊，那肯定是赫名出钱啊，这钱要是来买菜，都够吃一星期的了，上次她大嫂买了点水果回来，还全都是烂的，我一个没吃，都扔了。"李雪芝说。

"干妈，我可真佩服你的忍耐力，我今晚还就要瞧瞧，苏劲的大哥大嫂是什么样的人，取笑取笑，为您出口气。"卓惠娜捂着嘴笑。

第十二章　糊涂嫂嫂乱搅和，家庭矛盾升级

"你别惹事了啊，他们今天都出去找房子租了，要搬走了，别好人做了恶人也做了，我和苏劲关系才好一点，我不想家里家外无宁日。"

"干妈，你怎么立场都不坚定了，你忘记你是多么讨厌苏劲和她的那群亲戚了啊，你忘记你说的我才是你的理想儿媳妇吗，我可还对赫名哥心存希望，我呀，就等着他们离婚。"卓惠娜坦然地说，毫不避忌。

李雪芝说："那是从前，现在我可只求将就，顺顺利利抱个孙子就好。"

"那婚约呢，干妈，难道您之前定的婚前约定都可以不算了吗，那我来读给你听。"卓惠娜说着就移开花瓶，对着墙上贴的婚前约定读道："规定第三条：乙方每年可以有三次以上六次以下父母赴京小住的次数，每次住不能超过一周，人数不能超过2人。第四条：乙方的亲戚来京投靠、找工作、求医求学等次数每年不能超过三次，否则不予以贵宾招待。干妈，苏劲这次太过分了，明显是欺负你，她哥哥嫂嫂都住了超过一周了，这一年，我也看他们家把这儿当驻京办事处了，您这一退休，正好就接着成为驻京办主任了。"

李雪芝听了，走了过来，也对着墙上的公约念道："第十一条：对于卓惠娜这样客人的来访，每月不得超过两次（节假日除外）。你也别忘记了这条，你这月是第三次来了吧？"

这让卓惠娜一惊，到底苏劲是给干妈灌了什么迷魂汤，居然会开始护着苏劲了，卓惠娜撒娇着说："干妈，您也取笑我，我不是想念您才老想着来看您吗？您这样说，我下回可不来了啊。"

"哈哈，是想你的赫名哥哥吧。惠娜啊，干妈和你说句心里话，我从小看着你和赫名一起长大，我心里确实一早就把你当做自己的准儿媳，因为我觉着你像我的女儿，如果能成为我的儿媳妇，那一定就是亲上加亲。但我现在慢慢发现啊，女儿就是女儿，儿媳妇就是儿媳妇，这是不能互相置换的。"李雪芝言外之意是表达得很透彻了。

卓惠娜不答应了，说："不行，干妈的意志太不坚定了，你一点一点被苏劲给瓦解了，我告诉您啊，我是不会轻易放弃赫名哥哥的，我爱他，他和苏劲才认识几年啊，我就不信赫名哥没有醒悟的时候。"

"你必须得承认有些时候有些感情认识两年的也要比认识一生的深刻，因为那是真正的爱情。我是亲眼目睹赫名是如何和苏劲一起走过失子之痛的，他们的感情是经历过怆痛考验的，你不要低估了苏劲和赫名的感情。"李雪芝奉劝着卓惠娜。

卓惠娜坚决地说："我不管，我就是喜欢赫名哥，我会努力的。"

苏劲给大哥大嫂敬酒，说着自己招待不周，望大哥大嫂见谅。

赵静说："哪里的话，你看你不是给你大哥找着了份好工作，还领着我们找房子租，你哪有招待不周。"只是好好的一句话，因为语气的不同，反而显得有些刻薄尖酸。

"大哥要谢谢你和赫名……"苏勇说着，被桌下赵静的脚踢了一下脚，话也堵在一半，说不下去了。

"送奶工需要交通工具，我明儿和苏劲去给你买一辆电动车，租房的事，我们再多留意留意。"张赫名说。

"电动车多少钱，到时候我给你们，不能总让你们花钱。"苏勇说完，大腿又被赵静悄悄使劲掐了一下。

等他们吃完饭回到家，卓惠娜还没有走，苏劲见卓惠娜在，她心里知道，这个月卓惠娜是来第三次了，看在婆婆容忍她哥哥嫂子住这里也超过婚约规定的大度上，苏劲也没说什么，还准备向哥哥嫂子来介绍一下卓惠娜。

她哪知赵静是多么机灵的一个人啊，立马就能看出卓惠娜在这个家里的地位，笑着奉承上去说："这位是？没见过，但是气质这么好，是我妹婿的什么亲戚呀？"

赵静说着，就伸出手和卓惠娜握手。

苏劲心里捏了一把汗，担心嫂子伸出去的手会碰壁，那该多尴尬。出乎意料的是，卓惠娜也很热情的，她站起来，和赵静握手，笑盈盈一改常态的傲娇，说："我是赫名哥哥的干妹妹，这是我干妈，我和赫名哥从小一块儿长大，我们是青梅竹马的关系。"

赵静暗暗将卓惠娜打量了一番，见她气度不凡，穿着打扮非富即贵，浑身都透着一股富家女的珠光宝气。

赵静是最爱攀附有钱人的心态了，也热烈回应："哟，那我可说实话，你这模样和气质比我妹妹那是强多了，真讨人喜欢，你这身衣服得一千多吧？"

"嫂子，人家那条裙子都得一万多，你可仔细点，粗手粗脚别给碰划丝了，咱赔不起。"苏劲心里有气地说。

卓惠娜坐下来，将和赵静握过手的手掌正面撑在沙发上来回摩挲，实际目的是擦一下手，卓惠娜说："没事儿，嫂子可别当真。初次见面，也觉得嫂子一点儿也不像农村人，像咱北京人，这穿衣打扮也很时尚，就是头发上还缺一样，我送你一个发卡吧，再给你一副墨镜，那才显得气派，就更像城市里的人了。"她说着从包里拿出一个红色的可爱阿狸发卡，还有一个香奈儿的墨镜。

赵静就像受宠般，欢天喜地地接下了礼物，将墨镜戴着，那样子，活像刘姥姥进大观园遇见贾夫人般。

赵静充满谢意，说："真是太客气了，我也没什么送你的，就是送，也没什么贵重的送得出手。你人也太好了，对我们没有半点嫌弃，不说别人，就说是我们自家亲戚，可也比不上你。"

苏勇咳嗽了一声。

卓惠娜笑道："嫂子真是过奖了，一点小心意，以后在北京有事就找我，改天我请你吃饭，这是我的名片，是我爸爸的房地产公司，我在里面也就是挂着头衔，我也没什么工作能力，但到底是自家公司，还算有点规模。"

赵静毕恭毕敬双手接过名片，说："谢谢谢谢，你太客气了。"说完看了一下名片，说："乖乖，你是公司的总经理。"

"呵呵，我几乎在其位不谋其职，都是副总来处理我该做的事，我爸爸妈妈都很宠我。"

"女儿要富养，就得宠着，将来才能对钱很淡然。要是一个女人处处都爱着钱，漠视亲情，那才不好，你看你，和我第一次见面，就出手大方，对我们好。"赵静说的话，让人都佩服她溜须拍马的能力。

苏劲在一旁听着，气得都快要崩溃了，听不下去了，直接就拉着张赫名回到了房间，苏勇也回了房间关上门。

李雪芝打断了他们的谈话，指着墙上的日式钟说："惠娜，该回家了啊，看你们谈得这么投缘，下次来早点，你们好好聊一天，苏劲嫂子明天还得上班，别打扰人家休息了。"

赵静脸上堆满了笑容说："不打扰不打扰，相识恨晚。"

卓惠娜站起身，优雅地寒暄客套。

苏劲在房间里气得直掉眼泪，说："这什么人啊，卓惠娜这月来第三次了，我就不说了，因为我哥哥嫂子也住在这里，我有自知之明，自己违反了婚约上的规定，我当然没这个理去说别人。可是她是什么意思，故意拉拢我嫂子，她是什么人，你我难道不知道吗，她会无端对我嫂子这么客气吗，就是故意的，搅得我和我嫂子不和气。也怪我这个嫂子不争气，难道不知道我和卓惠娜是对头吗，还对她大为奉承巴结，说的那些话，句句针对我，像是我哪里都不如这个和她只见了一面的卓惠娜，我想着就气，这是要和外人联合起来气死我。"

张赫名反倒是想得开，劝着苏劲说："你真是自找气受，你难道还没发现你嫂子是什么人吗，嫌贫爱富啊，当初你和我说你大哥结婚那时的情形，当苏勤带着郑海威开着豪车回去时，她是什么样子对待苏勤和郑海威的，谁有钱她就帮谁，既然她是这样的人，你何必和她见气，让她早点搬走就是了，趁家里还没有大乱之前。惠娜对她热情，也总比对她冷漠好，是你的嫂子，对吧？"

"是啊，要是刚才卓惠娜对她不理不睬，那我又是另一番生气了，唉，你总是比我想得要开，我也不管了，明天一定要再继续找房子，还有大哥的电动车，不论他付不付钱，我们都给他买了，也算是对他们来北京打工我们做到了最大的支持和帮助。我别的也做不了了，我只有这么大能耐。想必嫂子也找过郑海威，不也碰壁了吗，最后不还是咱们护着她？"苏劲说。

卓惠娜走进电梯，就开始用湿巾擦自己的手掌心，恶心地说："我都快要吐了，也不知道吃了什么，油腻腻的，真脏，一副城乡结合部的打扮，土死了，浪费我一个可爱发卡和眼镜。不过苏劲的嫂子也真是极品，居然当着苏劲的面和我这么好，是不是故意气苏劲的，真是有点意思，爽，我看苏劲要气得不轻。噢，对了，她有狐臭，真是……极品中的极品。"卓惠娜自言自语。

赵静接着又巴结着李雪芝，说："亲家母，您的这干女儿可真好，又漂亮又高贵，这要是到我们那县城，可是提着灯笼也找不到一个气质这么好的。"

李雪芝淡淡然地说："行了，就别拍马屁了，她人都走了。我怎么没见你说说苏劲的好呀，到底苏劲才是你们的亲妹妹，为你们忙前跑后的，我是宁愿别人夸我儿媳妇好。"

拍错了马屁，赵静自讨没趣，闲聊了几句，正巧张音正回来了，赵静就赶紧回了房间。

苏勇见赵静拿着发卡和墨镜对着镜子不停戴来戴去，说："你够了没有，今晚有些过分了吧，你难道不知道那个卓惠娜的目的吗，她是对张赫名虎视眈眈呢，一直都在破坏这个家庭关系，怎么她给你点东西，你就忘了自己的身份，你可是苏劲的嫂子。"

"谁对我好，谁有钱，我就站在谁的一边。你看这墨镜上的标志，可是国际名牌，得好几千吧，咱在外面，就得多认识一点国际品牌

的标志，见人穿衣打扮来看她的身份，好有不同的待人接物。"赵静自以为聪明。

"你真是无药可救了，再说一遍，离卓惠娜远点，别和她搅和到一起，这女孩心眼坏，别骗着你一起害苏劲。"苏勇提醒着说。

"我又不是三岁小孩分不清好坏人，难不成你妹的仇人就全是我的仇人了！"赵静说。

苏劲在房里，想了想，问张赫名："我要不要把我哥哥嫂子介绍给之前的房东那里呢，虽然是隔断房，条件不是很好，我也一直都没开口说这事，但你看，房租高的不愿去，房子太破也不行，虽然那种房子是小了点，但也是干净的小区里，和人一起合租，我估计我大哥是肯定没啥的，就是我大嫂……"

"对啊，早怎么不说，我也都没想起来，你看我们在租房网上到处找，怎么就忘记了你的前房东呢，甭管你大嫂乐不乐意，我预感再住下去，咱家要有矛盾了，还是这两天就搬走好。"张赫名理智地说。

苏劲躺在床上，闭上眼，耳朵里似乎还在回响着嫂子对卓惠娜的洋溢赞美，她有些心痛和失望，她对嫂子并不差，却没法真心换真心，做人真难，想着想着又想到了苏勤，就对张赫名说："这周末你有时间吗，陪我去学校看一下苏勤吧，她也一直不来咱家，我想去看看她。"

"行，到时候再看大哥大嫂去不，一起去，苏勤一定很开心。"张赫名说。

第二天上班，俞思气色看起来特别好，在苏劲的追问下，才知道昨晚陆清向俞思求婚了。

"你答应没，你快说你答应了没啊！"苏劲着急了问。

俞思晃了晃左手上戴着的钻戒，脸色绯红。

"啊，你答应了啊，太好了，俞思，你终于找到你的白马王子了，一定要好好珍惜。"

"是啊，必然要珍惜，不然太对不起冯小春的劈腿了。"俞思一脸得意。

"就是就是，这真是应了一句话，上天让你失去一个人，目的是为了后面有更好的人在等着你。你们打算什么时候结婚呢？"苏劲说。

"结婚看我爸妈和陆清爸妈商量了，反正有房有车有存款，办婚礼什么也都是很快的事，你就准备份子钱吧。"

"那是必须的，我给你的份子钱是一定要足够分量，哈哈。"苏劲也为俞思开心。

"你知道吗，文珊傍上一个已婚男人，把男友许弋给甩了，现在是天天都有已婚男人来接送，我看八成是被包养了。"俞思说。

苏劲忙制止说："别胡说，让人听见不好。"

"现在被包养在很多人眼里也不是丑事了，世风日下啊，像我们这样纯情的，以爱情为目的的婚姻才不是耍流氓，以交易为目的的同居都是耍流氓，不过不以为耻反以为荣罢了。你猜我是怎么知道的？那天那大款又站在奔驰车旁接文珊，打着电话呢，被我路过听到了，说老婆，我在外面出差呢，儿子感冒了啊，那你快送去医院，我明天就回来。你说混蛋不混蛋，连生病的儿子也不管了，只顾风流快活，文珊难道不知道对方是有妇之夫吗！"

"知道又怎么样，你这么一说，我想到了我妹妹，她找了个男友，离异，比她大太多了，还带着一个快十岁的女儿，你说，这怎么行？"苏劲摇摇头。

"都离异了，那还有什么，婚姻自由，也不破坏别人的家庭。"俞思说。

中午俞思陪着苏劲去买了一辆崭新的电动车，苏勇过来之后，苏劲教着哥哥学着骑电动车，正好俞思又联系上了奶厂，就安排好了时间，苏勇骑着电动车就过去了。

苏劲看着哥哥骑着电动车驶远，有些担忧："我哥行不行啊，他腿脚不好，骑电动车也不知道稳不稳。"

"你看多稳当啊，比你稳当多了，别担心了，你哥一看就是脚踏实地的人。"俞思说。

"我哥就是腿瘸，当年我还小，只知道我哥是出了车祸，要不是这个车祸害得哥哥瘸了腿，也不会找一个强势的嫂子。"苏劲说着有些难过。

人生无处不遗憾，往往一点遗憾，会伴随终生，自小苏劲就老为别人叫自己哥哥瘸子而到处和人打架。她不许别人这么叫，不许别人欺负老实的哥哥。

苏劲和张赫名下班之后，苏劲就联系好了房东，有两间合租房，条件还不错，就开车接到了赵静，打电话给大哥，苏勇说正在熟悉工作，让赵静看着办，只要赵静看中了，那就定了。

刚到合租房，赵静就没个顾忌地说了句："这不就是贫民窟吗！"

周围有住客走过，听到了很不高兴。

"嫂子，我以前也住在这样的房子里。这里住的人都很好的，很容易相处，房租也便宜，热水器空调也有，比我之前住的条件还要好些。"苏劲说着。

房东也笑着说："是啊，苏劲在我这边住了好几年，她了解。"

赵静的心里是压根都没有从苏劲家里搬出来的念头，便说："不行，我看不中，我不要住在这种地方。"

赵静说着就径直往门外走。

苏劲和张赫名只好和房东笑着说不好意思，耽误你的时间之类的话。

赵静晚上就找了个借口下楼，躲在楼下僻静的地方，打电话给婆婆胡秀。

在电话里，赵静那是添油加醋把事情扩大化，说："妈，你都不知道我和苏勇多可怜，在北京人生地不熟，本想着投靠自家妹妹，苏劲吧，那个郑海威是个企业家大老板，也管得到咱头上来，苏劲和张赫名也是，现在就赶着我们走，恨不得马上就把我和她大哥扫地出门，每晚都带我出去找房子，也不管是什么环境什么条件，就非要我和她哥住下来。"

胡秀在电话里，护着儿媳说："那我打电话给苏劲，我说说她。不过你也得理解点苏劲，我在那都没能好好住多久，何况是你们。"

"妈，你别打电话给苏劲，回头告诉他大哥说我在你面前告状了，苏勇又得和我吵架了。我心疼苏勇，苏劲给他找了一份送奶工作，每天早上三四点就得起来，我真不忍心再让他有压力。只是我真担心，在我和苏勇还没有找到房子之前，就要被苏劲给扫地出门了。也不怪她，只怪我们穷，成了累赘，尽添麻烦。"赵静在婆婆面前是大度而贤淑温柔的。

一向就心疼腿瘸了的儿子的胡秀，听到此话，就说："赵静，我告诉你一句，如果苏劲在后面，对他大哥不好，那你就告诉我，但我相信苏劲不会这么做的，她护他大哥都护成什么样了啊。这世上谁都可以对他大哥不好，只有她不可以，不能！"

赵静似乎明白这其中隐藏了什么故事，就探着话题问："妈，为什么啊，我不懂，为什么只有苏劲不可以对她大哥不好，难道她欠他大哥的吗！"

"唉，一言难尽，这事我们都瞒了二十多年了，只有我和他爸，还有苏勇，我们三个知道，对，还有当年的司机知道。苏勇的腿瘸，是为了救苏劲才瘸的，那时苏劲太小了，才四岁多点，不告诉她，是怕她过于内疚。"胡秀说。

赵静听了，心里顿时有种特殊的感觉。

这个秘密对赵静来说，无疑会是将来某天和苏劲闹翻时对苏劲的致命一击。

苏广宏对妻子发火，说："你是不是老糊涂了，守了二十多年的

秘密，你就这么轻而易举告诉了儿媳妇，你又不是不了解她那张嘴，又自私又没余地，也没个控制，万一对苏劲说了起来，不是平白多了一个人难过。"

胡秀说："我哪想那么多，咱儿子和儿媳妇是一家人，我告诉儿媳妇苏勇腿瘸的真正原因，我难道还有错吗，再说，我还以为苏勇早就告诉赵静了呢。"

"你以为都像你这样肚子装不了货，你看着吧，苏劲的生活是肯定要被赵静给弄得一团糟，再这样下去，我就亲自去北京把他们给拖回来，没事不好好在家待着，跑去北京混什么！"苏广宏抽一口烟。

租房的事，也就这么在阻碍中前进着。

苏勇光荣地成为一名合格勤劳的送奶工，每天早上都很早就起来，一身的干劲。

这也成为李雪芝最痛苦的事情，也许是更年期的缘故，她本身就睡眠不好，苏勇这每天早上三四点钟就起来，尽管他是很仔细，生怕吵醒了大家，但到底还是有些动静，这样李雪芝几乎是每天都三四点多就醒来了，醒来就躺在床上睡不着。

李雪芝又是四点不到就醒了，直到听到客厅的门带上，知道苏勇上班去了。

李雪芝推了推熟睡的丈夫，说："哎你醒醒，你怎么就能睡得这么好，我再这样下去，非得神经病了不可，得想个法让苏劲的哥哥嫂子搬走啊，工作也都找着了，该搬走了，不能蹬鼻子上脸，我都破例了，但总不是无下限，我们家也得过日子啊。"

张音正迷迷糊糊地说："你好不容易和苏劲才亲近些，你又要折腾，苏劲不也是在找着房子吗，你急什么，赶紧睡吧。"

"我哪知道啊，怎么到现在房子也没租到，谁知道是真在外找房子还是假找，做做样子给我们看。"李雪芝说着，想着白天该找苏劲谈谈了。

第十二章　糊涂嫂嫂乱搅和，家庭矛盾升级

早上，等赵静上班去之后，李雪芝就和苏劲很正式地谈起这个话题。

李雪芝委婉地说："苏劲，你看你大哥大嫂租房子的事，要不要我帮着打听打听，帮你们问问。我这年纪大了，真是更年期了，神经衰弱，早上你大哥几点起来，我就是几点醒，怎么也睡不好。"

"妈，我这礼拜六和礼拜天不上班，我一定找到房子把他们安顿好，我也是，说实话，住一起我也觉得太不方便了，哥哥还好，倒是嫂子，还怕有哪里不周到的地方，分开住，常走动也是一样的亲，一样的照顾。"苏劲顺着婆婆的意思说。

周六找了一天的房子，苏劲才终于明白了一件事，那就是嫂子赵静压根就没有真心要找房子的意思，反正是也愿意看房，但看再多房子也都不满意，就是两个字，不租！不租也没办法啊，总不能逼着嫂子租吧，苏劲夹在中间真是为难。

苏勇发火了，说："你到底想怎么样，这个房子看不中，那个租不起，再这样下去，你就滚回家去，别在北京待了，我自己一个人随便找个地方也都能住！"

赵静气得就跑开了，苏劲想追，被苏勇拉住。

苏勇说："让她走，你看她晚上回不回去，越发没品相了，明天我们去看苏勤，回来我就和她算账，她是铁了心不搬了，我就把她东西全部给扔出去，也得搬走，不能连累你和婆婆又制造矛盾。"

苏劲也无可奈何。

赵静哭了会儿，见身后也没有人追出来，更是生气，从包里掏出那副墨镜戴上，昂首挺胸走着，这几天每当戴起这副墨镜，就会觉得走路都能直起腰杆，都有底气。身后有车在按喇叭，她回头，看一辆白色的奥迪，车里坐的不是别人，就是几天前送她这副墨镜的卓惠娜。

赵静就这么上了卓惠娜的车，轻易被俘虏，如同上了贼船，也就这么，掀开了第三次家庭大战的序幕。

其实卓惠娜给赵静的这副眼镜，还真不是什么好货，而是卓惠娜来之前在地摊上花了二十元钱买的，就是打算着要送给苏劲嫂子的"见面礼"，她相信赵静是个看似识货，其实根本不识货的大傻瓜，自作聪明就是这样的。

晚上，赵静居然平静地回到了家里，心情也似乎好了很多，原本苏劲担惊受怕的暴风雨并没有来，都松了一口气，也没再提租房子的事。

这是苏勇第一次走进大学，在苏勤所在的大学里，苏勇照了不少的照片，等到苏勤出来后，兄妹三人都开心得不得了，能在北京这样团聚，太不容易了，苏勤说："要是爸爸妈妈也来，和我们在这里，那就太好了。"

赵静说："这个不难实现啊，只要你嫁给郑海威，他那么大能耐，肯定能把爸妈都接北京来，他不是有大别墅么？"

苏劲有些不舒服，沉默不作声。

苏勤说："我是有这么个打算呢，将来一定要把爸爸妈妈接到北京来享福，不让他们在家种地了。"

中午，郑海威订了一家海鲜馆的豪华包厢。

苏劲是很不想去的，看在哥哥妹妹都很开心的分上，她只有去。她清楚，她去了，就是在默认苏勤和郑海威的恋情，但这还能怎么办呢，只希望苏勤能先安心读书，好把大学顺利毕业了，也许到那时，郑海威或者苏勤当中有一方想通了，改变了，也就会断开了，若还能坚持走下去，那也就是说明了真感情，她也无需再阻拦了。

把一切都留待时间来考验吧。

很意外的是，郑海威居然把她女儿也带来了，很活泼可爱懂礼貌的女孩子，嘴也很甜，喊苏劲阿姨，喊苏勤苏老师，吃饭的时候，还很照顾苏勤，给苏勤的碗里夹菜。

确实是豪华的海鲜大餐，一桌下来，买单时，苏劲是抢着要买单，苏勤倒安稳坐着，说："姐，你就别争了，坐下吧。"

一餐吃了六千多块钱，苏劲想，算了，太贵了，比不过有钱人。

郑海威付了钱，大家准备走。

"咦，倩倩呢，去哪了。"大家一看座位上，郑倩倩不在。

苏勇说："哦，刚去卫生间了，我老婆也跟着过去了。"

在卫生间里，洗手的时候，赵静说："倩倩，你倒是和我见过的别的小朋友不一样。"

"阿姨，我怎么不一样呀？"郑倩倩天真地问。

"你很可爱很善良，你看，你都那么关心你的后妈，还给她夹菜，我们那边的小朋友，都是很恨后妈的。"赵静说。

郑倩倩说："阿姨，你弄错了，她是我苏老师，给我补习功课的，不是我后妈，我爸爸妈妈离婚了，但是还是会在一起的，我妈妈是大律师，很忙。"

赵静弯下腰，说："你怎么这么傻啊，你被这个苏老师给哄傻了吧，她和你爸爸在谈恋爱，你没发现他们的关系吗，多亲密啊，你看你多笨，被骗了吧？"

郑倩倩听完，愣了一下，转身就跑。

这边的人正等着郑倩倩和赵静呢，就见郑倩倩跑进了包厢，用一种嫉恨的眼神望着苏勤，那种眼神让人心慌，害怕，充满了敌意和仇视。

"你说，你为什么要骗我，你和我爸爸在谈恋爱，你对我好，是因为你想成为我的后妈，是吧！你想得美，别做梦了，我爸爸只爱我妈妈，他们还会在一起的，你别再来给我补习功课了，我不需要你！"郑倩倩尖声说着。

大家都惊住了，几秒之后，苏勤受不住了，坐在位子上哭了起来。

"你还哭，我都没哭，你要抢走我的爸爸，你还哭呢！"郑倩倩

委屈地说，眼泪就要掉下来了。

郑海威都不知道先哄哪一边好了，只好先搂着女儿说："宝贝，你听谁说的，没有的事，爸爸和苏老师没有你想象的那样……"

"你还骗我，之前她给我补课，晚上都没有走，我让她陪我睡觉觉，你说不可以，是不是她在陪你睡觉觉！不要脸！"郑倩倩童言无忌，一席话说得大家都脸上无光。

赵静根本就没有再走进包厢，在包厢门口听到一点儿话后，就自己坐车回去了。

赵静心想：苏勤，这可都是你自己造成的，我来北京，你一点儿都不管我，郑海威这么有钱，也不帮我，我就是要搞破坏，让你们的丑事被小孩知道，我看你怎么办。

包厢里，苏劲安慰着苏勤，对郑海威打了个手势，意思是她和张赫名先带着苏勤走，让郑海威好好和女儿沟通一下。

苏勤在哥哥姐姐面前被郑海威的女儿羞辱，更是心里难受，苏勇还找着自己的媳妇，没找到，打电话才知道，赵静说肚子不舒服先坐车回去了。苏勤反应了过来，愤怒地说："我知道了，你们今天来是故意串通好的，是你们让嫂子去对郑倩倩说的，你们的目的就是要拆散我和郑海威！"

"苏勤，你疯了吗，我和大哥是这种人吗，会背后搞小动作来伤害自己妹妹吗？我哪知道，事情没问清楚之前不要胡乱下结论伤害彼此的感情好不好！"苏劲呵斥苏勤，这个妹妹要是再不管管就没治了，她居然都在郑海威那里过夜留宿，是真要造反了！

"如果你和大哥不知情，那就是赵静做的，只有她在卫生间接触过郑倩倩，她的目的不就是报复我没有去给她帮忙出力吗！"苏勤情急之下，直呼赵静的名字。

苏劲说："嫂子的名字是你喊的吗？苏勤，我对你已经够容忍的了，你和郑海威谈恋爱，我也不反对了，但你还在读书阶段，什么是该做不该做你不知道吗，刚郑倩倩说的那些话，你丑不丑，还要廉耻吗？"

"我怎么不知廉耻了？我光明正大谈恋爱我丢了你们人了吗！"苏勤气红了脸。

"苏勤，你小声点，怎么和你姐说话呢。"苏勇批评着苏勤。

"你还是管好你老婆吧，她心肠也太坏了一点！"苏勤说。

张赫名劝着苏劲："你就别再说苏勤了，她会有自己的打算的，我们回家吧，还要给大哥看房子呢。"

苏劲作罢，说："你在学校老老实实给我好好读书，我会和你们辅导员通电话的，别再任性了。"

苏勤看着哥哥姐姐姐夫们走了之后，心里又悲又羞，郑海威到底还是护着自己的宝贝女儿，到现在还没有出来，还在哄倩倩吧，她算什么呢，后妈，继母？甚至还有同学在盛传她被包养，当小三之类的，她认识郑海威的时候，他明明已离婚了，她到底犯了什么错，难道有钱有前途的女人嫁有钱人就叫门当户对，她就是拜金贪财吗？

不远处，艾好站在一棵树下，望着苏勤，他多想走过来，对苏勤说一句还好吗，他连这个勇气都没有，他只是发誓，自己将来一定要有出息，要比郑海威还有钱。

苏劲回到家里，看到卓惠娜又来了，嫂子赵静和卓惠娜有说有笑，她倒都没见过嫂子和自己这么有说有笑过，本身就积压了一肚子的气，苏劲是气得看不下去，进房间的时候重重地关上了房门，好端端一个周末就这么被搅和了。

苏劲打电话给俞思，俞思正和陆清在挑婚纱呢，准备拍结婚照。

苏劲本打算约俞思出来玩的，这下又泡汤了。

自从上次的误会之后，俞睿也没有再和苏劲在工作时间之外联系过，听俞思说，俞睿正被一个90后青春美少女追求着，总是一声大叔地喊着，俗话说女追男隔层纱，看来要不了多久苏劲就要给俞思俞睿双

双道喜了。

打完电话，实在无聊，也不想去客厅，苏劲就给家里打了一个电话，电话里爸爸提起让哥哥嫂子回家的事，苏劲说这让哥哥嫂子自己来做主，她正在给他们找房子租。

"苏劲，又给你和赫名添麻烦了，前阵子你们闹离婚，这好不容易才好起来，你大哥大嫂这一去，到现在还住你家，也不知道你婆婆心里是咋想的，会不会早就生闷气了，我也和你哥说这事了，不能老这么赖在张家不走。"苏广宏说的都是实际话。

苏劲宽慰着爸爸的心："爸，你就别操我们这边的心了，我会处理好的，再说我婆婆真的很不错，我也明白自己不能得寸进尺要将心比心，我会权衡好的。"

苏劲没有说起苏勤的事情，更没有说嫂子赵静做的那些事。

"要是你嫂子说什么话冲撞到你，你也别往心里去，就当看在你哥哥的分上，别和她计较。结婚之前，我和你妈都考虑到你哥哥嘴笨，心眼太实在，想找个精明能干的儿媳妇，这赵静实在是聪明过头了，我看她是要总做聪明反被聪明误的事。"苏广宏说。

和爸爸通过电话后，苏劲的心也踏实多了，好在父母还是心有明镜的。

过了会儿，房门敲响了，是婆婆走了进来。

听到客厅里的声音，卓惠娜还没有走呢，正和嫂子在说着韩剧。

苏劲站起来，说："妈，您的黑眼圈重了不少，这几天都连着没睡好吧，我大哥上班早，肯定吵到了你。"

李雪芝摆摆手，笑着说："没事，就是早上刚被闹醒那时心里有点怨气，想把你也拉起来，不过醒会儿就好了，想想都怪不容易的。你大哥大嫂在咱家也住了大半个月了，两个人工作也算短期内固定下来了，所以，我就想说，这租房的事，我也问了几处，房租还可以，相同的条件下算便宜的了。我这样想的，咱家开始也支援你大哥大嫂一点，前三个月的房租我们来付一半，你看行不？要是行，明天就能搬，有一处是我老姐妹的房子，空在那儿，她退休了就搬女儿那儿住去了，明天就能搬去住。"

"那好啊，我和我大哥大嫂说一下，明儿就搬。妈，和您说实话，别说您了，我都迫不及待想他们搬走了，家里房子又小，人多了实在不方便。"苏劲说。

李雪芝微笑着说："这不，惠娜这月来的次数多了，我回头也说说她，咱们都各自管管自家的亲戚，控制一下数量，按照婚前约定执行，好吧？"

这样的谈话是苏劲最能接受的方式。

等到卓惠娜走了之后，苏劲就找大哥大嫂开始谈这个事。

起先正好碰上大哥在说大嫂不应该把苏勤和郑海威的事告诉郑倩倩的。

苏勇说："今天的事，你做得有些过了，当着苏劲的面，有两件事我们要说清楚，你做嫂子的，有不对的地方就该改。你对不住苏勤，更对不住苏劲，你要认错。"

"凭什么我认错，我哪错了，我是在帮苏勤，她不迟迟都不好意思开口告诉郑倩倩吗，我帮她说了，迟早都要面对的嘛。再说我和卓惠娜，我们俩谈得来相见恨晚做朋友不行啊，苏劲和她是情敌我又不是，我倒希望是呢，她要是看上你苏勇给我一大笔钱我也乐意！"赵静真是一番话可以打翻三条船。

苏勇气得拳头都握紧了，自己对自己说要克制。

"怎么，你能耐大了，送个奶还脾气见长了啊，想打我啊，你不看看这是在谁家，你还造次。"赵静说完，坐在床上翘着腿，戴上卓惠娜送她的墨镜。

苏劲一眼就看出那个墨镜是地摊上低劣的仿品，卓惠娜就是这么一个破玩意就能把赵静哄得团团转，苏劲哪次送嫂子的礼物会比苏劲买

给自己的东西差。

"你小点声行不行！"苏勇紧张地说，怕惊扰到了张赫名的父母。

"我就要大声，让人家看看你们苏家三兄妹多有素质！"赵静声音更大了。

苏劲忙调和，说："哥哥嫂子你们别吵了，都不容易，都辛苦，你们明天还要上班，早点睡吧。"

"苏劲，你别走，你不是有话要说吗，既然都说得她心情不好了，就继续说，免得明天她又说心情不好！"苏勇拉住苏劲。

苏劲见状，只好说："我婆婆的朋友有一处空房子，租金也便宜，婆婆说前三个月的租金我们出一半，如果想搬，明天就能搬。"

"你这是在赶我走吗？我就不走，你就是租金全部付我也不走，请神容易送神难，我就是不满意你们的态度，瞧不起我们是吧，嫌我们给你们丢人了，苏劲，你从我和你哥来的那天起就张罗着要我们走，你还有没有一点良心，你哥腿瘸我都不嫌弃他，你更没有资格嫌弃他！"赵静吵吵起来了。

苏劲忙压下来，说："嫂子，你别吵，我是和你们商量，你又不是没看到那墙上贴的婚前约定，不能住超过一周，你们都住了大半月了，我婆婆每天做饭，给你洗衣服，都够好的了，咱不能得寸进尺不是吗？再说我也力所能及去做了，我只有这么大的能力啊，我自己还要生活，我也有家庭。"

"反正我不会搬走，你把我东西丢出去就是了，让这小区里的人都看看，你和张家人是怎么联手把自己哥哥嫂子扫地出门的！"赵静上纲上线，没完没了。

李雪芝实在是听不下去了，就也走过来，说："您这话说的，我就不乐意听了，我们这是好心还惹着不是了。你这是要干嘛，赖着不走了吗，苏劲是我儿媳妇，我都没这么朝她嚷嚷，你做嫂子的，平辈之间，也要尊重她一点吧。你要是有怒火，朝我来，这家我当家，婚前约定在那儿贴着呢，你们必须搬走，我这房子不出租。"

赵静冷笑一声，说："我怎么觉得这家是苏劲做主呢？"

苏勇大吼一声："赵静你给我闭嘴，够了，再说我就把你拎出去，你今天住这里，我明天搬走！"

"你走啊，除非你连我肚子里的孩子都不要了，你就走！"赵静抛出一句戏剧性的话。

所有人都鸦雀无声了。

"我都怀孕两个月了，就是没告诉你，想着给你一个惊喜，你却不护着我，你前脚走，我后脚就去医院流产，跟你离婚！"赵静的杀手铜终于亮出来了。

"老婆，你说的是真的吗，你有我的孩子了？我要当爸爸了吗，老天，终于让我们老苏家有后了，我太开心了。"苏勇的脸上露出了难得的笑容，一下就包容了赵静之前所有的错。

"嫂子，怀孕是好事，怎么瞒着我们，你别动怒，我那次失去孩子，就是因为一时怒气上来动了胎。不过，搬是更要搬了，你怀孕了我们住一起也不方便，换个环境，房子也大些。"苏劲语气放好。

李雪芝也不敢多说了，不想再像上次那样酿成悲剧。

"我不想搬，我说了，我可以给你们房租，苏劲，这个房子，只要你点个头，我和你大哥是可以住下来的吧。有件事本来我不想说的，既然你执意想赶我们走，那我就说，你看看你大哥的这条腿，你看看这瘸了的腿，你知道真正瘸了的原因吗？当年正是因为你的贪吃，你要过马路买吃的，一辆货车开了过来，你大哥是为了救你，才成瘸的，才残疾的！他那年还不到十岁就会拿命来保护你，怕你内疚，一直都守护着这个秘密。可你呢，你现在只想着赶我和你大哥走，要是你大哥的腿没瘸，供你念书的钱来供他念书，是不是现在一切都会是相反的模样！"赵静一口气说完，冷静地看着苏劲。

苏劲已经泪流满面了，她对自己四岁之前发生的事没有什么记忆了，她没有想到，原来真相是这样的，是她年幼时间接害了大哥。

"大哥，嫂子说的是真的吗？你为了救我才受伤的，是不是，你怎么这么傻，你才比我大几岁啊……"苏劲说着，呜呜就哭了。

苏勇把苏劲的肩膀拍了拍，这个农村的朴实汉子对妹妹表达感情最亲昵的方式就是拍拍她肩膀，苏勇说："大哥也忘记了，那时太小了，我不记得了，不管是不是为了救你，我都能接受自己腿瘸的事实，我一点也不后悔，失去健康的腿和失去妹妹，让我现在重新选择，我依然是这么选。"

赵静说："你听听，你大哥是怎么待你的，要摸着自己的良心做事。"

那晚，大家都没有再就搬家的事提出什么，有喜有悲。对苏劲而言，喜的是嫂子有身孕了，悲的是她才知道大哥腿瘸的真正原因，她充满了自责和内疚。

她再也没有资格让大哥大嫂搬走了，大哥不仅是她的大哥，还是她的救命恩人，当她看着大哥残疾的腿，一瘸一瘸地走着，她就受着良心的折磨。

几天之后，李雪芝是真的忍不住了，她不知道这样下去的结果是什么，她第一次正式下了逐客令。

吃过饭，赵静放下筷子就要回房间，李雪芝想着就觉得憋屈，这退休在家，本想等苏劲怀孕伺候自己儿媳妇，抱孙子的，没想到这倒给伺候起外人了，孕妇要忌口，她做个饭还要顾前顾后，她再这么下去就要憋疯了，不管了，就算是和苏劲翻脸，她这次也要把苏劲的大哥大嫂请出去！

李雪芝没有和苏劲打招呼，径直用钥匙开门走进赵静的房间，赵静正在换衣服，吓了一跳，张口就冲着说："你干嘛这么没礼貌，不能敲门啊，居然直接拿钥匙开门。"

李雪芝镇定地坐下来，说："我用钥匙开门是我的权利，我想告诉你，这是我家，房产证上可没写苏劲的名字，你们更没有资格霸占我的房子不走，我知道你怀孕了，我够容忍了，我给你们租的房子钥匙在这里，马上搬，否则，我就打110报警。"

赵静继续穿衣服，以为李雪芝在吓唬她，说："你吓我呀，我好害怕，警察来了，我就说我住我妹妹家，怎么着，警察还能拿枪把我顶出去吗？"

"你不要和我耍无赖，一分钟之内，你不答应搬，我就打110，还有56秒，56秒内你想清楚吧。"李雪芝看着手机说。

"苏劲，你快过来，你婆婆疯了！"赵静喊苏劲过来。

一下子就把苏勇、苏劲、张赫名、张音正都给喊来了。

"妈，怎么了。"苏劲问。

李雪芝不说话，只是看着手机。

"你婆婆说一分钟之内我和你大哥不决定搬走，就打110报警，你快阻止她，别这么疯下去，我要是受了刺激，和你一样流产了，这个责任谁来付？"赵静故意说到苏劲的心症上去，拿肚子里的孩子说事。

苏劲当然是感同身受，加上也护着苏家的血脉，就劝着婆婆："妈，别冲动好吗，我和我哥哥嫂子再好好说说。"

李雪芝不再犹豫，顾自说："10，9，8，7，6……"

张音正也劝着："别这样，有话好好说，至于叫警察吗，都是自家人，传出去闹笑话。"

"苏劲，我告诉你，我这个婆婆对你实在是仁至义尽了，你看看墙上的婚前约定，这房子没有你的产权，他们都住着快一个月了，打算住到什么时候，我这一次绝对不松口，一步到位！"李雪芝说着拨通了110的电话。

李雪芝推开张赫名，走进客厅，真的就报了警。

五分钟之后，警车停在了楼下。出警的两位警察都是高大魁梧的

身姿，倒真让赵静有些害怕，赵静是何等机敏的人物，立刻就哭哭啼啼了起来，那演技，真是深得卓惠娜的真传，都可以去片场直接拍戏了。

警察一打听，得了，是家庭内部矛盾，清官难断啊，一番思想教育之后，警察也就走了。

这一招，反而长了赵静的志气，灭了李雪芝的威风。

赵静哼着《北京欢迎你》反败为胜，进房间睡觉。苏勇也不知如何是好，只有赔礼道歉，跟着进了房间。

苏劲的手机响了，是三姨打来的。

"苏劲，在北京吧，我和你三姨夫下星期来北京玩啊，到时候找你啊，还有你村上的那个大妈，孙子生病那个，也要来看病，你帮着提前安排一下医院，到时候别挂不上号啊。"电话的声音在此时显得格外清晰。

苏劲哦哦答应了下来，这边妈妈的电话又打了进来，说："苏劲，你四舅的儿子过两天结婚啊，还有大姨抱孙子了，你要是回不来，这两份礼是要随的，你结婚生子他们也会来随礼的。"

苏劲哪有心思细说，仓促敷衍挂了电话，静等着婆婆发飙。

李雪芝气得坐在沙发上抖，说："苏劲，我只有骂自己人了，我该怎么说你才好，你真把我们张家给害了啊，这个家迟早要就这么垮了，我还幻想着抱孙子，幻想着一家五口好好过日子，现在这个家都成什么样子？你们家的七大姑妈八大姨夫的，今天这个结婚，明天那个生孩子，就这么不消停，我也不计较这些，亲戚多嘛，没办法。可你这亲人都赖上门来不走了，我怎么办，要是再这样下去，你也给我搬走吧，你搬走了，你和张赫名离婚了，我看他们还有什么借口赖下去！"

"妈，您别气，我一定想办法，都是我不好，对不起。"苏劲只有连声认错道歉。

"别再在我面前来什么缓兵之计了，我要你们现在就做出决定，我看苏劲，还是你搬走吧，你走了，他们就会走了。"李雪芝说完，起身回了房间。

张音正劝着苏劲："别和你妈生气，她说气话，我去和她沟通沟通。"

苏劲知道婆婆说的是认真的，换做是她，她站在婆婆的立场，也会是要这么做的。

赵静悄悄给卓惠娜发短信。

短信内容是：刚才好险，你干妈都把警察叫来了，吓死我了，幸好我挺过去了，你让我假装怀孕还真奏效，苏劲和我老公都不敢说我。

卓惠娜回复：继续努力，好样的，孩子是苏劲的软肋，她是怕了，坚持就是胜利，事成我会让你和你老公在北京有安身立命之处。

苏劲走进哥哥嫂子的房间，说："大哥，嫂子，我婆婆说了，要么你们搬走，要么我走，我离开这个家，也许后果最大也就是和张赫名离婚。我不知道嫂子是怎么了，出于什么目的非要住在这里，也许是我过去哪里得罪了嫂子。我走就是，你们住着吧。不过我走了，你们大概也不会住多久了。"

赵静心里乐滋滋的，要的就是这个结果，只要苏劲和张赫名被搅和离婚了，卓惠娜承诺会给她一个五十平米的小居室。人都是自私的，赵静自我安慰着，却没有想过，她所作的事是在伤害自己丈夫的亲妹妹。

苏勇说什么也不能看着苏劲走，说："苏劲，不走，你要是走了，大哥这辈子都不能心安的，我们搬走。"

苏勇说完，转身看着赵静，直直地就跪了下来，跪在了赵静的面前。

苏勇哀求着说："你怀孕了，我事事都顺着你，事情都闹到这个地步了，都快要拆散妹子的家庭了，你有什么怨气也该撒彻底了，我们搬走，或者我们回河南，好不好？"

"不好，苏勇，我告诉你，自打我来到北京第一天，我就没打算

再回去，好啊，你怕你妹妹离婚是吧，那我们就离婚，你看着办吧！"赵静冷冷地说。

赵静暗暗地说：傻瓜，我这都是为了你好，我们都没有什么文化水平，想在北京立足多难，我们只有卑鄙自私一点，只要苏劲和张赫名离婚了，我们就能拿到一套房子，之后苏劲和张赫名再复婚也行啊。

可怜的苏劲，夹在婆婆、情敌、嫂子之间，几乎要被逼疯了。

苏勇跪在地上，赵静就全当没看见。

赵静说："你跪一天一夜也没用，你顶多跪到三点，你还要去送牛奶呢，我先睡了。"

苏劲扶着哥哥，说："大哥你起来，你腿受过伤，经不起跪，你起来吧，我走了还可以再回来，可嫂子肚子里还有我们苏家的骨肉，再说了，这事不能闹到让爸妈知道，他们会经不起刺激的。"

苏劲回到房间，还没等说话，张赫名就断然地说："你别说，我知道你想说什么，我不同意！你要尊重我这个丈夫一点吧，你走了，我怎么办，真要拆散这个家吗，那你先拿刀杀了我，踩着我的尸体再离开这个家吧。"

苏劲陷入了从未有过的两难境地。

次日，苏劲因为通宵没睡，无精打采，上班也提不起来神，俞思给她冲了一杯咖啡，咖啡还没有喝一口，就听到赵静打电话来了，说她大哥出车祸了，也没说清楚是撞了人还是被撞了，具体情况也没说清楚，俞睿正好在公司，就开车快速朝事发地点赶去。

到了现场，交警也过来了，考虑到苏勇是个残疾人，出于人性关怀，还是以协商为主。苏勇骑着电动车，居然撞上了一辆停在路边的宝马车，车主是个年轻的少妇，纠缠不休，非要苏勇赔钱，张口就是十多万，吓得苏勇全身都是汗，大白天的，真是冷汗直冒。

"我不是故意的，我骑着电动车，头有点昏，眼睛一花，撞了上来我才知道。"苏勇解释着。

第十二章　糊涂嫂嫂乱搅和，家庭矛盾升级

"你幸好开得慢，要是你开得快，冲到了马路上，后果不堪设想，不是只有开汽车不能疲劳驾驶，你骑电动车也不能疲劳驾驶啊！"交警在一旁批评。

"真是对不起，钱我们一定赔，我哥哥是个送奶工，挣钱也不容易，早上三四点钟就要起来，他还要养家糊口，您的车大灯撞坏了，蹭了点漆，如果您车上保险了，我们赔你一些维修费……"苏劲说。

"你赔得起吗，我这可是新车，牌照都还没挂上呢，这就被你们糊里糊涂地给撞花了，你看清楚车的标志，这是宝马，你赔得起吗！"车主的傲慢与怒火，苏劲都可以理解。

赵静打车赶来了，一下车，就说："我们没钱赔，我们身上加起来还没有两千块钱，不关我的事，他是残疾人，你不会要欺负一个残疾人吧！"

车主揪住了苏劲，说："你是他妹妹，那我找你，还有这是你老公吧，你老公开的也是好车，你们应该赔得起吧。"

俞睿站出来，说："你误会了，我是她朋友而已。"

"那你也是有钱朋友，既然交警调解半天说私了，我就同意私了，现在把车开到修理厂，所有的维修费用都你们付，我这也算是做一回好人了。"车主说。

最后，只好将车开到了修理厂，换个大灯，补个漆，加一起花了一万二，还好车是宝马3系列，不是天价车。

维修费都是俞睿刷卡的，苏劲在一旁默默安抚大哥和嫂子。

苏勇说："这一万二千块钱我一定还给你，回去我给你打欠条。"

赵静说："这不都怪她吗，要不是昨晚她拿离婚来逼我们，你整宿没睡，怎么会出这事，我们哪有钱赔，幸好命大没撞到马路上，要是把命送了，我和我肚子里的孩子怎么活下去……"

苏劲偏过脸，她知道，这一万二是只有她自己来贴了。

　　处理好事情之后，大哥和大嫂一块儿走了，去把电动车维修一下，临走前，赵静还话里有话地说："苏劲，你要是真离了婚，跟他也不错啊，不比张赫名差，我看出来了，你们都对彼此有点意思，你抓紧吧。"

　　坐在俞睿的车上，苏劲不好意思地说："真是麻烦你了，我嫂子这个人就是这样说话大大咧咧。这一万二千块钱你帮我垫付的，我会还给你的。"

　　俞睿笑笑，说："什么时候方便什么时候还我，不着急，你就安心上班，别和张赫名闹什么离婚，我也听俞思说起这事，我也觉得不对劲，你嫂子虽然有些小器，但为什么你们提出出钱给她租一套房子住，她都不愿意呢，她有什么目的吧，否则不会这样，你要查清楚，别中了计。"

　　"不会吧，她是有些小自私，但本质不坏，没什么坏心，是和我一时赌气呢，我相信她不会故意来破坏我家庭的。"苏劲说。

　　"但是她已经这么做了，不是出于某种目的，正常人都干不出这样的事情。"俞睿说。

　　回到了公司，苏劲开了一张欠条，硬是给了俞睿才安心，她不想这件事被公婆还有张赫名知道，这一万二不是小数目，她得一个月一个月地存点来还俞睿。仔细一想，这样的举动也是违反《张苏婚前平等协议》第二条的。第二条：婚后，甲方（张赫名）和乙方的工资属于夫妻共同财产，任何一方进行支配，尤其是数额较大的支配，单笔一千元以上，都应该建立在甲方（张家）乙方共同商量的结果上才可以自由支配。乙方不得擅自将夫妻共同财产送出，借出，未经甲方同意，后果将直接影响家庭内部和谐。

　　结婚这么久了，发现所谓的婚前协议，其实并起不到维护家庭和谐的作用，反而让一家人变得疏离，变得隔阂，很多事都要背着去做，得不到商量和沟通，是一件适得其反的事情。

烦心事真是一桩接着一桩，一天都不消停。

苏勤的辅导员打来电话，在电话里把事情说得很模糊，只是说苏勤出了点事，要苏劲过去一趟，苏劲问是什么事，辅导员也没有明说，但在大学里，什么事都能让辅导员找家长呢，那事一定是不小的。

苏劲挂了电话请了半天假就打车去苏勤的学校，一路上提心吊胆的，生怕苏勤会闯大祸，不停给苏勤的手机打电话，也是关机的状态。

"真是要活活把我给急死了！"苏劲急得不行，想了想郑海威的电话号码，也没有保存，上次吃饭郑海威给了张名片的，也没有找到，这时候想到了艾好，苏劲打电话给艾好问苏勤的下落，学校里出了什么事。

艾好说："苏劲姐你都知道了啊，郑海威的前妻带着女儿来学校了，也没有闹，但是比闹还要厉害，我也是听同学说的，苏勤现在和郑海威在一起吧，在系主任办公室，你到了学校我带你过去。"

当苏劲听到说郑海威的前妻出来后，苏劲就意识到这事情对苏勤十分不利，她才上大二，怎么能和离异男人、前妻、富豪这些词纠缠到一起。苏劲到了学校门口，就看到了等在门口的艾好，艾好带着苏劲找到了苏勤的辅导员，辅导员直接领着苏劲就到系主任的办公室。

一进办公室就见苏勤坐在一边，郑海威和前妻，女儿坐在一边，这一幕刺激着苏劲，这算什么，倒真像是苏勤第三者插足了。

辅导员介绍说这是苏勤的姐姐，系主任请苏劲坐下，大概说了一下事情，请苏劲来的目的是能够劝劝苏勤，调解一下。

系主任说："据我了解，苏勤大一时各方面表现都是不错的，勤工俭学还拿到了一笔奖学金。也不知怎地，怎么就忽然传出介入别人家庭的话题，我也不信，直到今天，王萍律师找到了我，谈到了苏勤虐打儿童的事，我就真开始严肃对待这个问题了。"

郑海威搂着女儿，为苏勤辩护着说："主任，苏勤没有打我女儿，她妈妈纯属自己猜测，再说孩子自己玩碰伤了，就撒谎说是苏勤打

的。我在和苏勤认识之前就离婚单身，苏勤也并非是第三者，她是个单纯的女孩子。"

郑海威的前妻王萍掀起郑倩倩袖子，裙子，手肘和膝盖上有瘀青的伤痕，王萍问："倩倩，告诉老师，你的伤是谁造成的？"

郑倩倩抬起头，望了望苏勤："是苏姐姐打的。"说完迅速低下了头。

苏勤激动地说："我没有打她，我哪里敢打她，自从她知道我和她爸爸谈恋爱，每次都像仇人一样对我，故意在我面前放肆，她那天拿着打火机玩火，我就说了她一句，她就对她爸爸说我打她，哭哭啼啼的，我下楼的时候，她还伸脚绊倒我，我从楼上滚下来。我真不知道这么小的孩子哪里会有这么多心机，就是她妈妈教她这么说的。"

郑海威对苏勤说："你就少说几句，我来解释，你提这些做什么，我又不是不护着你，不相信你。"

苏劲指着苏勤身边的位置说："郑海威，你要是真想和苏勤在一起，那你就别坐在这里，你坐到苏勤的身边去，你们不是离婚了吗，为什么还像一家人一样坐在一起，把苏勤丢在一旁？我妹妹是什么样的人我知道，她很善良，不会打倩倩的，这当中一定有误会。"

苏劲又对郑倩倩说："倩倩你是个好女孩，不能冤枉好人，苏勤有没有打你，你要实话实说。"

"她才不是好人，她是个坏人，是狐狸精，抢走我的爸爸，我恨死她了！"郑倩倩捂着耳朵叫喊着说。

"你们看到了吧，她就是恨我，恨我和她爸爸在一起，所以就听她妈妈的话，冤枉我。"苏勤说。

王萍说："主任，这个事你要拿出处理决定，你们学校的女生还在上学期间就介入别人的家庭，像小三一样，还虐打儿童，如果你不给我个处理决定，我会联系记者来写好新闻稿发给你看。"

"哎，王律师，别这么说，家庭的事何必用工作方式来解决。他们都是成年人，恋爱自由，你这一闹，全校的学生也都知道了，这已经是对她的负面影响了，我看就算了。"系主任说。

郑海威愠怒，说："王萍，你是唯恐天下不乱是吗，你总是把你做律师的强势带到家庭生活中来，不然我们也不会走到离婚这一步，我们离婚了离婚了，要我说多少遍，各自开始各自的生活不好吗？我现在喜欢苏勤，我喜欢她，我也会娶她，我和你是不可能的！你也别在苏勤学校来闹了，她还在念书，你不要拿脏水往她身上泼好不好？"

郑倩倩听到爸爸在和妈妈吵架，立刻就揉着眼睛哭着说："爸爸你不要骂妈妈，不要和妈妈吵架，都是我的错，求求爸爸不要给我找后妈，我只有一个妈妈，我不要小姐姐做我的后妈……"

苏劲坐在苏勤身边，望着这一场闹剧，充满了担忧，学校会对苏勤做什么样的处理决定，苏勤的选择是对还是错，郑海威有前妻，有女儿，就算苏勤嫁给了郑海威，她的将来，会面临多少矛盾和摩擦，若她找一个青年才俊，哪里会有前妻和继女的矛盾？当苏勤选择避免无房无车无存款的烦恼时，对应的烦恼也来了，这天底下，能有多少免费的午餐。

郑海威哄着倩倩，前妻王萍的态度是坚决，必须学校来处分苏勤，可学校确实调查不出来苏勤有什么地方不对违反校纪的。

苏劲说："我妹妹没犯错，谈恋爱是自由的，你们已经离婚，何必还来干涉，现在知道心疼孩子了，当初离婚的时候为什么不给孩子考虑一下未来。"

王萍鄙视道："我和郑海威离婚了又怎样，他也常去我那里，像普通夫妻一样过日子，不过是你的妹妹不晓得而已。"

苏勤和苏劲都气得牙痒。

郑海威认为家丑不可外扬，说："王萍，别胡说了，回家吧，这件事就算了，没有人打倩倩，我这么疼爱倩倩，我再婚的话也一定是找一个对倩倩的成长有帮助的女人。"

　　"你觉得目前来看，她苏勤对倩倩的成长有什么帮助吗？噢，你意思是说找个能给咱女儿当姐姐的女孩子，回来带着倩倩玩儿是吧。"王萍不愧是律师，说话一针见血。

　　郑海威说："难怪倩倩现在都喊苏勤姐姐，我看是你在背后教的吧。"

　　系主任也无法判断了，只好说："事情我也都大概明白了，你们都回去吧，王律师，明天我会给你一个回复的，你放心。"

　　苏劲一听，急了，说："主任，这是什么意思啊，你还要处分我妹妹啊，那你也要给我一个回复，她什么地方错了，你说！"

　　王萍答道："她错在贪图荣华富贵，错在自不量力，想当我女儿的后妈，可那么容易。要是你现在能嫁给郑海威，那还有点可能，可惜你还有两年书要念，等你毕业了，郑海威不是和我复婚了，也会移情别恋到别的女人身上，你就靠边儿吧。"

　　苏勤一句话也不说，那样骄傲的她被王萍的这一番闹，觉得在所有人面前都抬不起了头。

　　王萍走了，郑海威也说先送倩倩回家，晚点来看苏勤，苏劲陪着苏勤走在校园的路上，背后有人指指点点，说她是小三将转正，前妻来闹校门，还有人举着手机要拍下她传到人人网上去。苏勤捂着脸，结果迎面走来一个男生，其实是要拍风景的，被苏勤用手一挥，险些把手机打落在地，苏勤说："别拍！"

　　"神经病，自恋狂，你长得多好看啊，谁拍你啊！"男生骂骂咧咧地走了。

　　苏劲拉着苏勤，摇晃着她说："你是怎么了，你不是最勇敢的吗，你怕什么，不要去管别人怎么说，怎么现在就开始怕别人的议论了，既然你选择和郑海威在一起，将来你们还会面对更多的非议，难道你这点勇气都没有吗！"

　　苏勤的沉默让苏劲隐约察觉到妹妹的情绪有些不正常，她很担心，却无从安慰，她很想保护苏勤，但是她有她的工作和家庭，不能够守在苏勤的身边，挡开苏勤身边的所有不好的言论和不好的人。

苏劲只有想到了郑海威，或者该去找郑海威谈谈了。

当苏劲和郑海威面对面坐一起时，在餐厅里，郑海威终于放下一个商人的城府和戒备，对苏劲说出了真心话，如果不是这一番话，后来发生的事，是苏劲绝对无法原谅郑海威的。

郑海威喝着咖啡，眼睛有些红肿，声音嘶哑，说："我想我明白你想问什么，我可以很负责地告诉你，我是真心爱苏勤，她和我前妻不一样，她没有太多的物欲，可能在你们看来，都认为苏勤和我在一起是图钱，其实不然，她和我在一起之后，我给她的钱，她都拒绝，她有时候不善于解释，她很容易受到伤害。就像我下午说的，我对我前妻说我会找一个对倩倩的成长有利的女人，苏勤就为这句话敏感了，认为我和她在一起，是因为她可以为倩倩辅导功课，你说呢，我这么大一个男人，我为愚蠢到为自己女儿找个补习老师而爱吗？我不再是二十岁的年轻人，对爱情还有诸多选择和不顾虑，我是慎重的，我真的非常喜欢苏勤。"

"你说，你会给她一个怎样的未来，是个幸福的小妻子，还是煎熬的小后妈？她还在学习，我不想你们的感情会影响到她的学业，你应该也不想的吧。你也有在念书的女儿，换做是你，你也会心痛的吧。当我今天看到苏勤被你前妻指责，被你女儿哭诉，被她的同学在背后指指点点，我有多心痛，我唯一的妹妹，她的人生才刚刚开始，就遇上了你，你能承诺给她一个幸福简单的未来，那我无话可说，是吧，爱情来了，谁也挡不住。"苏劲说。

郑海威点点头，说："你放心，今后有我活着的一天，我就不会在我的范围内让苏勤受到半点委屈，不论是我前妻还是我的女儿，我都会护着苏勤，因为她是弱势的。除非我死了，否则此生都不辜负苏勤。"

"好，有你这句话，我满意了。"苏劲说。

苏劲没想到的是，事情远远比她想象的要严重，这都是后来发生的事了。

苏劲渐渐也不想回家，她不想看见卓惠娜，不想看见嫂子赵静，更惭愧面对婆婆的眼神，她选择加班，加班，整晚都是等夜深人静的时候才下班回来，还有一个原因就是，她必须要加班，用加班费来还俞睿的那一万二千块钱。整个家的经济都是公开透明的，她和张赫名身上有多少存款婆婆一清二楚。她不想把这件事告诉张赫名，都处理好了的事情，就不说出来惹得大家烦恼。当然，她还是因为碍于那张毫无人情味的婚前协议。

倘若没有那张婚前协议，还有什么话什么事需要隐瞒的呢。一家人本该是坦诚相待的，现在都变成了人心隔肚皮。

张赫名对苏劲的天天加班抱怨，他说："咱妈还指望我们早点要孩子呢，你前段时间吃的叶酸，现在也停了，你得坚持吃啊，你老这么晚回家，我等你回来都等睡着了，困死了，一点兴趣也没有了。"

苏劲捏了捏张赫名的脸，笑着说："你以为我不累呀，没法子，最近公司事儿特别多，你就委屈一下子。对了，妈没说什么吧，前几天都说不是赵静走就是我走的，现在怎么没动静了？"

"我妈是舍不得你这个儿媳妇呢，我是绞尽脑汁地想，我也想不明白你嫂子为什么要坚守在咱家不走，莫非咱家地下有宝吗？"张赫名说。

苏劲乐了，说："你这个傻瓜，咱又不是一楼，还有宝！"

苏劲转而一想，倒是被张赫名给提示了一下，有宝，对，赵静一定是因为有利可图才会留下来，她留下来的利益是什么呢？这当中会不会有什么隐情，她并没有朝嫂子和卓惠娜串通的方面想，只想着嫂子会不会是想要霸占张家的房产啊，如果是这样，那也太不实际太阴险了吧。

第十二章　糊涂嫂嫂乱搅和，家庭矛盾升级

不过，长此以往，拿怀孕的嫂子没办法啊，要么嫂子搬走，要么就是张家人搬走了，这房产证上连苏劲的名字都没写，赵静是不可能拥有这房子的产权的，顶多也就是短期内居住在这里。

越想越头疼，无法理解。

赵静给卓惠娜短信汇报着家里的动态，卓惠娜暗示她是时候要制造新一波的矛盾了，必须要加一把火候，才能一次性完成任务。赵静躺在床上翻来覆去，想着李雪芝这两天也没有发牢骚，她该如何挑起事端呢。

翻了个身，看着丈夫苏勇熟睡的脸，赵静突然就想到了一事，脸上浮起了笑容。

第二天一早，全家人都在的时候，正好苏勇送牛奶去了，赵静说话更是有恃无恐没个胆怯，就很大声音喊了苏劲一声，然后当着李雪芝，张赫名的面，对苏劲说："前天你大哥碰刮到的那宝马车维修费，你问那个男人借的吧，他对你可真好，你该介绍给张赫名认识认识，让张赫名向他学习呀。"

苏劲朝赵静做暗示，让她不要再说下去，她想着嫂子怎么就这么笨，好端端说这事干嘛，这不是找事吗。

张赫名疑惑地问："苏劲，什么宝马车维修费，那男人是谁啊？"

赵静继续说："哎呀就是你大哥骑电动车撞到停在路边的宝马车上去了，苏劲就和一个文质彬彬谈吐不凡的英俊男人一起开车过来了，宝马车主识货呀，一看就当那男人是苏劲的丈夫，别说，还是挺般配的。结果就去给宝马车维修啊……"

"嫂子，你该去上班了。"苏劲冷语。

赵静假装想起来什么似的，说："噢，对了，时候不早了，我该去上班了。"

赵静背着包，若无其事地走了。

苏劲已感觉到，暴风雨要来了。

张赫名的醋意是苏劲曾领教过的，苏劲此刻也只有一五一十和盘托出了，她说："妈，赫名，我嫂子是添油加醋在说，其实事情很简单，我不希望你们误会我。那天我在上班，接嫂子的电话，说我大哥骑着电动车撞了车，我当时也不清楚情况，很急，担心大哥有事，俞睿正好在公司，就开车送我去。后来协商下来，给宝马车维修，维修费花了一万二，你们知道的，我身上没有那么多钱，所以，是俞睿来垫付这一万二千块钱的。"

"你晚上加班，目的就是为了还钱吧。苏劲，你眼里还有我这个丈夫吗？你有什么事你都不告诉我，你宁可让外面的一个男人来帮助你，来替你分担解忧，你也不想想我，难道你就这么不信任我吗？这么大的事，你都不和我商量一下，你只要一个电话啊，我就会过来的，这两年来，每每你家里有什么需要我们帮忙的，我哪次有怨言，哪次不比你还积极，你为什么对我还防备？"张赫名痛心疾首地说。

苏劲辩解："我没有，我没有不信任你，我是不想给你添堵，我大哥大嫂够让这个家烦恼的了，出了这种事，我不想拿到家里来说，俞睿也是正巧在那，并非我对他有什么特别信赖，你不要把事情想得那么复杂好不好？"

"我想的复杂，还是你做的事太复杂太见不得光？苏劲，是不是我把你给宠坏了，宠上天了，宠得你眼里都没有我的存在了？"连日以来对苏劲加班，以及家庭暗藏的不满情绪使张赫名都释放出来。

在一旁听着不作声的李雪芝说话了。

"苏劲，对不起了，这次我无法原谅你，我对你的包容可以说我这辈子都没有对谁这么容忍过，你把我的脾气和耐心都挥霍了，你大哥和你大嫂现在是我的眼中钉肉中刺，但我仍让他们住在这个屋檐下，难道我真没办法吗，我可以换锁啊，把他们东西都扔出去，叫他们滚蛋！我为什么一忍再忍，我是看着你苏劲是我儿媳妇的面子上，你懂不懂！

我真是蠢到家了，还想着你会成为一个好儿媳妇，你会尊重我们张家人，你会尊重这墙上的婚前协议，但你呢，一而再再而三欺骗张赫名，欺骗这个家，你就像是这个家里的叛徒！"李雪芝说的每一句话都如剑一样刺向苏劲的心。

苏劲垂头，不再理论，婆婆说的都是事实，她确实把张家给害了，张赫名娶了她，已没有结婚之前的快乐了，整个家都笼罩在雾里。

"我不想忍了，我还盼望着你会对张赫名好一点，你们有个孩子，这个家也就慢慢稳定了，可你的心哪在这家里啊，你还在你娘家人，你的上司，你的朋友身上啊。算了，儿子啊，你这个媳妇，是没有心的，还在一起，还留在这个家做什么。"李雪芝说着，心痛万分。

苏劲站起身，说："妈，对不起，我知道承认错误已经没有什么用了，如果说刚嫁过来时我的心是在娘家，那我承认，后来，你们对我那么好，那么包容，给我的关爱不亚于我的父母，我就真的把你和爸当自己的亲生父母了。也许，只有我走，这个家才能安宁，我哥哥嫂子也会离开。"

张赫名说："不许走，上一次出走，不是说好了，都不许再离家出走吗，别走。"

"你说我不信任你，那么，你信任过我吗？"苏劲说完，回到房间，关上门，痛哭一场，这一次，连衣服和随身用品都没有带，就这么净身出户，走得干干净净，不拖泥带水。

"你走了就别再回来了——"张赫名说。

苏劲走了，她照旧上班，装作什么事都没发生，俞思给她介绍了一处小四合院，是全家移民加拿大了，房子也没租给别人，正好苏劲住过去，可以帮着照看房子。

苏劲就这样住在这栋朝南的小四合院里，有个小厨房，阳台上种满了一盆盆的小绿植，芦荟、小榕树、铜钱草、茉莉，她傍晚的时候就坐在院子里，给花儿浇浇水，她换了手机号码，还是在原来的公司上

班，只是张赫名也没有来找过她。

这样下去，结果只会是离婚吧。

苏勇为妹妹的离家出走而自责内疚，却怎么也劝不动苏劲回来，也劝不动赵静搬离张家。

李雪芝直接当面质问赵静："我儿子和儿媳因为你们都闹得要离婚了，苏劲也离开这个家了，你们夫妻俩住在这里还有什么意思，真不要脸了吗，我要不是看在你怀孕的分上，我早就让保安把你们给轰出去了！"

赵静大言不惭，就当没听见。

倒是苏勇脸上无光，不知如何是好。

这时卓惠娜就成张家的常客了，常来常往，几乎是一日不落的来，还帮着李雪芝来指责赵静，让赵静趁早滚蛋，卓惠娜和赵静两个人一个唱黑脸，一个唱白脸，倒是配合默契。

卓惠娜把赵静约到僻静的茶座，说："你可以走了，别再待在张家了。"

"我不走，按照你口头承诺我的一套小居室，你还没有兑现，我就不走。"赵静说。

"你以为房子那么容易就给你啊，笑话，你说，你有让苏劲和张赫名离婚吗，你办到了吗，你没有，时机到了，你该走了，再不走，你假装怀孕肚子迟迟不见隆起，你迟早要被拆穿的！"卓惠娜说。

赵静低头看自己的肚子，说："你要是不给我房子，我就不从张家搬走！"

"你还威胁我？你不搬走也得搬走。不然的话，我就把你的事告诉你丈夫，让他看清楚自己枕边人是多么自私的嘴脸，为了自己的利益，假装怀孕，干了那么多坏事来伤害他的妹妹，你说按照他的脾气，会不会打残你啊，你看他现在对你容忍吧，那也是以为你怀有他的孩子。"卓惠娜说。

赵静说："你要是敢说出我，我也说出你的事，这一切都是你教我做的，我是按照你说的来办。"

"你去说啊，我才不怕呢，你看我干妈还有我赫名会不会相信你这个外来人。再说了，你说了你也拿不到房子，还会害了你自己，你这么聪明的人精儿，你会做损人又害己的事吗？"卓惠娜说完，从包里掏出一个信封，推到赵静面前，说，"这里面的钱，够你两个月的工资了，拿着吧，回去收拾收拾，准备腾出房间。"

"腾出房间？"

"我要搬进来呀，笨蛋！"卓惠娜说完，拎着小坤包，摇曳而去。

"呸，不要脸！狐狸精！"赵静朝着卓惠娜的背影骂了一句，打开信封，拿出里面的一叠钱，一张一张地数。

里面有五千块钱，虽然离许诺的一套房子差十万八千里，但好汉不吃眼前亏，能拿到五千块钱也算值了，赵静想，回去就搬吧，每天看着李雪芝的脸色过日子也的确让人心烦。

赵静和苏勇商量着搬走。

苏勇大惊且大喜，抱着赵静说："老婆，你怎么忽然想通了，还好，还来得及，我们一走，我就打电话让张赫名把苏劲接回来。"

"那你想过我们去哪儿呢，是继续在北京租房子，还是回河南？"赵静问。

苏勇说："我听你的啊，你说去哪就去哪。"

"苏勇，我们回去吧，我不想待在北京了，我觉得北京人吧，都太精明了，我输了。"赵静说着，受了卓惠娜的气，憋屈又不能说，想着委屈。

"是，回去还压力小，自在，大城市不适合我们，回去吧，你又怀孕了，在家就能安心养胎，我妈也好照顾你。"苏勇说。

赵静点了点头。

　　回家的火车票变得异常紧张，订的最快的车票也是两天后，还要在张家住两天，赵静有不祥的预感，她想快点搬离张家，她的预感是正确的，该来的总是要来的，出来混总是要还的。

　　晚上，在整理行李的时候，苏勇发现了赵静有很多原本不属于她的东西，有钱包，有衣服，还有丝巾，这些都好像见谁用过，是谁呢，苏勇想到了卓惠娜，他就纳闷了，卓惠娜怎么会平白无故给赵静这么多好处呢，这些事串在一起想，苏勇就想到了一点儿眉目。

　　苏勇赶紧找到赵静的背包，从里面发现了一个信封，装了一叠钱，赵静的手机正好有一条未读短信，趁着赵静在卫生间，苏勇看了那条短信，是名叫ZHN的联系人，短信内容说：你走了以后，自己想个借口流产，最好是与苏劲有关系的流产，明白了吗，这样你既脱身，也可嫁祸苏劲。

　　苏勇是有点基本文化的，ZHN不正是卓惠娜的名字首写字母吗？

　　因为平时苏勇从来不翻赵静的包和手机，所以在赵静眼里，苏勇就像一个不识字的人一样，基本上不需要防备，手机里有很多夜里偷偷和卓惠娜发的短信都没有删除，这样事实的真相就浮出了水面。

　　原来自己的妻子是这样一个自私无情无义的女人，还骗他说她怀孕了，从头到尾都在和卓惠娜串通来拆散妹妹的家庭，她这个蠢货，这个骗子，苏勇怒不可遏，坐在房间里，抽了一支烟，等着赵静出来。

第十三章
真情，让我们成为幸福的一家人

　　苏劲因为有一份重要的工作资料一直都放在家里，所以不得不回来一趟取走，她下班的时候天色都黑了，等快到小区，抄近路走一个巷子的时候，模糊中看到前面的两个人背影，好像是婆婆和卓惠娜，她们俩手挽着手，有说有笑。

　　苏劲就放慢脚步，心里有些难过，她走了，卓惠娜就踏入这个家了。

　　忽然，一个戴着口罩的男人提着尖刀跳在卓惠娜和李雪芝的面前，男人低沉着嗓子指着卓惠娜说："你把包交过来，再把手上的钻戒取下来给我，动作快点。"

　　李雪芝和卓惠娜都吓得傻了。

　　"我说话听到没有，我手里的刀子可是认钱不认人的！"男人晃了晃刀子，刀面上有明晃晃的光。

　　"你也是，叫你不要珠光宝气，你看你……"李雪芝没说完，男人一脚踢了过来。

　　"你别说话！"男人挥挥刀，恐吓道。

　　刹那间，让李雪芝没想到的是，卓惠娜竟然把包往李雪芝的怀里一塞，拔腿就跑，根本都不管不顾李雪芝的死活，那逃命跑起来的速度，比汽车一踩油门刚起步时的提速还快。

　　李雪芝吓死了，腿都在颤抖，抱着包不知该怎么办。

　　苏劲就像是一道光一样，出现在李雪芝的身边，苏劲多有劲啊，冲上去一拳就把歹徒撂倒在地，抬起一脚踩在歹徒胸口上，捡起刀，说："拿一把道具刀就敢来抢劫，真是笑话！"

　　过会儿，警察过来，带走了歹徒，苏劲搀扶着脚还发软的婆婆一步步慢慢往家里走。

　　张赫名闻讯赶来，一路找到了她们。

　　"妈，老婆，你们俩没事吧，我可要吓死了，我爸正往家赶，你们怎么回事，怎么走这条巷子来了？"张赫名吓坏了，直到确定她俩没事才放心。

　　李雪芝说："还不是卓惠娜，平时穿得就太阔绰，说陪我散散步，回来就说走这条近道，这贼是尾随我们来的，苏劲正好走在我们后面，看着有人尾随我们，你不晓得，卓惠娜多没良心，居然抛下我自己跑了，在紧要关头，才能看出谁才是自己家人，谁才是外人。"李雪芝说着，声音哽咽，一直都握着苏劲的手，不松开。

　　苏劲说："妈，我是本能反应啊，您是我妈，我只要做一天您的儿媳妇，我就有责任保护您。"

　　张赫名搂着苏劲，说："你这个笨蛋，不怕死啊，人家可是有刀啊。"

　　"我才不怕，我有劲儿，那个男人能打得过我吗？"苏劲倒骄傲了起来。

　　"你以后不会也这么把我一拳放倒吧？"

　　"看你表现咯。"苏劲笑。

　　惊魂未定的李雪芝，在苏劲和张赫名的一路打情骂俏间，竟然也就好了起来，稍微平静点了，李雪芝说："苏劲，回家吧，经过这件事，我想，我除了你这个好儿媳妇我还要谁呢，在最危险的时候，我曾理想的儿媳妇弃我不顾，而你临危不惧，站出来救我，哪怕我曾带给你那么多伤害，你也会救我，说明你除了善良以外，你还真当我是自己的妈妈，这就够了，回去，我们收拾东西，搬家。"

"嗯？妈，搬什么家？"苏劲纳闷。

"我都知道了，你住在你朋友的那个四合院是吧，其实我有天晚上还和赫名一起去悄悄看你，看你坐在院子里对那些小盆栽说话，哈哈，那院子比咱家不得小，你要是不介意，我们就一家人搬去住吧，这房子，就先让你嫂子怀孕期间住着，反正房产证上写的是我家的名字，还怕她能霸占我们房子吗？就给你哥哥嫂子住吧，我们挪。"李雪芝坚定地说。

这把苏劲感动坏了，眼泪哗哗往下落，说："妈，您干嘛要对我这么好，干嘛呀您，害我掉眼泪。"

"我不也掉眼泪了吗，来，我给我的好儿媳妇擦一擦。"李雪芝停下脚步，用手帕给苏劲擦眼泪。

"你走了之后，我和赫名都被你爸好一顿教训啊，天天都骂着让我们去接你回来，他作为公公，不好去接你，我和张赫名去看了你好多次，有一次差点被你看见，哎，想想，这么多日子相处下来，还是像亲人一样了。卓惠娜到底是女儿，我也只是把她当女儿。"李雪芝说。

"妈，以后啊，您不仅要把我当儿媳妇，也要把我当女儿，否则，我吃醋！"苏劲笑道。

好温馨啊，苏劲的心里如沐春风。

后来这段故事还被俞思怀疑是不是苏劲故意安排个强盗去的啊，当然，这都是后话。苏劲倒认为是自己傻人有傻福，是你的东西那就是你的，你付出的真心会收获到真心的。

打开家门，苏勇和赵静正扭打成一团，赵静一看苏劲来了，就喊

着："妹妹，你快救我，你哥疯了，他要杀我！"赵静惊恐的眼神求助着。

苏劲和张赫名忙拉开苏勇，苏勇还挥动着拳头，用脚踹赵静，骂道："你个败家的娘们，我再也不忍你了，我要和你离婚！"

苏劲从桌上拿起一杯冷水，倒在大哥的脸上，苏劲放下杯子，说："哥，你喝多了吧，耍什么酒疯，嫂子犯了再大的错你也不至于动手啊。我和我妈商量着，我们一家人搬走，把这房子先留给你们住，好让嫂子安心养胎。我因此失去了一个孩子了，我不想看你和嫂子重蹈覆辙！"

苏勇气愤难当，指着赵静，说："你看看，你看看你伤害的人是怎样的人，他们都这么善良，他们把我们夫妻当作亲人，可我们呢，我真后悔娶了你，还带你来北京，害了苏勤，害了苏劲，你这个害人精啊你……"

赵静坐在地上，抽泣着，一言不发。

"大哥，别说了，都过去了，现在我不是又回来了吗。"苏劲不知情，想走过去扶起嫂子。

"你别扶她，让她滚！她根本都没怀孕，从头到尾都是个圈套！我这次是彻底看清她了，这就是我精明能干的老婆干出来的事！"苏勇说着，将一堆卓惠娜送给赵静的东西和信封里的钱扔在客厅地上，还有那个装了几十条短信的手机。

真相大白了，苏劲看完了短信，不知说什么好，想骂，但毕竟那是嫂子，哥哥都打了也教训了，她选择包容。

"哥，别再责备嫂子了，反正我和张赫名也没有离婚，经历这个考验，我想我和他以后会更相信彼此，嫂子也是一时没有经得起诱惑，这日子还是要好好的过，起码嫂子没有做过伤害你的事，她也是想和你有更好的生活。"苏劲说完，牵起赵静的手，说，"嫂子，别哭了，没事，事情说开了，都是一家人，没有人会怪你，我哥是个实在的人，你以后就好好跟着他脚踏实地奋斗，也一定会过上好的日子。"

赵静真是后悔了，哭着内疚地说："苏劲，对不起，我对不起你，做了这么多伤害你的事。"

李雪芝万万没想到，一夕之间，自己原来心目中那个单纯可爱的准儿媳卓惠娜竟是这般面目，她无法接受，愣着坐在沙发上，想到底是自己哪里做错了，会造成现在的局面。幸好，幸好还不晚，这个家还没有被拆散。

一场风波以闹剧收尾，苏勇带着赵静回了河南，在苏劲的劝说下，哥哥嫂子也算是和好了，也许回到河南，才是最适合他们的选择。

苏劲这一次，也真正地融入了张家，融入了婆婆李雪芝的心里。

经历了这么多的波折，只能说路遥知马力日久见人心。

卓惠娜是有自知的人，事情败露之后，再也没有出现过。

苏劲和张赫名过上了幸福平静的日子，他们小别胜新婚，更是甜蜜，李雪芝看在眼里，喜在心上，想着照这样下去，儿子儿媳妇的感情这么好，离抱孙子的日子也该不远了吧。

张赫名将一万二千块钱还给了俞睿，苏劲终于不用拼命加班来存钱了。

一家人过日子，有什么难处，敞开来说，总好过一个人扛着，多辛苦。

苏劲生日那天，李雪芝做了一桌子丰盛的菜，张赫名买了鲜花、蛋糕，张音正也参与进来，还高歌一曲，唱着宋祖英的《今天是个好日子》，苏劲感受到了从未有过的温暖，这才像一个家，这才是一家人啊。

婆婆要撕掉墙上的那一张婚前协议，被苏劲给拦住了，苏劲说："妈，先不撕，我觉得呢，上面有些地方写的还是很对的，我需要一个约束，等我什么时候真正可以学会对一些请求说不的时候，我再来撕掉它。

生日上，张赫名还像变魔术一样拿出了一枚钻戒，给苏劲戴上，她望着闪亮的钻戒呀，笑得合不拢嘴。

哪个女人不喜欢钻石和鲜花。

中秋节前一天，本打算接苏勤来家里过中秋节的，苏劲再一次被苏勤学校的主任请进了办公室，这一次，原因是苏勤自己造成的，苏勤竟然申请退学。半个多月没见苏勤，苏勤瘦了，憔悴了，像惊弓之鸟。

苏劲问了系主任一些情况，主任只是摇头。

主任说："她现在的心思完全都不在学业上，想的都是和男朋友前妻的斗争，她已经不适合在学校学习了，但退学是她自己提出的，我对她的心理健康很担忧，在这个环境下，她的格格不入只会让她精神失控，再继续待在学校里，对她没好处。我的意见是可以休学，等明年再来念书，也行。"

"不，我不念了，我要退学，退学！"苏勤抱头，抓着头发。

苏劲看着苏勤变成这样，心里不是滋味，健康阳光的妹妹，因为各种因素，爱上了不该爱的男人郑海威，若她没有和郑海威在一起，而是和艾好继续谈下去，那么她也不会要走到退学的地步。

苏勤退学了，搬到了郑海威的家，苏劲却不敢说一句反对的话，她了解苏勤，她这么做，一定是受到了极大的刺激，她才会做出这么不留余地、不留后路的决定，她要退学，要在22岁这年嫁给郑海威。

尽管苏劲找郑海威谈了几次，郑海威表示尊重苏勤的决定，他还是那句话，只要苏勤肯嫁，他就愿娶。

苏劲不知如何把这件事告诉父母，对苏勤读书还抱着极大厚望的父母，如果知道了苏勤退学会不会疯啊。

后来，是苏勤自己和郑海威回去一趟，主动把退学的事向父母坦白的，并坦诚说将要和郑海威结婚。苏广宏在劈头盖脸骂了苏勤一顿之后，除了选择默认，还能怎样，可怜天下父母心，没有人会为了学业把自己的女儿给逼疯吧。只希望她能过得幸福，做自己喜欢的事，嫁给喜欢的人。钱，已不是最重要的了。

苏勤结婚那天，婚礼办得万分隆重，风光无限，在五星级的酒店举行仪式，那天，苏劲看到艾好站在酒店门口哭，见苏劲走过来，艾好就跑开了，这个男孩子有着善良的心和强大的自尊，苏劲想，他的将来，也许不会比郑海威差，他会前程似锦的，会找到比苏勤更好的女孩子。

在婚礼上，没有看到郑海威前妻和女儿的身影，他们的婚姻，最遗憾的是，没有得到每一个人的祝福。

婚后苏勤就成了一个家庭主妇，不需要工作，在家做饭洗衣服，很简单的家务，也有保姆，只是苏勤对做饭和洗衣服的事会亲自去做，郑倩倩是判给郑海威抚养的，所以苏勤也担当起了一个小后妈的身份，都说后妈难当，婚后苏勤是更加深刻体会到后妈这个词背后的艰辛。

她对郑倩倩付出了自己最大的爱，甚至说，连郑倩倩的妈妈王萍在没离婚时，也没有做到对郑倩倩如此无微不至的照顾。

倩倩坚持喊苏勤姐姐，这个年纪还小的小姑娘，她知道喊苏勤姐姐，就是对苏勤一种提醒，提醒她的身份，每次郑海威都会批评倩倩，要倩倩叫阿姨，有时候当着很多人的面，叫苏勤姐姐，苏勤真是有些尴尬。

这条路是她自己选择的，她不能有怨言。

苏劲把自己如何处理家庭内部矛盾的事告诉了苏勤，因为是一家人，所以要避免伤害，只能说，时间会证明一切，需要的是用真心来打动，人心都是肉长的，只要好好照顾倩倩，把倩倩当自己的女儿，一定会有一天，倩倩会主动叫她一声妈妈，会心甘情愿接纳她，成为一家人。

苏勤听苏劲的话，对倩倩的无理取闹都选择包容，不但不生气，反而更加真心对待倩倩，当然，有时受的委屈，得不到理解，还反被郑

海威误会，但苏勤都告诉自己，你已经嫁给他了，你没有后路了，你只能做好郑海威妻子的本分。

苏勤在街上碰到过一次王萍，王萍正好身边有同事在，就指着苏勤说："就是这个女人，年纪轻轻，心机可多了，为了嫁给有钱人，连书都不念了，急着嫁给我前夫。可惜啊，我前夫曾经多少次想和我复合，是我拒绝了，才会退而求次娶她的。"

苏勤优雅地说："无论你怎么说，你还是输了，好在你输得心服口服，也不至于会有遗憾。"

天底下有多少准备做他人后妈的女人，只是要奉劝一句，除非你有一颗愿意把丈夫和别人的孩子当做自己孩子还百倍呵护的心，你才能够去做后妈。

对苏劲而言，喜事是接连不断的，婆婆考虑到房价不断上涨，趁此机会，和公公一起商量过后，决定拿出他们存了大半辈子的积蓄，为苏劲和张赫名买一套房子，看中了一处新楼盘，地理环境好，离学校近，将来有了孩子上学也方便。

苏劲不想两位老人把全部的养老钱都拿出来买房，苏劲说："爸妈，你们存了半辈子的钱，不能动，你们要留着自己养老，我和张赫名还年轻，不啃老，我们要靠自己打拼，再说也有房子住，我还希望和你们住一起。"

"苏劲，你就不要不同意了，买房子是件好事，也是出于投资计划，钱放那贬值，再说也要为以后打算，你和赫名有了孩子，要考虑孩子的上学问题，反正我和你爸爸都有退休金，有保险，你们又这么孝顺，我难道害怕没人养老啊。"李雪芝说。

张音正说："我们父母就是为了自己的孩子而活，等你们有了孩子就知道了，现在你和赫名也都稳定了，这房子也没有写你的名字，等新房子定了，到时候房产证上，一定要写你的名字，这才算是我们张家给你一个最公平的协议。"

苏劲被感动得眼泪都掉下来了，说："爸妈，你们干嘛对我这么好，要是以后不住一起，我会不适应的。房子写不写我的名字都不重要，重要的是我们一家人和和气气在一起，都健健康康，都平安，就好了，我知足。"

张赫名轻松地说："买房子，爸妈的钱是肯定不够付全款的，我和苏劲存的积蓄也拿出来，一起买套房子，爸妈说得对，房价还得往上涨，咱们这也算是投资。我也开心了，以后再也不用夹在妈妈和老婆之间为难了，现在啊，我算是世界上最幸福的人了吧。"

房子很顺利地就预定了一套120平的三室两厅两卫，四个月后就能交房，这算是家里的一桩大事喜事了。

俞思也要结婚了，嫁给陆清，他们俩站在一起，那就是男才女貌。曾经俞思因为身体的原因，失去了冯小春，但上天待她不薄，她又遇到了更好的男子陆清。就算她坦白告诉陆清自己可能不能怀孕，陆清也愿意娶她，和她一起承担。

我爱的是你这个人，那就是不论贫穷与疾病。

结婚的前一夜，苏劲陪着俞思，俞思悄悄附在苏劲的耳边，说："我怀孕了，才一个多月，陆清的，我今天才知道，你说这算不算是双喜临门？"

"你怀孕了？俞思，你太坏了，偷偷吃什么好方子呢，也不告诉我，我和张赫名可正在努力，我都差点要气馁了，不过你给了我动力，我要加油！"苏劲欢喜地说。

"肯定会怀上的，勤奋点嘛。"俞思说。

"看来你家陆清是十分勤奋的人。"

"哈哈，你说，冯小春要是知道我怀孕了，会不会气死啊？"俞思笑着问。

"估计会，我们祝愿他明年能顺利考上研究生吧！"苏劲说。

这样其乐融融的每一天，都让苏劲感恩，感恩婆婆给予自己的包容和耐心，还有公公一直的理解和支持。

这个家，什么都不缺，就缺一个白白胖胖的孩子啦。

婆婆建议他们小夫妻俩应该出去旅行一次，在北京总是有工作压力围绕着，不利于怀孕。

所以，苏劲和张赫名一起提前休年假，出去旅行了一次，在大理整整住了十天，那十天，住在洱海的海景房里，面朝大海，春暖花开，大理古城的清新和安宁，让他们倍感珍惜幸福光阴，珍惜身边拥有的人。

当然，张赫名没有忘记此行的任务，非常勤奋，正好那些日子也是苏劲最容易受孕的日子，苏劲想着，等回到北京，过个大半个月，就能测到怀没怀上了。

在大理的柔软时光，苏劲也会反思自己走过的弯路，曾经伤害了婆婆，自己都浑然不觉，她觉得自己真的成熟多了，至少，现在说话做事都会顾及身边人的感受。

苏劲靠在张赫名的臂弯里，问张赫名："你说，是不是要感谢那张婚前协议，虽然看似是不平等的，看似对我要求多多，也因为它产生了很多的矛盾，但是，经历了风雨，才能见彩虹。等我真的可以完全把自己成熟起来，我就撕下那张婚前协议，然后贴上一张八荣八耻。"

"哈哈，你已经可以撕下来了，在亲情面前，那些规矩和条约，都不算数了，以后一家人相亲相爱，想到这样的场景，我就好爱这个家。苏劲，我算明白了，那些出轨的男人，应该都是有个不够温暖的家庭。你看我现在，只要一下班，就第一时间想往家里跑，应酬能推就推，还是家里温暖啊。"张赫名感慨道。

当幸福看似踏踏实实的时候，苏劲和婆婆的关系胜似母女，成为全小区婆媳关系的典范。李雪芝不管走到哪，人家谈起她的儿媳妇，那都是说贤惠勤劳有气质，都是竖大拇指。

李雪芝总算是得意洋洋，扬眉吐气了。

穿着一身漂亮衣服，走出去，人家问："哎，雪芝，你身上的衣服可真好看，配着这裤子和鞋子，显得年轻。"

她骄傲地说："我儿媳妇买的，她眼光好，挑的衣服比我自己选的还适合我。"

"我看还是你眼光好，不然你咋挑了个这么好的儿媳妇呢。"旁人羡慕道。

李雪芝真是雄赳赳气昂昂，只求家和万事兴。

半个月后，李雪芝忽然觉得胸口肿痛，胸部有硬块，和苏劲说起这事之后，苏劲就非领着她去医院做检查，起初都以为是乳腺增生，结果几次化验结果下来医生可以确诊，是乳腺癌，早期。

苏劲拿到结果都不敢相信，捂着嘴，盯着诊断报告忍住眼泪，把眼泪硬生生憋回去，她心里好痛，为什么老天要这么残忍，她好不容易才和婆婆有深厚的感情，情同母女，老天居然开这个玩笑，癌症，这意味着什么，好在，是早期。

苏劲不敢把病情真相告诉给婆婆，先打电话通知了张赫名，她强装着镇定，告诉婆婆："没事，妈；乳腺增生，有个肿块，良性的，医生建议住院观察，这段时间我来照顾你，不能吃辛辣的，不能吃油腻的，要忌口。等会儿张赫名下班会过来，他啊，最近上班可用心了，估计离升副总经理也不远了，终于跨越总编到总经理的这一步路了。"苏劲故意说了一堆，好来分散婆婆的注意力。

李雪芝点点头，喝了口水，慈祥地笑着说："没事就好，我先住院，你不用照顾我，我又不是小孩子，你该上班就去上班，别老公升副总了，你还在原地踏步，苏劲啊，你要加把劲，加油啊！"

"妈，我一定加油，争取嘛职位就比张赫名小一级，那是最好的

了。"苏劲说着，心里真是五味杂陈。

等张赫名到了医院之后，五位专家进行会诊，最后一致确定，是乳腺癌早期，张赫名听完消息，顿时六神无主，等医生走了之后，在会议室里，张赫名抱着苏劲无助地哭。

"苏劲，你告诉我，这是误诊，妈妈看起来那么健康，她刚退休，刚开始享受天伦之乐，我们一家人才真正团聚，她怎么会得癌症呢，她不能有事，苏劲，我好害怕，我该怎么办，我做不到像你那样假装忍住悲伤，假装开心……"张赫名哭着说。

苏劲必须坚强，必须要支撑住，她抱着张赫名，安慰他说："没事的，不要把癌症想的那么可怕，医生说了，还是早期，治疗来得及，我们现在不能慌，更不能在妈面前表现出悲伤。还有，在爸爸那也要多安慰，现在第一是要让妈的心理状态好，这病魔就怕心态好的人。第二，要准备钱。我算了算，也都怪我，之前花了不少钱，现在钱都买房子了，家里没存多少钱，为了治好病，咱们先准备个十万，不能钱不够啊。"

"钱的事，我来想办法，再说我妈有医疗保险，我先问亲戚们借借，实在不行我就把房子抵押出去，贷款。"张赫名说。

"还是我来借吧，你就别借钱了，让你这边的亲戚知道我们借钱给妈看病，都在北京，万一传到妈妈的耳朵里，不好。"苏劲心里有了打算。

当苏劲把婆婆生病住院的事告诉父母的时候，苏广宏一口就承诺下来，说："别担心，我和你妈今年种大棚存了点钱，还有你妹妹结婚时郑海威给的彩礼钱，零散的都你们三个孩子给我和你妈的生活费，我都存着，你要多少，只要爸有，爸就借给你。"

苏劲说："爸，你和妈都是挣的辛苦钱，妹妹的彩礼钱我更不能动，你们能借一点是一点，我会给你们利息。"

"傻孩子，还见外了是吧，给什么利息，爸妈就是那么见钱眼开的人啊，你婆婆现在对你这么好，现在生病了，别说借，就是给钱给她治病，我们也是应该做的，他们两位老人也是给你们买房子才把存的几十万都给用了，你要好好珍惜，照顾好她，多陪陪她。"胡秀拿过电话，叮嘱着苏劲。

苏劲知道，自己和张赫名，都有一双天底下最善良最可爱的父母。

曾经她为娘家做的事而影响了在婆家的关系，现在，当她需要帮助，娘家也义无反顾给了她最大的支持。

苏勇和赵静听说后，也拿出了一万块钱，这都是他们夫妻俩辛苦挣来的，苏劲感激不尽。赵静说："妹，以前我做了很多错事，你为我和你大哥也花了很多钱，现在你们有难关，我们当然要陪你一起走过去，别怕，娘家挺你，有事就朝我们张口，我和你大哥这都上班，每月都有工资，生活很稳定，存的钱不多，我们一发工资就往你那寄。"

苏劲被这份亲情所感动，只接纳了父母的五万块钱和哥嫂的一万块，加上俞思的出力，几处凑凑，凑够了十万块钱，这笔钱对于西医治疗目前是足够了。

苏劲白天上班，中午会抽时间来医院，下午一下班就往医院赶，公公也一直都陪在病床前，大家都隐瞒着婆婆病情，只说是乳腺增生。

几次医生会诊出后，做出的治疗意见，一种是先做化疗，再观察观察。还有一种就是直接切除，避免化疗的折磨。苏劲考虑到婆婆才五十多岁，又很爱美，如果直接切除，婆婆会不会接受不了。但张赫名认为化疗对身体的伤害太大，也许化疗之后，还是要选择切除，所以，不如直接切除。这一切，都交给了张音正来决定。

那一晚，张音正看苏劲和张赫名都在，就侧面地和李雪芝说了一下，也算是要征求她的同意。

张音正委婉地说："雪芝，我们都过了大半辈子了，这些年，好不容易把儿子培养出来，现在儿子儿媳都这么孝顺，我们啊，受点病痛

就望望我们的孩子。这个医生说，病没什么大碍，就是要做个小手术，把肿块取出来，你同意吗？"

李雪芝虽然面色憔悴但还是很顽强，说："行啊，做手术吧，一次性根除病痛最好了，拖着也不好，看你们整日为我操心，我都心疼。苏劲啊，你瘦了，看你中午吃饭胃口也不是很好，要是不舒服要看医生。"

苏劲点头，说："妈，你就放心，你做手术的时候，我们都在手术室外等着你，给你加油。等你康复了，我们一家人出去自驾旅行。"

"是啊，我妈是最棒的了，等出院的那天，我就领着我妈，去日本滑雪，我知道我妈有个梦想，就是在富士山滑雪。"张赫名说。

手术的那天早上，李雪芝忽然说想独自静一静，苏劲和张赫名只好离开病房，张音正也和医生做着手术前的交流，签订手术协议，手术过程中是有一定不可预计的危险性的，张音正签字的时候，手都在抖。

在进手术室之前，李雪芝喊了苏劲一声，手从病床里伸出来，递给苏劲一封信，望着苏劲微笑着说："苏劲，你是个好儿媳妇，我把你娶进门做儿媳妇，我一点也不后悔，如果有缘分，等我活着从手术室里出来，我一定再加倍对你好，比对自己女儿还要好。"

苏劲再也忍不住了，心里想到了手术中可能会出现的危险，婆婆慈祥的脸，让她按捺不住眼泪，哭着说："妈……"

医生给李雪芝注射了全麻，几秒钟的时间，看着婆婆就这么失去了知觉。医生把他们挡在了手术室门外，拉上了门帘。

手术的事并没有通知太多的亲朋好友，怕李雪芝会胡思乱想，当苏劲打开那封信时，看着信，才知原来他们苦心维护的温柔谎言，其实婆婆是一直都知道的，她不说，是怕他们担心。

信里写道：

苏劲：

给你写这封信的时候，我还能回想起第一次见到你的样子。可能你都不记得了，我还记得是在那个药店里，你来买药，你局促不安，用着一张小纸条递过来。

我当时就想，这是谁家的女孩子，怎么这么奇怪。

没想到，后来，你竟成了我的儿媳妇，这算是一种缘分吧。

当然，我是后来才回想起来的。

你是个善良的孩子，而我，把你的善良当成缺点，把你的孝顺当成负担，制定了那个不平等的婚约，对你进行约束，而你，从未恨过我，真心待我，我想想我以前做的事，真是对不住你。

曾经想着等以后可以慢慢来弥补你，把你当自己的亲生女儿来疼爱。

我记得过去我和卓惠娜像母女一样聊天的时候，你偶尔会投过来羡慕的眼神。

对不起。苏劲，我知道我的病情，我骗了你和赫名，骗了我的丈夫，我看着你们每天为了隐瞒我，做出的努力让我很感动，我想打败病魔，好起来，我还想抱孙子。

这次进手术室，我不知道自己还能不能活着出来，所以在这信里，想叮嘱你和赫名几句，你们一定要互敬互爱，甘苦与共，要视双方的亲人都为自己的亲人，要相互信任，相互扶持。

第一要善良，第二要相亲相爱。

这就是我对你们的要求。

我要是能好起来，平安度过这一劫，我回到家，第一件事，就是要撕掉墙上那张《张苏婚前平等协议》，真后悔之前没有亲手撕掉它。我们这样相亲相爱的家庭，还需要什么婚前协议吗？

两处房产，都是你和赫名共同的夫妻财产。

如果我走了，再把这封信念出来，如果我平安，那这封信你就别给他们父子看了。

我最放心不下你公公，他除了音乐和艺术是毕生的追求，也没有别的追求，你们一定要照顾他到老，我相信孝顺的你和赫名一定会做好的。

好了，别哭了。

这封信看完后，苏劲哭得不像话了，把信放在包里，擦干眼泪，继续等在手术室前。

当手术灯灭的那一刻，终于等到医生出来，等来了一个好消息，手术很顺利。

悬着的心，终于都落了下来。

李雪芝醒来喊的第一个人的名字就是苏劲，直到苏劲握着她的手，她才放心地点点头，尽管还不能说话，却在告诉苏劲，她没事了，叫苏劲别担心。

那段在病房里的日子，苏劲无微不至的照顾，让很多病友都深深被打动，都说打着灯笼也找不着这么贴心的儿媳妇。

苏劲憨憨笑着说："换做是我生病了，我妈也会对我这么好的。"

李雪芝轻轻打了一下苏劲的背，说："乌鸦嘴，叫你乱说。"

病情没有恶化，癌细胞肿瘤被切除后，也没有扩散的表现，也总算是可以放心了，只要病情稳定康复，很快就会和正常人一样了。

李雪芝对同样的癌症患友鼓励地说："得了癌症不可怕，只要我们有家人的爱和鼓励，我们自己有一颗战胜病魔的心，就一定能打败癌症。"

苏劲望着婆婆成了抗癌楷模，每天有很多她的学生前来看她，才发现婆婆的另外一面，她是一个好老师，桃李满天下，她受到那么多学生的尊重。也常有癌症患者和家属来病房，婆婆就会鼓励他们，常举例说自己有个好儿媳妇。

苏劲在喜悦之余，也深受感动，她觉得通过婆婆提升了自己的人生境界。

在几次熟悉的呕吐反应到来之后，胃里的翻江倒海，让苏劲意识到了一个好消息，她惊喜不已，从大理回来之后，就想着半月后要做早孕检查的，碰上婆婆生病，也一直都没有去做检查，现在，算算时间，也是有两个月了。

她在张赫名的陪同下，做了B超检查，真是开心，怀孕了，八周，胎儿一切都健康。

这让李雪芝在病床上听到这消息就激动得差点跳起来，但想到苏劲陪在医院照顾她，担心苏劲肚子里的孩子会不会受到了药物影响。

苏劲问医生，这段时间都在医院待着，对胎儿会不会有不好的影响。

医生肯定地说不会，因为从B超来看孩子是很健康的，并且她也没有接触什么放射性器材，医院很多护士怀孕早期也仍旧上班，不需要担心，只要按时检查就好了。

这无疑是这个家庭一年来最大的喜讯。

李雪芝出院的那天，正是快过新年的时候，到处都洋溢着年味，回到家，李雪芝刚坐下来，就想起了什么，望着苏劲笑了一下，没等苏劲反应过来，就走到那纸婚前协议之前，撕下了那张协议，撕得粉碎。

"咱家，再也不需要这个可恶的协议来约束了。"李雪芝说。

一家人张灯结彩，准备迎接新年。

2012年，他们将会迎来一个龙宝宝，他们对未来寄托了太多的美好愿望。

苏劲贴着门上的对联，对联是苏劲亲手写的。

上联：家庭美满春光灿。

下联：社会和谐气象新。

横批：家和万事兴

 尾 声

　　苏劲：八个月后，苏劲生下了一个健康的男婴，7斤8两。婆婆的病也没有再复发，一家人互敬互爱，张赫名工作一帆风顺，升为副总。新房子已经交房，准备开始装修，房产证上写着苏劲和张赫名的名字。苏劲坐月子期间，娘家人都来看她，曾经在北京得到她照顾的亲戚们都纷纷送来了祝福。当李雪芝得知自己生病时，苏劲的爸爸妈妈，哥哥嫂子伸出援助之手帮助自己时，感动不已。两家人，冰释前嫌。

　　苏勤：苏勤从未放弃对倩倩的关爱，她听姐姐的那句话，不论受到怎样的不公平待遇和委屈，都要固守自己善良的内心，在和倩倩一年的相处中，她做到了比亲妈妈还要细心的呵护，在一次王萍的挑拨中，郑海威和苏勤发生争吵，苏勤失望地想要回河南去静一静，没想到，倩倩抱住了她，喊了她一声：妈妈，别走……苏勤和郑海威感情也好转了起来，一家三口过上温馨的日子。不久，苏勤怀孕。

　　俞思：俞思嫁给陆清之后，过上了幸福的日子，生了一个可爱漂亮的女儿，一次抱着孩子，和陆清牵着手，在路上遇到了冯小春，他考上了研究生。彼此祝福。

俞睿：俞睿终于从了那个顽固追求他的90后女孩，开始了一段大叔和萝莉的浪漫之恋。

文珊：文珊被已婚男人欺骗多次后，向许弋哭诉，许弋冲动之下将已婚男人打成重伤。许弋在看守所关了一段时间后才被释放，文珊明白了谁才是最爱她的人，她勇敢做出自己的选择，放弃曾经那个拜金、虚荣的自己，辞了职，和许弋回四川，装修老家的房子，打算结婚。